20p

Narratori **€** Feltrinelli

Federica Manzon
La nostalgia degli altri

© Giangiacomo Feltrinelli Editore Milano
Prima edizione ne "I Narratori" marzo 2017

Stampa ⬛ Grafica Veneta S.p.A. di Trebaseleghe - PD

ISBN 978-88-07-03236-3

www.feltrinellieditore.it
Libri in uscita, interviste, reading,
commenti e percorsi di lettura.
Aggiornamenti quotidiani

IL RAZZISMO
È UNA
BRUTTA STORIA.

razzismobruttastoria.net

La nostalgia degli altri

A Mary B.,
per la libertà

Forse per questo si racconta tanto o si racconta tutto, perché niente sia mai accaduto, una volta raccontato.

JAVIER MARÍAS

Poiché non posso fare quello che voglio fare
(due anni e un autunno)

Nessuno ricorda il giorno preciso in cui arrivò. Era probabilmente settembre, una di quelle giornate in cui sembra che la luce non debba finire mai. Non so dire come i suoi passi incontrarono quelli di Lizzie nel lungo corridoio da passerella d'esecuzione che attraversa ogni piano dell'edificio H – un parallelepipedo di vetro che somiglia a una gradinata di proporzioni gigantesche piazzato nel cuore della città, protetto da un sistema di giardini e specchi d'acqua e fontane terapeutiche.

Non so se ci fu qualcuno a presentarli, se Adrian già la conosceva e ne aveva studiato il profilo, se è vero, come giurò una notte di gennaio due anni e mezzo dopo: «Adrian, da quando?». «Da subito», e gli occhi blu, luminosi e imprevedibili, luccicavano di una sincerità suggestiva. È per via delle ciglia, le ha lunghe come quelle delle bambole, mi spiegò Lizzie con dolcezza. Sì, va bene, ma quando si incontrarono? Quando ebbe inizio quella cura segreta che rende due persone deboli, arrese in anticipo l'uno all'altra e incuranti delle strade, delle parole attorno, dell'epoca storica? Trovare il punto esatto in cui bloccare gli orologi è essenziale. Funziona come per le macchine fotografiche: controllare i tempi e il diaframma, scegliere la luminosità della pellicola. In questa storia non posso governare l'intensità della luce e allora, per vedere quello che resta molto nascosto alle spalle dei miei protagonisti, è necessario avere il controllo della linea del tempo.

Lizzie e Adrian finalmente a cena insieme una prima volta. «In che anno sei nato?» gli chiede. (La precisione della domanda tradisce un sospetto?) «1972.» Tenete a mente la data, perché già qui i fili si imbrogliano.

Inizia con l'azzurro del primo mattino. Non conosco il giorno esatto ma posso vederli attraversare i giardini all'inglese, continuare sui sentieri di ghiaia tra i laghi artificiali con le ninfee, ed eccoli ai piedi delle vetrate svettanti: all'ingresso del luogo che chiamiamo Acquario, la più grande compagnia al mondo per la creazione di intrattenimento digitale. Non lo sanno, ma si mancano appena di qualche minuto. Lizzie fa scivolare il badge di riconoscimento, la autorizzano a superare le porte a vetri, le telecamere registrano una scia bianco anti-flash. Attraversa il pianterreno dove dominano il parquet di ciliegio chiaro e i riquadri d'erba vera, pannelli in vetro trasparente spruzzati di blu e giallo che ricordano un quadro di Miró o uno scarabocchio infantile, morbide poltroncine in materiali ecosostenibili. Raggiunge gli ascensori di cristallo e si lascia proiettare senza gravità fino al quindicesimo piano. Nel corridoio il suo passo è veloce, troppo, senza pause saluto-sorriso-come-stai?, i modi sono già un mezzo affronto ai riti della vita in cattività.

Il suo posto è nel lato nord dell'edificio, dove le scrivanie sono circondate da poltrone a forma di fiore di loto in cui si affonda come in un mare di polistirolo, scaffali zeppi di allegre edizioni tascabili, una bicicletta e distributori d'acqua. È la zona IMMAGINATORI, coloro che inventano le intelaiature dei mondi virtuali che smerciamo: biografie componibili per ogni personaggio, dialoghi amorosi, schermaglie, battute spiritose, caratteri. Falsi esseri umani da vendere a esseri umani reali per trasformarli in contraffazioni di se stessi. Come Disneyland, ma più grande.

Dieci metri più avanti, lungo il corridoio, il suo saluto generalizzato arriva fino all'area VISUALIZZATORI, dominata da un più sobrio verde pastello delle sedie e dei pannelli a soffitto, dove occupo la mia postazione. Sono le 10.17 e sto elaborando immagini da adattare alle invenzioni di quelli come Lizzie.

Adrian arriva camminando storto per il peso di computer, tablet, smartphone moltiplicati nella borsa che gli pende dalla spalla e gli dà un'andatura goffa da serie tv sulle high school. Gli auricolari nelle orecchie mandano musica scaricata a getto continuo. *I'm not scared*. Attraversa i giardini passando tra le fontane che fanno cadere gocce a ritmo regolare, udibile con la stessa nitidezza da qualsiasi terrazza dell'edificio. Striscia il badge di riconoscimento e non viene riconosciuto. Non ci abbiamo mai fatto troppo caso, ma le macchine si inceppano sempre sui suoi documenti, quasi avesse impronte vuote, infinitamente replicabili, iridi senza fondo.

Una voce dal vetro a specchio gli chiede di pronunciare nome e area di assegnazione. Risponde scrupoloso. Un attimo prima di entrare alza lo sguardo blu Klein al cielo appena più chiaro, a questo assolato mattino di settembre, al logo della società che si staglia bianco e oro sulle vetrate del ventesimo piano: il sogno di quelli come noi da quando eravamo bambini, un disegno stampato sulle magliette ordinate a Singapore. È il suo primo giorno all'Acquario ed è fiducioso, una distanza significativa dalla sua vita reale lo protegge – qui non lo conosce nessuno, e perciò può permettersi di essere chiunque.

Anche lui sale nella capsula di cristallo, si ferma al quattordicesimo piano: dove si elaborano numeri e dati, dove si trasformano sentimenti e sogni in 0 e 1, e poi di nuovo in felicità pura da spacciare al prezzo di un login. Procede piano, soffermandosi in saluti e presentazioni. Non è simpatico, ma è gentile. Ci tiene moltissimo alla gentilezza, e quel primo giorno tutti provano nei suoi confronti una benevola curiosità.

Arriva da una società gemella e la sua venuta è ammantata di leggenda. Perché si trova qui? Dicono che abbia manomesso codici di sicurezza, che abbia viralizzato informazioni riservate, che nella cornice dello specchio del bagno tenga la lettera di una società investigativa internazionale, e se qualcuno provasse a digitare in un motore di ricerca il nome riportato sul suo badge identificativo non comparirebbe quasi nulla. Sorride Adrian, identico a Lizzie in questo.

Ora però credo sia opportuno che racconti come siamo arrivati a lavorare qui, dal momento che i luoghi hanno un potere sulle nostre vite molto superiore a quello che siamo portati ad attribuirgli.

Se ora passo le mie sere a guardare tramonti viola masticando bastoncini di liquirizia del distributore automatico e disegnando terre virtuali, lo devo a Lizzie. Ci conosciamo senza conoscerci da quando le nostre madri abitavano una di fronte all'altra, nel rione tra lo stadio e il cimitero dei poeti: mia madre diciottenne spiava la sua salire sul tram con le scarpe in mano, la giacca di pelliccia fucsia e trucchi che promettevano indipendenza e torbidi pomeriggi in città. All'università ci siamo trovati a dividere un appartamento così decaduto che, se non fosse stato per l'idea di Lizzie di appendere alle pareti ingrandimenti 100 x 70 di alcuni miei scatti, saremmo rimasti soffocati dalle crepe e dal grigio, e avremmo iniziato a fare caso ai movimenti delle creature dietro le piastrelle del bagno. Lizzie guardava i miei vestiti piegati in sacchetti di nylon e i vasetti delle marmellate con le etichette scritte a mano. «Quando ti deciderai a sbarazzarti dei tuoi deliziosi genitori?» chiedeva dal divano, senza alzare gli occhi dal libro in equilibrio sulle ginocchia nude. E io la fotografavo per farla smettere, non le dicevo che ogni sera chiamavo mia madre e non sapevo scegliermi le camicie da solo.

Lizzie mi ha iniziato ai segreti di Costa dei Barbari. Costa dei Barbari! Quella particolare spiaggia non addomesticata che precede e annuncia la nostra città a est, un luogo proibito ai bambini, un nome pronunciato con una mano sulla bocca nei confessionali della domenica: una striscia di grotte e sentieri scoscesi dove il caprifoglio e l'edera spinosa crescono selvaggi al riparo dalla bora, tra i lecci e i pini marittimi aggrappati alle falesie. Poche centinaia di metri dove si consumano i commerci più improbabili della carne, uomini e donne si mescolano in un girone proibito e chiunque è libero di essere quello che vuole essere. Una volta, da quelle parti, Lizzie mi ha dato un bacio e mi ha guidato la mano e io ho lasciato fare e non ci ho dato peso, come ci si aspettava da me. Abbiamo letto gli stessi libri, sul bianco accecante dei suoi vestiti ho provato i miei obiettivi fotografici e quando l'ho vista triste le ho preparato un daiquiri con poco ghiaccio, come mi aveva insegnato.

Abbiamo sempre saputo che Lizzie sarebbe venuta a lavorare all'Acquario, perché non c'è posto migliore al mondo per rendere reale tutto ciò che immagini. E questo è un esercizio a cui si era allenata per così tanto tempo da essere diventato qualcosa di simile a un muscolo involontario, perennemente in azione per garantire la sopravvivenza dell'organismo. In fondo è stata questa sua inclinazione ad avvicinarci, un'estate che entrambi poi abbiamo fatto finta di non ricordare quando ci siamo trovati a dividere gli spifferi dei giorni in quell'appartamento con imposte malferme e porte che uscivano dai cardini.

Quell'estate abbiamo undici e tredici anni, o forse dodici e quattordici, non ricordo. I nostri compagni di scuola sono partiti per le vacanze o dedicano le giornate ai tuffi dalla piattaforma dello stabilimento Ausonia. Io ne sono escluso, dal momento che per mia madre un intero pomeriggio di piedi umidi e capelli bagnati significa polmonite assicurata. Mi ha invece procurato un lavoretto presso un suo conoscente che distribuisce giornali e foglietti pubblicitari, per l'occasione mi è stata regalata una bicicletta con le ruote grandi e il manubrio ricurvo, un'evidente inutilità in una città fatta di salite erte e discese a picco, ma serve a farmi pedalare nell'aria soleggiata allontanandomi da casa.

È così che vedo Lizzie ogni giorno, mentre faccio avanti e indietro tra i palazzi da Prospettiva Nevskij della città vecchia e poi su, scollinando verso l'ampio slargo di Campo Marzio e le strade ventose che si affacciano sul porto commerciale, a infilare in ogni fessura della posta giornali e cianfrusaglie. Lizzie da sola, sempre seduta sul muretto che costeggia il circolo ufficiali, le gambe a penzoloni nel vuoto della penombra estiva: come nel cortile della scuola, emana un'incandescente inaccessibilità, l'idea di caviglie nude e profumo maschile, una fantasia a cui dedichiamo pomeriggi interi, chiusi a chiave nelle nostre camerette modulari da cui emergiamo esausti, eccitati in eterno.

Scatto qualche foto con la Polaroid di mio padre, ma temo che lei mi veda e rimango lontano, sbaglio l'inquadratura, il chiarore del suo vestito falsa l'equilibrio delle luci e la stampa viene buia.

Le case della via hanno giardini frondosi e imposte chiuse per non fare entrare il caldo, io sfreccio in discesa, mi alzo sui pedali per aggredire la salita, fischietto, ma niente, Lizzie non fa caso a me. Così per settimane. Poi, prima di ferragosto, in una giornata di caldo leonino, per una qualche ragione mi parla.

«Guarda che puoi smetterla di fotografare di nascosto» dice alla mia schiena sudata, abbastanza forte perché io la senta anche se lo slancio mi ha già portato diversi metri avanti a lei. Naturalmente inchiodo. Mi volto e Lizzie mi guarda con un sorriso per nulla ostile che mi fa scendere dalla bicicletta e spinge la punta del mio piede a far scattare il cavalletto.

«Forse dovresti avvicinarti di più se vuoi fare una foto, altrimenti credo non venga un granché.»

Le orecchie mi diventano fuoco, ho la maglietta incollata alla schiena.

«Che fai qui?» chiedo.

«Spio.»

E mi accorgo che ha un quadernetto nero tra le gambe, di quelli che si chiudono con l'elastico, e un binocolo da boy scout.

«Chi stai spiando?»

Lizzie fa un cenno con il mento verso la villa alle mie spalle, con le statue avvolte dal muschio e una piscina abbandonata che si intravede tra le inferriate del cancello. Attendo una spiegazione, ma poiché le labbra di Lizzie (rosso ciliegia!) sono socchiuse ma immobili e il suo sguardo è incoraggiante, attraverso la strada e vado a farmi un'idea.

Sui gradini del portone ci sono giornali rinsecchiti dall'afa e una vaschetta d'alluminio che lascia intendere cibo per gatti di qualche era fa, sul campanello un'etichetta in rilievo dice semplicemente NEUMANN. Difficile stabilire se la villa sia abitata, c'è la penombra deserta del giardino e il silenzio un po' remoto dell'ora calda estiva, una tensione dispersa. Torno sui miei passi.

«Neumann?»

«È un nome falso. Si chiama Schneider.»

«Chi?»

«Il vecchio, quello che vive lì dentro.»

«E tu come lo sai?»

«Lo sto spiando» dice, e salta giù dal muretto, mi afferra il polso. «Vieni, andiamo.»

Sono elettrizzato e spaventato: «Dove?».

«All'Area di Ricerca.»

«Oltre il castello?»

Lizzie mi guarda come avessi fatto una domanda da bambino abituato a uscire di casa solo con il permesso dei genitori: «È lontanissimo» aggiungo a mia discolpa.

«Ma tu hai la bici.»

Aspettava un complice Lizzie, che io sia il prescelto è un puro accidente – non un'elezione. Sorride in quel suo modo azzurrino, malizioso e irresistibile. E io, che a casa ho un letto rifatto al mattino e torte casalinghe a colazione, vengo convinto facilmente dai piani che promettono guai: «Ok, ma devi tenerti forte».

Con cavalleria le cedo il sellino e mi preparo a pedalare in piedi attraverso la città vecchia, la piazza grande, fino alla stazione e poi oltre viale Miramare, aggrappandomi al manubrio fino a spellarmi i palmi delle mani. Pedalo nell'aria senza ombre, e se non sento la fatica nei polpacci o il capogiro, non è solo perché Lizzie è aggrappata ai miei fianchi e c'è il suo respiro fresco tra le scapole, ma anche perché nel lungo viaggio fino a Barcola mi racconta la storia di Herr Schneider.

«Insegna matematica all'Area di Ricerca, è venuto a vivere qui sedici anni fa. Prima stava a Buenos Aires, lavorava come portiere di notte in un palazzo del centro, una casa di ricchi ma un po' decadente.» A Lizzie piace la parola *decadente*. «Se n'è andato di nascosto, senza avvisare nessuno. Nella sua stanza nel sottoscala del palazzo sono rimasti i vestiti, un baule di legno, un piatto con tre posate e i libri di poesie in tedesco. Non ha lasciato biglietti. Si fa così quando si scappa» mi spiega. «Prima di arrivare qui ha fatto tappa a Berlino Ovest, ma solo per qualche giorno, altrimenti lo prendevano.»

«Lo prendevano?»

«Sturmbannführer Schneider, una specie di maggiore nei ranghi delle SS.»

«E tu come lo sai?»

«Al ghetto. Hai presente la bancarella vicino alla chiesa che ha i giornali vecchi? Ha anche un mucchio di riviste di storia e di guerra.» (Lizzie legge riviste di storia e di guerra? Impossibile giurare il contrario con lei.) «Il tizio è matto, ma chi se ne frega. Mi lascia stare lì a leggere, non è di quelli che ti mandano via appena allunghi una mano sulle loro bomboniere del cazzo.» È la prima volta che sento una ragazza dire *cazzo* e mi fa l'effetto di una cascata incandescente che scivola dallo sterno alla pancia, in mezzo alle gambe. Pedalo scalmanato. «Il vecchio Schneider l'ho riconosciuto. Era in una rivista di quelle che facevano i tedeschi per fomentarsi, per dire che vincevano su tutti. Era più giovane, ma si capisce che è lui.»

«Lo conosci?»

«Lavora con mio padre.»

Superiamo la stazione e gocce di sudore si schiantano sul manubrio luccicante della bici, tengo la schiena piegata in avanti per fare leva sui pedali, Lizzie non è leggera come pensavo. È una ragazza più grande di me. È Lizzie. Vorrei che qualcuno dei miei compagni mi vedesse ora, che facessero tutti il tifo per me a bordo strada come quando passa il Giro d'Italia. Che mi invidiassero. Sono il campione con qualcosa da raccontare.

«L'hanno chiamato qui perché serviva qualcuno che conoscesse il lavoro» continua, mentre aggredisco la salita lasciandomi alle spalle il bivio per il castello bianco di Massimiliano. «L'Area di Ricerca è una copertura, è qui per spiare quelli del confine.»

«Come fa?» chiedo incantato.

«Intercetta le telefonate e apre le lettere prima che arrivino al destinatario, pedina le persone, origlia le conversazioni al bar. Credo che abbia la casa piena di registrazioni e dossier.»

«Cos'è un dossier?»

«È una cosa che scrivi quando vuoi eliminare qualcuno.» Dice *eliminare* come nei film americani. «Annoti tutte le cose sospette che fa, scrivi se ha un'amante o se va a riunioni in luoghi nascosti, se gli arrivano pacchi da est.»

«Tu l'hai mai visto di persona?»

«Che domanda scema! Ovvio che l'ho visto, se lo sto spiando.»

«Perché lo spii?» chiedo risentito.

«Perché è pericoloso, no?»

Non capisco, ma non voglio fare un'altra domanda scema. Siamo arrivati, freno piano cercando di non perdere l'equilibrio e inclino la bici per farla scendere, anche se Lizzie è più alta di me e ha già toccato terra.

«Andiamo» ordina, così abbandono la bici senza troppi riguardi.

«Ma tuo padre proprio lo conosce? Tipo che sono amici, ci va a bere, roba simile?» chiedo per prendere tempo. Non sono sicuro di voler entrare in un posto che immagino pieno di telecamere e allarmi alle porte, dove non credo circolino ragazzini come noi.

«Lavorano insieme, ti ho detto» ribatte senza guardarmi. «Adesso muoviti.»

«No, aspetta... tuo padre sa che lui è una spia?»

«Che razza di spia sei se gli altri lo sanno!»

Il suo sarcasmo mi fa venire voglia di risalire sulla bicicletta e pedalare via mollandola qui, mille volte più leggero senza di lei. Eppure la storia mi ha conquistato, voglio vedere

Herr Schneider, il nazista come quelli che studiamo a scuola, ma in carne e ossa. Me lo aspetto con mostrine e cane lupo.

«Come facciamo? Ci presentiamo all'entrata e suoniamo alla porta? Ci saranno dei controlli» dico.

«Non lo so. Andiamo a vedere.»

«Ma non ci lavora tuo padre?»

«E allora?» Si gira, bloccandosi a metà della piccola salita che porta alla sbarra d'entrata. Gli occhi virati in azzurro metallico, sfidanti.

«Non so, magari potevi chiedergli come entrare» suggerisco, ma non mi esce il tono beffardo che avrei voluto.

Lizzie si morde il labbro, è un attimo: «Perché, secondo te le spie informano i genitori dei loro piani?».

Touché!

«Andiamo» taglio corto, e mi incammino davanti a lei prima di essere smascherato: un complice poco all'altezza, un ingenuo che non ha mai partecipato a un piano rischioso in vita sua.

L'edificio non è così pauroso come me lo immaginavo, somiglia più ai rettangoli in cemento delle case popolari che a un centro dove si progetta il futuro a quattro o cinque o chissà quante dimensioni.

«Non di qui» la blocco, perché ho visto qualcuno uscire dalla porta principale.

Si fermano sulla soglia, un gruppetto pronto per la pubblicità dei Giochi Mondiali della Gioventù: due ragazze con il velo e una con i capelli corti e la carnagione nordica, un cinese con gli occhiali, un ragazzo in pantaloni corti e maglietta in Gore-Tex, e naturalmente due indiani. Chiacchierano nel silenzio esteso senza mostrare intenzione di muoversi e noi siamo a nostra volta bloccati. Sentiamo il vento caldo e il cemento caldo, la geometria abbagliante dell'edificio, le cicale che si ripetono estive.

La nostra attesa è premiata perché il gruppetto se ne va lasciando spalancata la porta d'ingresso. Non abbiamo bisogno di dirci nulla, entriamo.

Lizzie imbocca le scale senza esitare. Nel corridoio del

primo piano le porte sono tutte aperte a far circolare l'aria, lasciando intravedere angoli di lavagne e curve di scrivanie. Potrebbero sorprenderci in ogni momento. Cosa ci facciamo qui? Cerchiamo prove su un vecchio nazista, siamo spie che combattono il Male, inventiamo l'avventura. Lizzie mi lancia un'occhiata irritata, devo spicciarmi, non fermarmi stordito davanti a ogni foto alle pareti: corpi celesti e sistemi microscopici inquadrati così da vicino da renderli magnificamente astratti, neri e fluo. Dobbiamo stare dietro alla nostra storia, trovare il nazista, scoprire cosa fa all'Area di Ricerca.

«E voi dove state andando?»

È sempre una domanda sulle intenzioni, quella che sorprende alle spalle. Invece di correre via, ci voltiamo verso la voce.

Appartiene a un uomo alto, con i capelli giallo nicotina radi sulla testa e lunghi dietro il collo, che ci guarda senza molta simpatia. È magro nel modo scheletrico dei vecchi, i pantaloni gli cadono lunghi sui sandali in cuoio. Ha una camicia sbiadita, gli occhi infossati ma vividi.

«Ah, ma sei di nuovo tu, ragazzina. Com'è che ti chiami? Me lo dimentico sempre.»

Posso sentire Lizzie accanto a me, la sua temperatura corporea vicino allo zero siberiano. Fa un passo indietro, forse apre la bocca ma non respira. Il vecchio avanza di qualche metro verso di noi e ora posso vedere il colletto logoro della camicia grattargli il collo flaccido. Lizzie trema, me ne accorgo senza bisogno di voltarmi.

«Sei ancora qui in cerca di tuo padre, eh?»

La voce come un coltello che taglia il ghiaccio. Io non so nulla del padre di Lizzie – un padre?, una presenza che siamo abituati ad associare ai rientri a casa all'ora di cena e alle firme sulle pagelle, niente di più.

«Se volesse vederti ti cercherebbe lui, non trovi?» Le sillabe cadono una dietro l'altra senza accento.

Di colpo fa freddo. Un freddo da grotta. Ha lo sguardo cattivo che hanno i vecchi e le suore, Lizzie non respira.

«Torna a casa da tua madre, ragazzina. Tuo padre non

c'è, non lavora più qui. Se n'è andato. Vi ha lasciato. Basta. Kaputt.»

Fa un segno con il dito sotto la gola.

Lizzie non urla, non libera una furia, non respira. Zero. E io vorrei non aver sentito quello che ho sentito. Conoscere ciò che non doveva essere rivelato, essere testimoni di segreti che erano stati difesi da spettacolari fortezze, è una sciagura: prelude quasi sempre al risentimento, di rado all'amicizia. Ma è in questo momento che noto le iniziali sotto il taschino della camicia. HN. Herr Neumann. Hans Neumann. Hitler Neumann.

«Lei è il nazista!» dico prima di riuscire a fermarmi, prima di accorgermi che sto urlando. «Lei è il nazista che ha ammazzato la gente. È venuto ad ammazzare la gente anche qui. Cosa vuole da noi?»

Il viso del vecchio si raggrinzisce e poi si allarga in un sorriso divertito. Ma prima che lui apra bocca, e proprio per quella bocca che sta per aprirsi, grazie alle intuizioni che a volte superano la nostra età e ci rendono di colpo adulti e mortali ma anche più coraggiosi, grazie a quel sorriso spaventoso che di colpo mi fa capire che il vecchio ha ragione e quella di Lizzie è solo una storia raccontata per nascondere un desiderio talmente fragile da dover essere perseguito e protetto a tutti i costi (con l'arma migliore a disposizione, una storia che sposti il centro e modifichi i margini della realtà), grazie all'intuizione dell'infelicità che è pronta a dilagare mostrando nudo il desiderio indicibile di Lizzie di rivedere il padre che l'ha abbandonata, ecco, grazie a questo precipizio trovo una prontezza che non ho, le afferro il polso e senza bisogno di nessuna resa la porto via di lì, in salvo.

Non parlammo mai di quello che era successo. Quel pomeriggio pedalai in silenzio fino in città, con le sue mani ancora a stringermi i fianchi ma con meno decisione. La salutai all'inizio della via e per tutta l'estate consegnai i miei giornaletti, ma non ci vedemmo più. Avevo scoperto la sua arma di difesa, l'accesso alla fortezza, l'eterno segreto dei bambini solitari seduti sui gradini di casa in attesa che qualcuno di molto caro, un padre o una sorella, arrivi; un'attesa destinata a essere tradita perché immensa è la libertà del mondo degli adulti e così sciocca la pretesa di un bambino di esserne il centro. Lizzie sulla soglia di via San Michele aspetta la moto del padre che non arriva e allora inventa storie su storie per raggiungerlo, per avere indietro il tempo dove lui è ancora con lei. Così si esercita per un numero considerevole di estati.

Poi di colpo gli anni accelerano, e lei ne ha venticinque ed è un giorno freddo di novembre e i tigli davanti alla stazione sono neri. Lizzie sta partendo per il luogo leggendario dove si inventano mondi, non alternativi ma virtuali, da dare in pasto a milioni di utenti collegati a fibra ottica. Un luogo esso stesso poco reale.

Qualche anno dopo la sua partenza, mentre camminavo come sempre sul nostro lungomare avvolto dal vento, arrivò il suo messaggio. Diceva che cercavano qualcuno al reparto VISUALIZZATORI, qualcuno capace di *vedere* quello che altri inventano e renderlo visibile a chiunque in modo accattivante. Ingegneri delle immagini si chiamano, quelli come me. Diceva di inviare una candidatura il prima possibile. E anche se lo negherebbe, sono sempre stato sicuro che Lizzie abbia architettato la mia venuta all'Acquario fin da principio e ci abbia solo messo del tempo per renderla possibile: per qualche ragione che tendo a collegare a quel pomeriggio all'Area di Ricerca rappresentavo per lei una corda di sicurezza, qualcuno che la conosceva e da cui non doveva guardarsi.

Da parte mia, ho fatto quello che ci si aspettava da me e sono arrivato qui, anche se non sono tagliato per la vita di comunità, per quanto l'Acquario favorisca eccentricità e isolamenti. Non sono fatto per i caffè di gruppo nelle terrazze del quinto e del decimo piano, per le partite di ping-pong in pausa pranzo, per le sedute di yoga nella stanzetta con l'erba vera o le gite con le biciclette elettriche ecosostenibili. E forse, me ne rendo conto solo adesso, è proprio questa nostra incapacità di adattarci ai simboli e ai riti di questo posto che ha fatto sì che io Adrian e Lizzie formassimo ben presto un terzetto stabile. Raramente partecipavamo ai convenevoli del cibo comune e avevamo pochi amici, ma tutti e tre dimostravamo una certa attitudine al vivere in universi immaginati, a forzare la realtà per farla marciare come volevamo, per poi consegnarla in centomila pixel a chiunque fosse disposto a loggarsi e regalarci i suoi dati di traffico.

L'inizio di questa storia ci coglie quindi tutti e tre all'Acquario, pronti a incrociare i nostri passi nel corridoio da esecuzione. E anche se non so ricostruire il momento esatto in cui Lizzie e Adrian si incontrarono per la prima volta, posso dire con certezza di essere stato io a spifferare ad Adrian qualche settimana dopo il suo arrivo: «Lizzie dice che sei diventato il suo personaggio preferito qui dentro». L'osservazione, me ne sono accorto subito, gli ha fatto piacere, ma l'ha turbato un po'. Non sapeva bene cosa volesse dire, ma ha avuto la sensazione che si sarebbe rivelata fatale.

*

Com'è stato che Adrian ci ha avvicinati, qual è stata la sua prima mossa? Era bravo a raccontare storie, così Lizzie. Il solito stupido potere di incantamento. Ma non è possibile; noi quel potere lo conoscevamo e abbiamo sempre saputo che a raccontare bene una storia la si può rendere *reale*. Apprendisti stregoni nati. E Adrian? Adrian, e il suo spaventoso sguardo blu Klein, ci ha sempre scritto un milione di parole, molte più di quante ne abbia pronunciate. E noi per lungo tempo non abbiamo sospettato nulla.

Bisognerebbe partire dall'inizio. Un giorno al colmo dell'estate nella nostra città a est, mentre Lizzie attende un uomo o un ragazzo che come tutti gli altri ha occhi chiari e qualche dettaglio andato storto nell'infanzia: il suono di una monetina caduta rimbalza nel bianco delle pareti, avviso di un messaggio ricevuto. Un suono che negli ultimi tempi è diventato una traccia stabile dei giorni.

"Mi manchi."

Adrian! Un messaggio sdolcinato e nitido, inviato da un

mare all'altro alle estremità opposte della nazione, due confini che non hanno niente a che spartire: un lungo mare da artisti in rovina e ostriche a colazione, e l'altro dove nei caffè storici si servono frattaglie di porco e il vento falsa la mira ai colpi sparati. Trova la differenza è un gioco fin troppo facile. *Mi manchi.* Lizzie non nota la svenevole composizione delle sillabe.

Da quando Adrian le scrive? Impossibile saperlo, dal momento che nessuno ha avuto lo scrupolo di registrare l'inizio. Da mesi, da un anno o quasi due (perché Adrian scrive, eccome se scrive, a notte fonda, fino ad addormentarsi con la testa che cade sulla tastiera e un milione di parole che volano nell'etere, scrive senza corpo, senza paura, senza fermarsi, come in un twist, e balla Adrian, sa ballare il twist e farlo ballare, lassù nella nuvola dove non tocchi nessuno). Le scrive ogni giorno da quando è arrivato all'Acquario. E di nuovo, quando è stato? Nessuno saprebbe dirlo. Forse lui e Lizzie hanno pranzato una volta insieme e lei l'ha trovato bruttino e se n'è dispiaciuta. Inutile risalire la linea del tempo per trovare il punto. Tanto nelle storie si inventa sempre un numero infinito di incipit per poi strapparli e lasciarli cadere nel cestino della carta, fino a quando non si trova quello buono, e questa storia non fa eccezione.

Sono sicuro che Lizzie segnerebbe l'inizio qualche mese prima di quell'estate. Una sera di fine aprile mentre ceniamo in un ristorante a Kensington, poco lontano dall'hotel costruito strategicamente per gente come noi, che ogni anno accorriamo per intercettare i nuovi venti dell'International Entertainment Fest. Stiamo mangiando astice alla cantonese e il suo smartphone manda quel suono di monetina che cade.

«È Adrian.»

Da mesi, con costanza.

«Sono le dieci passate» dico, e riempio i bicchieri.

«Sarà uscito ora dall'Acquario.»

«Non lo sa che siamo qui?»

«Certo che lo sa.»

Lizzie risponde e lascia il telefono accanto al piatto.

«Hai guardato le slide per domani?» chiedo.

«È strano che mi scriva anche adesso, non trovi?»

«Adrian è grafomane.»

«Le slide vanno bene, ma sono comunque un po' preoccupata per l'incontro» dice, Adrian è già scivolato fuori dai suoi pensieri.

«Vuoi che più tardi rivediamo i punti principali?»

«No, più tardi non posso» sorride, portando alle labbra un milione di bollicine d'importazione.

Per un po' chiacchieriamo del ritorno dei dungeon crawl, tutti questi vecchi giochi con scenari minimi, eroi che si muovono in labirinti e uccidono mostri, il grado zero all'alba del nostro lavoro. Ordiniamo un'altra bottiglia di vino. Le monetine cadute si susseguono, ogni quattro o cinque Lizzie guarda lo schermo, qualche volta risponde. Non ci faccio troppo caso. Lizzie ha sempre avuto questo modo distaccato e insolente di stare accanto alle persone che genera timore, porta a parlare di lei con cautela, ma in pochi, pochissimi casi può far nascere una fascinazione che sfocia nell'attaccamento, mette voglia di cercarla in eterno e porta a confondere la sua distrazione con ascolto. Non sono stupito che Adrian non la smetta.

«Chiedi il conto? È tardi» dice, prima che sia mezzanotte.

«Dove vorresti andare?»

«Non lo so, dove si va in questi casi?»

A dispetto dell'aria maliziosa che la circonda dai tempi della scuola, quando esserle amico era faccenda di esclusività e prove che facevano presagire mondi proibiti, Lizzie non ha la benché minima dimestichezza con la vita notturna e insieme non sapremmo rimediare una canna nel bagno dei maschi di un locale a Soho.

«Mi sa che vado a dormire» mente, appena la porta del ristorante si chiude alle nostre spalle con uno scampanellio di saluto.

La rosticceria indiana dall'altra parte della strada manda fumi di spezie e due ragazzi all'angolo le guardano le gambe nude. Il termometro inchiodato allo stipite di una porta segna gradi da inverno continentale, ma lei disprezza le calze e indossa solo vestiti leggeri. Dalla tasca dell'impermeabile arriva ancora il suono della monetina. Lizzie dà un'occhiata allo schermo, i suoi occhi blu diventano viola e ghiaccio pixel. Quale pretesto trova ogni notte il timido Adrian per scriverle? Chissà quando le ha chiesto il numero, guardandosi i lacci delle scarpe ne sono sicuro, chissà per quanto tempo ha interrogato le cifre prima di comporre qualche parola e premere invio con audacia, la prima volta. Chissà dove ha trovato il coraggio per scrivere a Lizzie, che ha fama di persona poco accogliente. E lui da mesi non lascia passare una notte, le sue invenzioni sono un gioco e un rilancio. Lizzie sorride, infila in tasca il telefono senza rispondere.

«Fammi compagnia almeno per una sigaretta» dico.

«Ok, ma poi devo andare.»

Fumiamo in silenzio, i ragazzi all'angolo sono entrati nel pub, un bambino ci sfreccia davanti sullo skate sfruttando la discesa e la vetrina del centro di massaggi thai manda lampi rosa fucsia.

«Magari vado a farmi un massaggio» dico.

«Non ne hai il coraggio.»

«Mi sa di no.»

Un'altra monetina, ma il telefono resta nella tasca. Lizzie slancia il braccio verso il taxi in lontananza, verso la notte che passerà con quello che per un lungo periodo ho creduto fosse il suo grande amore, invece è solo uno che sa stringerle una mano alla gola premendo con fermezza mentre le tiene i polsi con più forza di quanta lei non ne abbia per liberarsi. Uno più caro degli altri, è vero, ma anche lui finirà per mandarle i fiori il giorno del compleanno senza aspettarsi una risposta. Lizzie non è il tipo da amori romantici, l'avevo capito in Costa dei Barbari molti anni prima. Il taxi accosta, lei si passa il rossetto sulle labbra.

«Non fare lo sciocco stanotte» dice, con il più materno dei toni sorridendomi e lasciandomi un lungo bacio sulla guancia.

Non lo immaginiamo, ma non saranno questa cena né le

mie chiacchiere, e nemmeno la notte infinitamente ripetuta prima dell'alba, le lenzuola ai piedi del letto, *come sei bella*, le mani a chiudere la bocca, quello che Lizzie ricorderà. Ha ragione lei, fermiamo gli orologi sulla volta notturna delle stelle londinesi, appena appannate dal neon di un centro di massaggi thai e dal fumo di un ristorante indiano. Questo è il momento esatto. Il primo, dopo più di un anno e mezzo di chiacchiere notturne e tentativi di farsi seducente ai suoi occhi, in cui Lizzie legge il nome di Adrian sullo schermo e ha una fitta di improvvisa, inaspettata felicità.

*

Non credo che ci sia un modo per essere preparati alle cose difficili, quelle che ci piombano addosso senza tanti preamboli, e il nostro compito è sempre più serio di quello che siamo in grado di affrontare.

Nel dicembre in cui la cosa difficile capitò a Lizzie, io passavo i pomeriggi dopo la scuola a tirare palle da baseball contro la rampa del centro sportivo dietro la vecchia ferrovia. Per metà del tempo mi esercitavo a colpirne centinaia e migliaia, sparate a velocità della luce da una proboscide nero acciaio, e per l'altra lanciavo con il braccio destro steccato per imparare a usare il sinistro. La ripetitività e lo sforzo mi esaltavano, dimostravo un'abnegazione che faceva di me, se non il più bravo, di sicuro il prediletto degli allievi. Un eroe da cartoni animati giapponesi. Nessuno dei ragazzi che conoscevo faceva cose del genere. Tornavo a casa con il tram e il buio, mi chiudevo in camera con qualche libro di fotografia. Era il modo che avevo trovato per liberarmi di mia madre, il baseball e la fotografia intendo. Con il primo sfidavo l'idea di me come di una sua appendice fragile, e con la seconda imponevo la mia solitudine.

Tutto questo lo dico perché in quei giorni non mi occupavo granché di ciò che succedeva attorno a me. Non avevo amici, non mi interessavo alle vite dei miei compagni o alle chiacchiere degli adulti. Io e Lizzie non avevamo ancora scambiato una sillaba, ma ne conoscevo la fama. Le nostre case non erano vicine come un tempo lo erano state quelle delle nostre madri, frequentavamo però le stesse scuole e lei non passava inosservata. Per via dei suoi accecanti vestiti bianco anti-flash, ma anche di quel modo di incedere come se camminasse in una bolla di sapone e fosse al contempo presa da pensieri tutti suoi. Se glielo aveste chiesto, avrebbe risposto che non pensava a niente.

L'avevo vista una volta dietro la recinzione del campo sportivo, qualche metro sotto di me, sulla strada all'ombra della rampa contro cui lanciavo senza tregua. Mi ero sporto per vedere se qualche palla era volata oltre la rete e lei era lì, scambiava pillole in blister ritagliati con ragazzi del liceo (roba che rubava a sua nonna, ansiolitici di cui conosceva solo vagamente gli effetti). Aveva guardato su e mi aveva visto. I suoi occhi, di quella temperatura fredda e a bassa energia che ha la luce nell'ora blu, si erano incollati ai miei per qualche secondo e poi era tornata ai suoi traffici. Avevamo interagito così altre volte, con lei che spacciava pillole e io che mi allenavo.

A scuola mi ignorava del tutto. Stava seduta in cima alle scale che portavano a una piccola terrazza e osservava le ragazze che facevano a gara per riferirle confidenze all'orecchio. Fare parte della sua cerchia dava prestigio e attirava l'attenzione, e lei si inventava prove per testare la fedeltà altrui, a volte faceva piangere qualcuna della sua banda. Tra i maschi girava voce che stesse con uno del nautico, qualcuno giurava di averla vista ai giardinetti sopra il Molo Settimo una sera, inginocchiata tra le gambe di un uomo più grande, dietro quei cespugli che le nostre madri avevano reso epici con leggende di siringhe e malattie mortali, ma noi sapevamo che ci andavano solo i preti e gli uomini vecchi che ci sorridevano facendo segno se volevamo una sigaretta. Qualcuno diceva di averla vista nuda prendere il sole sul tetto di casa, ma io sapevo che era un'allucinazione o una leggenda che lei alimentava.

Nei pomeriggi di quel dicembre, qualche mese prima della nostra sortita all'Area di Ricerca, vedevo Lizzie filare davanti a casa mia su una moto grigio scuro. Il casco enorme, le spalle strette nella giacca della scuola, la gonna che si sollevava per la velocità e la guancia premuta contro la schiena di suo padre. Andavano in Costa dei Barbari, quel nome che evoca ancora adesso brividi d'eccitazione: il ritrovo di scambisti e pervertiti, bisbigliano – l'anima torbida della città che l'assedia dai margini, confina con le spiagge sportive dei Topolini, con la gioventù solare e salutista e la rende possibile, in una contraddizione che è tormento e nostalgia per i poeti della città, costretti ad andarsene da qui per non ammalarsi, per ricercare un po' di salute e poi finire sempre per tornare, perché solo qui e non altrove...

Come faccio a sapere che erano diretti in Costa dei Barbari? Come accadrà molte altre volte in questa storia, posso dire di aver visto con i miei occhi alcune cose, altre mi sono state raccontate, altre le ho intuite da un ritardo di parola che rivelava l'esistenza di qualcosa che meritava di essere tenuto nascosto, di altre cose ancora mi sono appropriato in modo del tutto illecito, criminale dovrei dire, forzando password e frugando nei cassetti privati della memoria virtuale – non troppo diverso da Adrian in questo. Altre cose probabilmente le ho immaginate, e comunque non riesco più a distinguere le une dalle altre.

(E in ogni caso una ricerca di verità non ha poi un granché di senso, dal momento che sto scrivendo queste pagine perché credo che Lizzie sia in pericolo.)

I pomeriggi poco prima di quell'inverno, Lizzie in attesa di suo padre che tarda. È sempre in ritardo – un ragazzo troppo assorbito dallo spettacolo scoppiettante dei propri desideri per preoccuparsi delle regole di famiglia, ancora incredulo di averne costruita una. Lizzie si sporge sul balcone, i piedi nudi che gelano. Cerca di vedere il riflesso di un faro risalire la via, ma non è mai quello giusto. Poi arriva, ed è un fulmine, energia pura. Spalanca la porta di casa e grida un saluto pieno di vezzeggiativi. Per farsi perdonare il ritardo, pensa sua madre baciandolo sulla bocca. Perché è straordinariamente felice, vede Lizzie. Una felicità adolescente e senza intralci. Rimane a osservarlo dalle scale: il modo in cui si annusa il braccio, sistema la camicia dentro i pantaloni prima di alzare gli occhi e accorgersi della sua bambina. La chiama a sé e le scompiglia i capelli, lei gli chiede dov'è stato, lui ride senza sentirla.

È allegro, stappa una bottiglia. Come fa sua madre a non accorgersi che quella felicità non le appartiene? A tavola Lizzie tiene il broncio, la madre liquida con un gesto della mano quel malumore infantile, il padre è incuriosito dall'ostilità della sua bambina adorata ma troppo distratto per darci peso. Al momento del bacio della buonanotte (è troppo grande per quel genere di riti?) gli chiede ancora dov'è stato. In un posto dove ci sono gli angeli migliori, le dice. Strizza l'occhio, spegne la luce.

«Mi porti con te?» chiede Lizzie il giorno dopo a colazione.

«Dove?» dice lui.

«Nel posto degli angeli migliori.»

Non ammicca, la guarda scuro.

«Smettila di dire sciocchezze, Lizzie.»

E così lei poche ore dopo si fa spedire a casa da scuola. Indisposizione, scrivono sul libretto delle giustificazioni. Lenzuola sotto il mento e occhi chiusi. Le gira la testa, dice. Non riesce a mangiare e tanto meno ad alzarsi. Rimane a letto, ci rimane il giorno dopo, e anche quello dopo ancora. La madre le sente la fronte e lei ha le mani ghiacciate dei morti. Non mangia. Il quinto giorno chiamano il medico. Dice disturbi di pressione, dice disordini nel sangue, una totale assenza di sintomi riscontrabili. Prescrive esami, ma lei è troppo debole per alzarsi. È ancora ostile. Fino a quando suo padre non si siede sul bordo del letto per farle bere un po' di tè zuccherato e allora Lizzie, una fessura azzurra d'occhio e la voce delle esangui: «Se muoio, mi porti dagli angeli migliori?».

Zac! Il cuore! Colpito con uno stiletto, l'arma bianca delle principesse, l'arma dei tradimenti e delle vendette con cui si manipola il fato. Principessa di papà, con il visetto pallido dei sofferenti e l'occhio spento ad arte.

«Va bene, ma tu guarisci.»

Le bacia la fronte e Lizzie naturalmente guarisce.

E allora eccola scivolare verso il luogo proibito, dove sta la felicità scandalosa che aveva visto brillare addosso a suo padre, quell'odore sulle braccia e tra i capelli che non ha niente a che vedere con casa loro. Lizzie ha tredici anni e mezzo ma non ha paura di niente: non degli angeli, tanto meno delle cose proibite.

Ecco il viale fino al castello e poi le curve della costiera, fino all'altezza della torre dell'acqua dove c'è uno slargo di parcheggio. Il cielo è bianco ruvido, si vede il profilo delle montagne a ovest, la città è lontana e quieta, il mare blu acciaio. Suo padre le toglie il casco e le chiude la cerniera della giacca fino al collo, ma lei non è più una bambina.

«È il nostro segreto, sì?»

Lizzie scavalca il muretto e mette un piede nel sentiero a strapiombo. Conosce la strada, questa non è la prima volta che vengono. Dopo un inizio esitante, l'impazienza di suo padre verso i propri desideri, un certo egoismo alimentato dalla venerazione di sua madre, avevano avuto la meglio sul buon senso ed era stato facile e piacevole per lui assecondare i piani della sua bambina sveglia, trasformarla in un alibi invincibile. Si calano per tracciati impervi tra carpini e rami di acacie che lasciano filtrare a fatica la luce invernale, a volte sembra di perdere la via ma c'è sempre qualcuno che ha calpestato di fresco un ramo indicando il punto buono per il passaggio. Raggiungono la spiaggia che si spalanca su un mare non addomesticato, una striscia di ciottoli e scogli. Contro la parete di roccia, l'occhio esperto individua le costruzioni degli habitué: stanze tirate su con legni e frasche, grotte abbellite da conchiglie. Lizzie alza la testa verso l'intrico dei sentieri tra i lecci e vede quello per cui la gente si spinge da queste parti: due corpi o forse tre, carne chiara contro la corteccia, un punto rosso di unghie o labbra, il bianco delle mutande calate sulle caviglie. Sente una discesa di sciroppo andare giù fino allo sterno, beata e nauseante. La mano di suo padre le si stringe attorno al polso e la trascina avanti, fino al vecchio molo di pietra.

«È bello qui, vero?» dice lui come ogni volta, e come ogni volta lei annuisce. «È come il mare del Polo Nord. Ti ricordi quando eri piccola e ti raccontavo di quella volta che sono stato al Polo Nord?» Suo padre, lo scienziato fallito, ha un talento nel raccontare storie o menzogne. Lizzie non è più una bambina, sa quello che ci si aspetta da lei se vuole continuare a venire da queste parti e si allontana sul molo. Ha giurato di rimanere a esplorare la riva dando sempre le spalle alle grotte, alle ramaglie smagrite dall'inverno che non ce la fanno a coprire i corpi, i desideri nudi e crudi di suo padre che sparisce dietro di lei.

Non dovrebbe. Ma un'irresistibile ansia di altra vita lo rende incurante dei propri gesti e di ogni raccomandabile cautela, non gli importa delle conseguenze o dei rischi: un ragazzino cresciuto nello specchio di se stesso, che ora forza i sentimenti verso una china fatale e, viene da pensare, non ricerca altro che l'esplodere di un disastro, fosse anche per mano di sua figlia. «Aspettami qui» dice. «Torno subito. Non allontanarti dal molo, promesso?»

Ma Lizzie, che a tredici anni e mezzo sa manipolare gli adulti alla perfezione, soprattutto suo padre, sa anche che le promesse hanno una scadenza e quando qualcosa di importante accade a nostra insaputa e alle nostre spalle, è lecito barare e girarsi di colpo per sorprendere l'intesa nascosta, la complicità incosciente degli amanti che esclude tutto il resto e anche noi.

Esita. È ancora un pomeriggio intatto di un dicembre crudo e ventoso. Più lontano in città le luminarie di Ponte Rosso sbattono al vento, la gente si sta rifugiando nei caffè storici a ordinare cioccolate viennesi, nei palazzi del centro le bambine chiedono a Babbo Natale il vestito di Sissi e i bambini la spada di Massimiliano. Ah, la città imperiale tenuta in vita come un cadavere con l'ossigeno artificiale. E invece lì c'è l'altra città, quella viva, quella dei sotterranei e delle luci al neon sopra i bordelli d'oltre confine, la città che manda fuori di testa i poeti deboli di nervi e che allo scrittore irlandese sussurrava *Easy now, Jamesy! Did you never walk the streets of Dublin at night sobbing another name?* Questa città ora ansima e batte i denti sulla spalla di Lizzie, qui in Costa dei Barbari.

Ci vuole coraggio a scendere quaggiù, a scenderci con tuo padre, ad avere tredici anni e mezzo. Lizzie esita. Prova a distrarsi guardando il mare. Ma non è per guardare il mare che viene fino qui. Chi sono gli angeli migliori? Angeli sgualciti che non ci proteggono dai vizi, tutt'altro, angeli con le ali storte e gli occhi arrossati, senza nessuna virtù da esigere. Angeli seducenti che ci infilano le mani nelle tasche e la lingua nell'orecchio, che non passano il tempo a farci la lezione e insegnarci il sacrificio ma ci dicono che si può essere felici anche adesso, anche qui. Spudoratamente felici, come papà sulla porta di casa. Lizzie prende un respiro e si gira.

Niente. Pini e carpini neri, la roccia muta delle falesie. Dove sono finiti tutti? Lizzie fa qualche metro verso un telo giallastro teso a capanna tra due bastoni, ma lì dietro non c'è nessuno. Torna al molo di cemento e sale su uno scoglio per vedere fino alle grotte più lontane. Non c'è traccia di suo padre. Allora prova a risalire la parete, dal lato più a est, dove una discesa di ghiaia sembra indicare la via. Cammina spedita tra gli arbusti, si apre la strada con le mani senza badare ai graffi, respira con la bocca e l'aria gelida le scortica la gola e i polmoni. Avanza per istinto.

Fermati! Fermati subito! Per l'amor del cielo, rallenta. Invece eccola, Lizzie. Li ha trovati. Quello che vede è una vertigine: la vertiginosa libertà di due bocche mal assortite e un numero dispari di gambe. Suo padre nel mezzo, la pelle e i peli, le mani artigliate su una testa biondo platino tra le gambe, il collo rovesciato indietro. Una resa totale. Il mare alle spalle, lontano, manda un ruggito e un'onda. Vattene Lizzie! Smettila di guardare! Invece lei guarda e guarda. Con gli occhi che le lacrimano per il freddo e il respiro che fa una bolla in gola e non esce. Il mondo si rovescia, i corpi mezzi nudi non combaciano con le regole della biologia. Scappare. Via di lì. Scendere di corsa e tuffarsi in acqua, cancellare tutto. Ma ci vorrebbe un coraggio che non ha, così non respira e tiene gli occhi spalancati. «Che hai?» chiede più tardi suo padre risalendo il sentiero verso la costiera. Lizzie si stringe nelle spalle. Lui sorride senza altri pensieri che la propria vita, incontaminata e urgente a due passi dal mare proibito. Non riesce a trattenere il buonumore. Prova a farle una grattatina sulla schiena, il loro segnale di complicità. «Hai freddo? Hai sete?» Niente. «Dio mio, Lizzie! Smettila di fare quella faccia. Su, andiamo.»

La moto li attende grigia, così la strada e il cielo che si è abbassato. Lui guida allegro, come non avesse sua figlia attaccata dietro. Lizzie ha le ginocchia molli, i polpacci senza peso non fanno presa sulla moto. Le viene da piangere, ma è per via del vento.

A casa in fretta, entrare in apnea e togliersi le scarpe. Suo padre è un trionfo di euforia e sua madre non si accorge di niente. Lui la bacia, le fa i complimenti per il vestito e se ne vanno insieme in cucina con passi affiatati, la mano che accarezza il fianco in una sintonia cretina. Lizzie è ancora gelata sulla porta, ma tanto nessuno ha fatto caso a lei.

Ci sono scaloppine al vino bianco e le immancabili patate al forno che sempre accompagnano ogni cataclisma familiare: mamma e papà e figlioletti maschio e femmina, la famiglia cuore si prepara alla cena. La radio sulla mensola avverte dell'arrivo della perturbazione atlantica e in strada un ragazzino fa esplodere petardi anticipati. Questo è l'istante perfetto che si immortala con una pellicola veloce e un tempo rapido, la scena che il colpo fotografico rende atemporale.

Lizzie che seziona la carne mentre la madre sommerge la tovaglia di cibo e chiacchiere e non si accorge di nulla. Suo fratello che mastica e si riempie la bocca d'acqua, il sorriso ebete del padre.

«Lizzie, non fare quel rumore con la forchetta!» sibila la madre. «Quand'è che la smetti di comportarti come una selvaggia? Le signorine...»

Il padre alza gli occhi nella sua direzione, ma Lizzie sa che non la vede: vede ancora corpi e mani, una delizia rosso lacca. Quanto può essere vasta la vita degli adulti? E i loro segreti? Quanto si può essere felici alle spalle di chi amiamo? Preghiamo ogni giorno perché il nostro amato non si volti e rimanga a casa all'insaputa di tutto, a tenere insieme la nostra parte migliore mentre noi, nell'eterna Costa dei Barbari, inseguiamo angeli da rovina.

«Dille qualcosa anche tu.» Sua madre ha una mano sul braccio del marito, che a quel tocco si ricollega alla stanza, alla sua parte.

«Dacci un taglio Lizzie, va bene?»

Dacci un taglio Lizzie?

Adesso fanno squadra assieme i due, come sempre. Solidali, complici. Una scintilla d'intesa troppo luccicante.

È colpa di quella scintilla. O della mano sul braccio, o forse dello stordimento dell'aria e dell'odore nauseante che le arriva dal corpo di suo padre. Lizzie lascia cadere il coltello e apre la bocca:

«Papà mi ha portato in Costa dei Barbari...».

Crash! Un gigantesco vetro va in pezzi. La cornice della foto di famiglia a colori Kodak si sfracella sul pavimento.

A seguire, dettagli e dettagli. La vendetta dei bambini sugli adulti. Degli esclusi sugli amanti. *Costa dei Barbari*, non ci sarebbe bisogno di andare oltre. Invece sì, per spezzare quella complicità ed essere sicuri che non si ricostruisca mai più. Lizzie racconta e inventa, dice quello che ha visto e anche di più. Come fa a conoscere tutte quelle parole?

«Ora basta!»

La sedia di suo padre cade a terra, lui in piedi è altissimo. Si rovescia la bottiglia del vino e inzuppa la tovaglia mentre lui ha già lasciato la stanza.

«Dove stai andando?» grida sua madre, la voce sul punto di spaccarsi.

«Me ne vado. Me ne vado da questa casa.»

È già in ingresso, si sta infilando la giacca, prende il casco della moto. Le colpe rovesciate, come le bocche in Costa dei Barbari.

«Fermati... Non puoi...»

Suo fratello si stringe al braccio della madre, che se lo scrolla di dosso facendolo cadere sul pavimento (e tra qualche anno un medico stabilirà che da qui nasce il tentativo del ragazzo di darsi fuoco) e si slancia verso il marito. Si aggrappa alla sua schiena, alle gambe. «Togliti di mezzo!» le urla, divincolandosi dalla presa con un calcio che manda in pezzi il vaso sul tavolino d'ingresso, regalo di matrimonio della bisnonna.

La porta spalancata su via San Michele: «Non ne posso più di voi! Da mesi, da anni. Non ne posso più, hai capito? Non sopporto più le tue cazzo di cene, il bisogno di... i bambini...».

È già fuori in strada ma Lizzie lo sente. I bambini. Non è preparata alla rovina che ha appena scatenato.

*

Come fila una linea da Costa dei Barbari fino all'Acquario con le sue postazioni rosso e giallo primari, le vetrate sterminate al cielo, le terrazze con i bassi parapetti e il pavimento d'erba vera? Fila sui binari scivolosi di una mente che inventa e inventa, mondi fittizi decisamente più confortevoli di quelli reali. E lì, nel guscio protetto dell'intelligenza, la vita può essere sterminata e senza limiti, magnificamente controllabile. Un'intuizione su cui l'Acquario ha costruito un impero di azioni milionarie. D'altra parte là fuori, oltre le porte a specchio telecamerizzate e le terrazze pensili, c'è un mondo di esseri umani in debito di realtà, soli e ansiosi di manipolare i propri desideri per renderli leciti, là nelle terre virtuali. Lizzie sapeva, molto prima di mettere piede qui dentro, che avere a disposizione sistemi molto sofisticati per le sue invenzioni molto sofisticate le avrebbe dato un potere stupefacente: il controllo assoluto sulle vite e sugli universi, dove la moto di suo padre sarebbe ritornata in eterno alla casa di via San Michele.

La gente che arriva all'Acquario è simile e dissimile. Molti sono post adolescenti con Qi al di sopra della media e una certa attitudine all'omologazione, desiderosi di indossare cappellini da baseball Air Jordan forniti dallo sponsor. Non hanno idea di quanto le loro creazioni influiscano sul mondo reale e facciano guadagnare bonus milionari, passano le giornate in luoghi con il condizionamento artificiale, mangiano cibo in scatole di polistirolo e patatine che si ammosciano tra le dita, la notte giocano online, condividono appartamenti zeppi di processori potentissimi, hanno orologi che costano lo stipendio di un dirigente, fanno sesso compulsivamente e sono attenti a un certo genere di moda. Questo è più o meno il tipo di umanità che sta dalle parti mie e di Adrian. Agli IMMAGINATORI è diverso, loro portano la materia prima ai nostri universi e mantengono un movimento più fluido rispetto al mondo. Il lavoro che fanno qui dentro li fornisce di un fascino inconfutabile all'esterno e la loro maggiore familiarità con la vita là fuori, una supposta confidenza con gli esseri umani in carne e ossa, è guardata con rispetto: una capacità prodigiosa di portare sangue pulito dei mortali per creare la vita delle nostre creature immortali, sotto il copyright dell'Acquario. Come in un videogame di vent'anni fa.

A dire il vero le cose sono molto più semplici: quelli come Lizzie attingono alla vita oltre i confini dei laghetti a ninfee per introdurre le emozioni nella griglia piatta del frame di programmazione, è questo il loro grande potere.

Adrian e Lizzie appartengono rispettivamente a questi due mondi, eppure anche ne stanno fuori. Credo sia stato proprio questo scarto, questa continua indecidibile inappartenenza, ciò che li ha fatti avvicinare. Ha fatto credere loro di essere creature simili, di condividere qualcosa di speciale.

Lizzie viene all'Acquario meno di chiunque altro, ma ciò non significa che fuori si trovi a proprio agio e della sua vita non mappata dal badge non si sa quasi nulla. Non la si vede nei ristoranti la sera, non ama portare regali alle amiche quando nascono i bambini, non fa spese la domenica pomeriggio, non è iscritta a nessun corso di meditazione. Eppure, nemmeno possiede quel tipo di patologie della socialità che si declinano in notti davanti a serie tv in streaming, come accade agli altri immaginatori. Qualche sera passa a prendermi con il motorino per portarmi a bere assenzio o qualcosa di altrettanto poetico in un locale vicino al cimitero monumentale, alle porte dello skyline della città. Perlopiù sta per i fatti suoi, costruisce storie come la bambina solitaria che è stata, ma ora per farlo percepisce uno stipendio con molti zeri, perché la gente in carne e ossa affolla i suoi universi facendoli saltare in cima alla top list dei più scaricati. Esce con uomini che non conosco, qualcuno di loro è innamorato di lei, insieme se ne vanno per il fine settimana o stanno chiusi in qualche camera d'albergo per un'intera giornata. Come è successo spesso con quel suo grande amore che avevo visto solo una volta, da lontano, mentre passeggiavano sul molo della nostra città davanti a un mare ottobrino da innamorati.

«Perché siete andati avanti per così tanto tempo?» le ho chiesto un giorno.

«Prendevo appunti» aveva risposto, appoggiando il polso per non far tremare il bicchiere.

«Cosa vuoi dire?»

«Perché la gente creda ai personaggi che inventiamo c'è bisogno che siano dotati di sentimenti credibili. È ciò che li rende plausibili, che permette di identificarsi. Più sfaccettati sono i sentimenti che associamo a un comportamento, maggiore è l'intelligenza del personaggio.»

«E quindi stavi solo cercando dei modelli per i nostri personaggi?»

«Qualcosa del genere.»

«Non ti credo» avevo obiettato, ma Lizzie aveva già fatto un cenno per ordinare altro champagne. Che vezzo da megalomani.

Un vezzo che Adrian aveva adorato dal primo momento, è ovvio. Questa è un'altra cosa che li accomuna, il loro lato mitomaniacale, anche se in Adrian è dissimulato.

Quando andava alle superiori Adrian era combattuto tra il voler diventare regista (tenetelo a mente!) e un certo talento per le equazioni complesse. Gli piace dire che è stato il caso a portarlo fino all'Acquario: sua madre ci teneva molto e così lui ha mandato il curriculum, sicuro che non lo avrebbero mai preso. Ma anche questa è una storia, è facile capirlo. E non sono neppure sicuro che esista una madre così come lui l'ha raccontata. Adrian ha sempre rivelato pochissimo della sua vita, anzi, quello che sembrava importargli di più era operare una cesura netta con tutto ciò che era accaduto prima. Raccontava solo un pezzo della storia, perché l'accesso a un livello più profondo avrebbe significato essere sinceri o mentire deliberatamente. D'altra parte, l'autenticità era da tempo una questione fuori moda. In questo l'Acquario è per lui il luogo perfetto: viviamo immersi in una velocità iperattiva che ci fa guardare con sospetto a concetti come identità e verità.

La cosa strana, a cui però ci si abitua in fretta come a una contraddizione di natura, è che tutta la tecnologia che abbiamo a disposizione dietro queste grandi vetrate a specchio e che ci serve per mascherare e falsificare l'identità di chiunque lo desideri, allo stesso tempo è anche il mezzo che ci mette nelle condizioni di chiederne di più, di scoprire tutto, qualora lo volessimo davvero. Io Lizzie e Adrian avremmo potuto in ogni momento sapere la verità l'uno dell'altro, ma siamo cresciuti in un mondo in cui la verità si moltiplica in piattaforme al neon e sensori vocali, i nostri io assomigliano a un cubo di Rubik che non ci interessava far quadrare. Ciò che volevamo davvero erano ponti e ponti di ologrammi, la possibilità di immergerci in qualcosa che non era per niente reale. Quando provavo a chiedere ad Adrian qualcosa di personale, un dettaglio o un ricordo, diventava improvvisamente silenzioso, distoglieva lo sguardo in quel modo che ha sempre intenerito Lizzie.

Una notte, mentre spiavo i suoi passatempi dal computer di casa mia, ho visto Adrian, uno degli infiniti fake di Adrian, muoversi in una terra virtuale creata da noi e rispondere a qualcuno: «Vuoi sapere perché lavoro all'Acquario? Conosci qualche altro modo per far sì che gli esseri umani facciano quello che vuoi tu?».

Per questo, e non solo per Lizzie, lo si vedeva spesso spuntare dietro le pareti di vetro con i disegni blu e gialli che separano l'area IMMAGINATORI dal corridoio d'esecuzione. Capiva che padroneggiare le emozioni era un tassello essenziale da includere nei suoi sistemi a 0 e 1. Era comunque l'unico del quattordicesimo piano ad avventurarsi al quindicesimo. Tra i nostri emisferi vige una rigida compartimentazione, che si esprime nella variazione cromatica dell'arredamento. Adrian scavalcava con intenzione queste divisioni, più gentile, più brillante di tutti gli altri. Finì presto per diventare il mio più caro amico.

Era intelligente, faceva battute spiritose e non avrebbe lasciato senza risposta nemmeno il più insignificante dei messaggi. Avevi l'impressione che si prendesse cura di te mettendoci molta attenzione. Quando uscivamo tutti e tre insieme, e in quei due anni che cambiarono le nostre vite succedeva spesso, era lui a risollevare le conversazioni, soprattutto quando Lizzie cadeva in uno dei suoi inesplicabili malumori. Era lui quello socievole e lei quella silenziosa. Lizzie si annoiava rapidamente e capitava che cambiasse i piani all'ultimo momento senza dare spiegazioni, a volte scompariva per qualche giorno. Adrian invece non si annoiava mai né si stancava di questo suo modo di fare incontenibile e risplendente come una foto troppo esposta che brucia la pellicola; sembrava possedere una riserva fortunata di diversivi e la sua capacità di andarle dietro, di stringersi al dettaglio e proseguire, era il motore delle nostre notti.

Ci chiedevamo poi, io e Lizzie, come facesse a conoscere tutti quei film e i libri e gli articoli pieni di aneddoti che ci inviava a notte fonda, sicuro che ci avrebbero divertito. Aveva una buona memoria, dormiva poco e desiderava sedurci.

Per questo, durante i due anni che precedettero il vero e proprio inizio di questa storia, Adrian ebbe su di noi un ascendente spettacolare. Sapeva costruire storie meglio di chiunque altro – meglio di Lizzie, confesso di averlo pensato a un certo punto.

Ricordo il momento esatto in cui questa intuizione mi attraversò la mente e me ne vergognai come di un tradimento. Avevamo appena mandato online un progetto nuovo e in un'ora c'erano stati centinaia di migliaia di download, dovevamo festeggiare. Avevamo scelto un ristorante vecchio stile perché Adrian, come i bambini cresciuti senza pranzi e cene attorno a una tavola preparata con cura, non mangia nulla che abbia forme o sapori esotici. Quel pomeriggio era nato mio nipote, un bimbetto peloso e urlante che mi era stato subito simpatico, e probabilmente era stato quel mio entusiasmo ad allarmare Adrian, il pericolo di una porta aperta sulle nostre identità al di fuori dell'Acquario. Non avevamo alcuna conoscenza della sua vita prima e oltre noi, non sapevamo se c'era una famiglia, se e quando c'era stata una ragazza o dei genitori. L'unica cosa che avevamo intuito era che si trattava di una faccenda dolorosa sulla quale era meglio evitare ogni domanda.

Quella sera era forse stato il presagio di confessioni imminenti ed eventuali domande a spingerlo a inventarsi una storia che occupò l'intera serata e assorbì qualsiasi urgenza di dialogo. O forse, come capii in seguito, stava solo mettendocela tutta per sembrare interessante agli occhi di Lizzie, per catturare la sua instabile attenzione. Non ricordo quale fosse il soggetto, ma so che rimasi colpito dalla struttura narrativa: iniziò raccontando di un personaggio sconosciuto con tono da commedia, inserì un simulacro di se stesso nella narrazione cambiando punto di vista, e continuò fino a intersecare la storia a quella del vero protagonista, un malvagio qualunque che nelle sue parole diventò un eroe da romanzo russo. Stava depistandoci, preoccupato dal rischio di reciprocità del mio umore confidenziale.

Uscimmo tardi dal ristorante e ci separammo sulla porta di casa mia. Buonanotte! Buonanotte! La notte li prese inermi alle spalle, e io li vidi avviarsi con quel loro passo asimmetrico. Abitavano a pochi passi l'uno dall'altra, una coincidenza poetica che durò solo due anni. (E noi per lungo tempo abbiamo creduto fosse un caso!) Forse faceva freddo, non ricordo, forse si avvicinarono rabbrividendo. Fu quello l'inizio? Chi per primo cercò la mano o sentì sotto le dita l'osso esile del fianco? Adrian la accompagnò sulla porta di casa, di questo sono sicuro. Lizzie gli chiese di salire, è da lei forzare la mano davanti all'impossibilità. Adrian esitò, la baciò sulla guancia indugiando come a raccogliere da chissà quale profondità la volontà di andarsene? Oppure entrò spingendola contro il muro davanti alle scale, in quel cortile da casa di ringhiera, e si baciarono all'unisono in un istante che non sarà mai vero, come i ragazzi di quella brutta poesia? Quel che è certo è che la notte, al buio delle lenzuola nelle loro camere, si scrissero. Si scrissero a lungo.

*

Facevamo lunghi giri in macchina, io e Adrian, e fu in uno di quei nostri momenti notturni che accadde una cosa che avrebbe dovuto spaventarmi e a cui invece non diedi troppo peso.

Finiva di lavorare poco prima di mezzanotte, mi mandava un messaggio (scriveva Adrian, non usava mai la voce, e anche questo è un dettaglio che bisogna tenere a mente, l'avrete capito): *vieni, andiamo...* Credo che fosse una sorta di rito di complicità virile questo nostro vagare incrementando il livello d'alcol in circolazione, anche se noi non ci davamo pugni sulle spalle, non ci confessavamo fantasie con ipotetiche sconosciute, non dicevamo cazzo a ogni frase. Ma è stato così che Adrian si è fatto strada nella mia vita, guadagnando ogni giorno qualche notte o pensiero in più – con applicazione, senza urlare o battere i piedi per reclamare reciprocità. Era disponibile, si preoccupava per me, faceva ridere e mi dedicava il suo tempo come accade solo con gli amici dei quindici o diciassette anni.

Guidiamo in una tangenziale deserta e sto raccontando

una cosa che non ho mai raccontato nemmeno a Lizzie: «Mi ha preso la mania dei libri di fotografia quando ho capito che così mi avrebbero lasciato in pace. Erano una specie di barriera per isolarmi dalla mia famiglia, che ha sempre guardato con sospetto a ogni forma di produzione artistica che non fosse sigillata dai secoli, innocua. Roba da tenere in bella mostra sul tavolino in salotto. L'idea che qualcuno vicino a loro, un contemporaneo o un figlio, figuriamoci, potesse coltivare un'ispirazione o un'inquietudine dell'animo era vista come vergognosa, una cosa da cui tenersi alla larga, da matti scampati alla rivoluzione psichiatrica della città».

«Perché proprio la fotografia?»

«Non lo so... forse perché sono stonato, non ho mai sentito l'armonia di un accordo o di una parola.»

«Non credo sia per quello.» Adrian per un attimo lascia perdere la strada davanti a noi e mi guarda in quel modo caldo e preciso che aveva sempre all'inizio di questa storia. Il blu Klein che si illumina dentro le ciglia nerissime a suggerire un'affinità immediata, una comprensione più intima – qualcuno capace di raccogliere le cose importanti che facciamo cadere ai margini dei discorsi, terrorizzati che in piena luce possano sembrare meschine o di poco conto.

«Forse no.»

Sorride. Non dice niente, non mi mette fretta.

«È stato durante un pranzo di Natale, di quelli che si fanno a casa nostra, con l'albero rosso e i regali, l'agrifoglio, i piatti con i bordi dorati e il caminetto acceso. Avevo questa Nikon vecchissima, un cimelio della giovinezza di mio padre che nessuno usava più, e giravo per le stanze a fare scatti a chiunque. Stare dietro all'obiettivo mi faceva sembrare lievemente disturbato, ma anche mi esonerava dalla conversazione. I giorni dopo ho sviluppato le foto ed erano uno spettacolo. Un circo di maschere mortifere, espressioni tirate, occhiate d'odio lanciate di nascosto, noia. Quella sensazione di soffocare che ho sempre avvertito alla nostra tavola così meravigliosa e a cui non avrei saputo dare un nome, sicuramente una mia stranezza da liquidare con una bistecca al sangue o una spremuta d'arancia, ora aveva un corpo, la potevo *vedere*. Capisci? Era lì, sulla carta fotografica. Non ero pazzo e nemmeno uno strano. Non vedevo cose che non esistevano.»

«È per questo che lavori ai visualizzatori?»

«Credo di sì» dico. E invece no. So perfettamente qual è la vera ragione. È l'unico modo che ho trovato per avere un mondo mio, per sfuggire alla tavola della colazione che, quando scendevo le scale al mattino, trovavo sempre colma di pane tostato e frutta fresca, alle lenzuola ben stirate e ai quadri nelle cornici antiche: disegno esseri umani e terre che i miei genitori non capirebbero mai e che non possono invadere. O forse, e credo sia ciò che Adrian ha sempre pensato, sono arrivato all'Acquario perché è il posto ideale per i miei genitori, un nome da spendere con orgoglio durante una delle loro tante cene.

«E tu? Come sei finito all'Acquario?»

Adrian si volta di nuovo verso di me, fa per dire qualcosa ma inghiotte aria con la bocca e torna a guardare la strada. E io, che ho imparato con Lizzie a leggere ogni esitazione e ritardo di parola, capisco quello che mi voleva dire. Perché mi stai facendo questa domanda? No, piuttosto: perché *proprio tu* mi stai facendo questa domanda?

Cade un silenzio candido, per un'eternità.

«Fermiamoci laggiù, ti va?» dico dopo un po', indicando l'insegna intermittente di un albergo.

Adrian non dice una parola, non fa cenno di aver sentito quello che ho detto, niente di niente. Ma poi rallenta e accosta. Per un attimo credo che non mi parlerà mai più, come se avessi mancato una prova decisiva o tradito un segreto che non conosco. È questo suo modo di chiudere tutte le porte e sbarrare le vie d'entrata davanti al più piccolo passo falso che mi porta a cercare un diversivo accomodante o allegro che lo distragga da se stesso, mi faccia perdonare per essergli arrivato troppo vicino.

Ci penso ora, alla luce di quello che è successo dopo. Se allora, se fin dall'inizio, non avessi lasciato cadere i discorsi, se avessi insistito a domandargli cos'è stato a portarti qui?, perché scrivi così tanto a Lizzie e a me? perché hai scelto noi? Ecco, mi chiedo se le cose sarebbero andate diversamente, se avrei potuto evitare l'irreparabile. Ma è inutile sbattere i pugni contro le porte chiuse, non si apriranno mai. E così quella sera sono sollevato quando entriamo nel bar dell'albergo e Adrian ordina come me un Martini e, con una disinvoltura che non gli riconosco, aggancia la ragazza in attesa delle chiavi al banco della reception. Le dice qualcosa di spiritoso che non sento, ma tornano insieme e lei ordina un terzo Martini. Stiamo seduti così per più di un'ora, non c'è bisogno che mi preoccupi della conversazione, Adrian sembra rianimato e li ascolto saltellare da una battuta all'altra commentando qualche show televisivo che ignoro. (Come fa Adrian a conoscere senza distinzione sciocchezze e sofisticherie?) La ragazza non è carina, ha occhi piccoli, la pelle del viso di un colore scialbo e i capelli legati in una coda. Ma ha una scollatura abbondante e tacchi alti. Non mi sorprendo quando Adrian propone di fare un giro in macchina.

«Ma è notte.» La ragazza ha una voce allenata alla parte.

«Per questo usciamo» ribatte lui, un brillio tra le ciglia e l'iride.

Saliamo in auto, la ragazza dietro e Adrian alla guida, e ci lanciamo sulla tangenziale. Dico lanciamo. Sarebbe più esatto ci scaraventiamo, ci buttiamo a rotta di collo, sfrecciamo paurosamente. Perché Adrian fa una cosa che non ha mai fatto, schiaccia l'acceleratore senza limite, fino a quando la lancetta dei chilometri raggiunge numeri che non pensavo nemmeno ci fossero.

Siamo paralizzati. La ragazza ridacchia e capisco che ha paura. Mi viene il pensiero di dirle di togliersi dal centro dei sedili, se facessimo un incidente... Una macchina scorre dall'altro lato della strada come una scia luminosa.

«Adrian...» provo a dire. Non mi risponde. «Ehi!» È la ragazza, ma non riesce a dire di più. Entrambi guardiamo Adrian e poi la strada e poi di nuovo Adrian. È concentrato, lontanissimo. Quando finalmente lascia l'acceleratore e l'auto rallenta sento una bolla risalirmi dallo stomaco, mi accorgo di essere sudato fradicio. Stiamo decelerando. Accostiamo in un punto senza alcun senso.

«Avanti, scendi» dice.

Non è chiaro a chi stia parlando, nel silenzio adrenalinico.

«Avanti, scendi» ripete, questa volta girandosi verso il sedile posteriore.

«Adrian» dico.

«Scendi.»

«Ma cosa stai dicendo?» urla la ragazza, un urletto pieno di angoscia. «Chi cazzo ti credi di essere? Portami indietro! Gira la macchina e riportami in albergo.»

«Scendi.»

«Ma cosa sei? Uno squilibrato drogato? Ehi, digli qualcosa al tuo amico!»

Ha la voce colma di lacrime esplosive.

«Adrian, andiamo...» provo, incapace di credere a quello che sta succedendo.

Adrian esce dall'auto e apre la portiera della ragazza. C'è un buio da animali notturni e romanzi di serial killer. Perché si comporta così?

«Avanti.»

La ragazza ora piange di nervi. Apro la portiera ed esco, e lei per un riflesso disgraziato mi imita. Barcolla verso il ciglio dalla mia parte della strada.

«Ecco, brava» annuisce Adrian senza espressione. «Tu risali, dai» dice. E non è un ordine, è una supplica. Così io non posso dire nulla: risalgo in auto, sto dalla sua parte, qualsiasi cosa stia facendo.

Dove ha preso Adrian questa capacità di tirare la gente dalla propria parte, di far trionfare la sua versione della storia e di renderci suoi alleati anche quando è a nostro danno? Anche quando la storia prende una piega che non ci piace per niente? Una domanda che naturalmente non mi faccio, mentre anche lui risale in macchina e parte rapido, e nello specchietto seguo il riflesso della ragazza e la luce del suo telefonino che si allontanano.

Adrian riprende a guidare veloce, non come prima, ma comunque a una velocità che non gli ho mai visto. Non una parola, c'è così silenzio che si sente il rumore del riscaldamento al minimo. Con un'altra persona avrei già iniziato a urlare e a pretendere una spiegazione. Con Adrian no. Essere suoi amici significa anche questo: tenere la distanza, allontanarsi dalla porta invece di cercare di forzarla per aprirla, ignorare tutto quello che non si dovrebbe ignorare. O forse è che ho sempre saputo che dietro i silenzi di Adrian non si nascondeva nulla di buono.

Grazie a dio si ferma. In un parcheggio alle porte della città, spegne il motore, esce dalla macchina e per un po' me ne resto a guardarlo dal caldo dell'abitacolo: Adrian lì fuori, appoggiato al cofano e con la testa che gli ciondola dalle spalle. Esco e mi siedo accanto lui, finalmente mi guarda. Poi fa una cosa strana. Si volta e mi appoggia una mano sul cuore: la infila sotto la giacca e riesco a sentire il peso e la temperatura del suo corpo filtrare sotto il maglione. Nessuno mi ha mai toccato in quel punto, è piacevole ma anche imbarazzante.

Perché ti sei comportato così con quella ragazza? dovrei chiedergli. Invece dico: «Dove hai imparato a guidare così veloce?».

Sorride: «Avevo una moto da corsa».

E se non fosse per quella sua mano ancora appoggiata lì, penserei che sta raccontando una storiella.

«Ho imparato a guidarla da piccolo. Non avevo amici, passavo i pomeriggi ad accelerare e inchiodare avanti e indietro per le strade attorno a casa. Mi piaceva moltissimo andare veloce.»

Anche questa è una cosa che ha in comune con Lizzie, ricordo di aver pensato. Sono entrambi impulsivi e amano la velocità. Ma in Adrian nessuno lo sospetterebbe.

«Che moto era?»

«Guarda, te la mostro» dice togliendo la mano da quel punto, e sfilandomi il telefono dalla tasca. (Adrian non ci ha mai mostrato lo schermo del suo telefono, è sempre stato attento a evitare questo gesto spontaneo e casuale che ripetiamo centinaia di volte con noncuranza, con la leggerezza dei distratti o degli innocenti. E naturalmente anche questo è un dettaglio a cui per lungo tempo non abbiamo fatto caso.) Cerca un po' e poi gira lo schermo verso di me: c'è una moto rossa, di quelle basse e aerodinamiche. «Era identica a questa.»

Fischio d'approvazione e Adrian scoppia a ridere, è felice di raccontarmi questa cosa e del mio buonumore: «Era una moto rara ai tempi. L'avevamo ordinata in Giappone».

«In Giappone?»

«Sì, io e mio zio. L'abbiamo comprata insieme. Siamo andati a ritirarla al porto di Genova. Diluviava quel giorno, ma l'ho guidata io per portarla a casa.»

Che razza di zio è quello che compra una moto in società con il nipote adolescente? Che vita ha avuto Adrian prima di arrivare all'Acquario?

«Quanti anni aveva tuo zio?»

«Una decina più di me. Era il fratello piccolo di mia madre, ha abitato con noi fino a quando sono andato al liceo. Era l'unico uomo per casa e credo che mia madre e mia nonna si aspettassero che mi facesse da esempio o qualcosa del genere, ma non era tagliato per quella parte» dice. Non ha mai messo così tante parole su di sé in fila. «Lo osservavo per ore, origliavo dal muro che separava le nostre stanze, mi vestivo come lui: una volta ho rubato gli occhiali da sole dallo zaino di un mio compagno di classe solo perché erano identici ai suoi. Facevo di tutto per assomigliargli, anche se credo che non se ne sia mai accorto.» Fa una pausa così lunga che mi sembra che il silenzio possa prendere vita da un momento all'altro. Ho la sensazione che Adrian mi stia svelando qualcosa di sé che non ha mai detto, e non sono sicuro di sapere come si aspetta che io tratti questa conoscenza superiore.

«Poi è sparito, da un giorno all'altro, senza dare spiegazioni. È andato a vivere in un appartamento per conto suo, fino a quando non se n'è andato anche da lì, in Nord Europa credo, e mi ha lasciato le chiavi di casa sua.»

«Ti ha insegnato lui ad andare in moto?»

«No, non faceva questo genere di cose. Ho imparato da solo.»

Ricordo che mentre parlava lo studiavo come se fosse emerso qualcosa di dissonante nel suo personaggio, un errore nella coerenza dei dettagli. Ma questo modo di essere sempre leggermente fuori posto o fuori fuoco, poco credibile, era parte del suo fascino.

«Per quanto tempo l'hai avuta?»

«Fino alla fine del liceo. Quando se n'è andato, mio zio me l'ha lasciata. Credo fosse una specie di risarcimento.»

«Per cosa?»

«Per tutto» dice. E in quel momento preciso capisco che il mio compito con Adrian è, ed è sempre stato fin dall'inizio, ascoltare ed evitare certe domande, evitare che lui stesso finisse per fermarci i pensieri. Domande le cui risposte ci avrebbero spaventato.

«Ci portavi le ragazze?»

«No, ero fidanzato» replica brusco. Poi aggiunge: «Ero fidanzato dalla quarta ginnasio».

Una risposta solenne e per questo triste.

«Perché hai smesso?»

«Perché sono morti alcuni miei compagni di classe.»

«Come sono morti?» La sua reticenza induce domande assurde.

«Ce n'è stato uno che ricordo esattamente. È successo fuori da scuola. Faceva una cosa che facevamo tutti, accelerava lungo il corso e poi inchiodava a pochi metri dall'entrata. Quella volta non è riuscito a frenare ed è volato in pieno sul cancello.»

«È morto?»

«Sì, infilzato dalle sbarre.»

«Tu l'hai visto?»

«Ero lì.»

Faccio uno sforzo per immaginare la scena, in fondo è il

mio lavoro dare un corpo alle parole. Posso vedere ogni dettaglio, ma non Adrian. Non riesco a farlo entrare nella cornice, a trovargli vestiti adatti, un modo di guardare che non sia quello timido e incerto che riserva a noi e non c'entra niente con il racconto. I suoi vestiti da programmatore della Silicon Valley, le scarpe da ginnastica, la borsa stipata di tecnologia che si trascina ovunque e gli dà un'andatura impacciata, tutti questi dettagli sono incompatibili con la linea aggressiva della moto che mi ha mostrato. E questa dissonanza, mi accorgo, mi rende incapace di tenere insieme tutto quello che è appena accaduto: uno dopo l'altro i momenti, l'accelerazione dell'auto, la ragazza a bordo strada, i Martini, suo zio e la mia confessione svaporano in un buio inconsistente. Così, di quella notte rimane solo l'immagine di una moto da corsa registrata dalla cronologia del mio smartphone, a impedirmi di dubitare di questo ricordo.

*

Settembre. Siamo appena tornati dalle vacanze, e anche questo è un inizio possibile. Adrian è arrivato all'Acquario prima di noi e ha lasciato un regalo sulla scrivania di Lizzie, *per quando torni*. Qualcosa di più di una dedica.

Da qualche parte in una nuvola stanno ancora sospese quelle tre sillabe. *Mi manchi*. Ma in mezzo ci sono state nuotate in Costa dei Barbari, mattine con il rumore dei motorini che entra dalla finestra e cuscini caduti dal letto, bicchieri colmi nell'osmiza di via Commerciale, risate alla notte nei tre gradi in meno del Carso. E poi Lizzie torna all'Acquario solo per qualche ora, prima di salire su un volo transoceanico della sera. Quel giorno io non ci sono, così pranzano insieme e non so dire se le loro chiacchiere siano ancora quelle tra due amici e per questo autorizzate a dare una sbirciatina innocua alla vita dell'altro.

«Cosa hai fatto nelle vacanze?»

«Sono stato un po' al mare e un po' a casa.»

«Con chi eri? Voglio dire, hai ancora quella fidanzata della quarta ginnasio? La vedi solo nelle vacanze? L'hai sposata? Hai dei bambini? Qual è la tua vita quando non sei con noi?» Figuriamoci! Che dialogo improbabile. Lizzie non riuscirebbe a immaginare un universo mio o di Adrian che non la riguardi, e se pure esiste non le interessa per nulla. Di sicuro so che si sono salutati sulle porte dell'ascensore di cristallo e lui le ha chiesto di scrivergli mentre è lontana. Ciò che Lizzie sa fare meglio, ma Adrian di più. Pochi minuti dopo, al sicuro a un piano di distanza, esita e scrive: "Parti e non ti ho nemmeno baciata". A Lizzie non difetta il rilancio: "Hai perso l'occasione".

Quel tardo pomeriggio quando ci incontriamo in aeroporto, prima di confrontare le nostre schede con gli appuntamenti, i passaporti con la giusta scadenza, le prenotazioni nello stesso albergo, Lizzie mi mostra il messaggio di Adrian.

«Secondo te sta scherzando?» chiede, con un desiderio nella voce che non mi aspettavo.

«Non lo so» mento. «Lo sai com'è fatto Adrian, gli piacciono i giochi di parole e le frasi ad effetto.»

«Quindi è una sorta di gioco?»

«Ma che ti importa?»

«Niente» finge.

E così partiamo, noi. Ma anche Adrian, che in quei sette giorni ci scrive, articolando una conversazione su due smartphone differenti: è quasi sempre online. Gli mandiamo foto da un giardinetto del Queens mentre attendiamo di incontrare un giovane scienziato che ci spiegherà le connessioni tra il rilascio della dopamina e la creazione di una dipendenza; gli scriviamo dei nostri pranzi con un ragazzetto che sta realizzando i trailer interattivi per il lancio di un nuovo videogioco; rubiamo un portafortuna dallo studio di un vecchio guru dell'intrattenimento per regalarglielo al ritorno. Il suo scrivere compulsivo è diventato una cosa a cui non facciamo più caso, ci siamo abituati come ci si abitua alle estati molto calde o al punk rock dei figli adolescenti: assedi su cui non abbiamo nessuna influenza e che finiscono per piacerci, di cui sentiamo la mancanza quando ci accorgiamo che improvvisamente sono svaniti. Lo vorremmo con noi in ogni momento ma probabilmente, ci dice scherzando, l'avrebbero bloccato all'aeroporto. Adrian e i suoi rapporti schiumosi con il controllo documenti.

La notte, mentre prepariamo gli incontri del giorno dopo, seduti alle scrivanie finto liberty di un albergo a due passi da Central Park o distesi tra i cuscini di letti king size, ognuno chiuso nella propria stanza e all'insaputa dell'altro, gelosi della nostra esclusività, scriviamo ad Adrian. Gli scriviamo nella solitudine perfetta dell'isola newyorkese. Di sicuro Lizzie è la prima tra noi ad addormentarsi.

Torniamo ed è domenica. Adrian non c'è, nel fine settimana lui scompare in una vita che non conosciamo e non è da noi essere curiosi: la geografia in cui siamo cresciuti ci ha reso persone riservate e rispettose. Naturalmente ci scrive. Quella sera, nello stesso momento o con uno scarto, ci manda un regalo. È sempre stato tra noi quello incline a questo genere di cure, gesti da sedici o diciassette anni. Per me un link a un nuovo gioco a cui mi connetto all'istante, bisognoso della mia dose di dopamina. Per Lizzie un episodio di una serie tv. Credo che lei sia l'unica dell'Acquario, dell'intero nostro mondo dovrei dire, a non scaricare o usare un qualsiasi collegamento streaming. Un vezzo, come quello di farsi aprire le bottigliette d'acqua. Un vezzo incantevole di cui Lizzie abusa a piene mani. Adrian la anticipa, le invia il primo episodio.

«Secondo te, significa qualcosa?» mi chiede il giorno dopo a colazione, di nuovo una domanda insolita.

«Per via del titolo?» *Love Notes*. «No, non credo.» Quanto dev'essere costato ad Adrian l'Indeciso questo passo da conquistatore, che ora io sto minimizzando. «Di cosa parla?»

«Una relazione tra un uomo e una donna che ignorano interamente la vita dell'altro, la sirena tentatrice e il seduttore insistente, c'è una doppia narrazione per cui capisci che le cose non sono mai come loro due le raccontano. Penso che alla fine ci sia un omicidio.»

«Perché te l'ha mandata?»

«Non lo so, tu che dici?» Sorride, beve un sorso del suo caffè americano e io posso leggere uno a uno i suoi pensieri sui denti esultanti.

«Adrian è strano» dico. «Ceniamo insieme stasera?» «Stasera no. Domani.» E mi bacia andandosene dal bar.

Povero Adrian, penso, non hai idea di cosa stai inseguendo. Tutta la velocità che hai imparato in moto non ti basterà per stare dietro a Lizzie, lei sorride al tuo messaggio ed è già da un'altra parte, rimane la scia inafferrabile dei vestiti da cometa e i nostri sguardi dietro. Questa sera vedrà il suo grande amore, sospetto, o qualcuno che la porterà a bere fino a tarda notte, giocherà su tavoli a cui tu non saresti nemmeno ammesso, la faranno entrare in tutti i locali e se ne andrà da sola sul motorino, dopo avere rifiutato ogni invito, con la luce d'oro dell'alba che le sale alle spalle assieme allo skyline della città che sembrerà diversa, meno lontana. O invece si alzerà presto, uscendo a piedi scalzi dalla camera per non svegliare nessuno, e troverà la lettera arrabbiata dei vicini sulla porta e sorriderà infilandosi il cappello. Se fossimo a casa nostra se ne andrebbe a bere con le puttane nei bordelli oltre il confine.

Eccola rientrare, è tarda notte e ha addosso la felicità dei beneamati. Per questo si ricorda di Adrian e gli manda una foto: il computer appoggiato sulle ginocchia nude, nello schermo il ragazzino della serie che lui le ha mandato. Adrian è sveglio, è sempre sveglio (per lei?), risponde all'istante.

"Il bambino distoglie lo sguardo turbato."

L'altezza giusta delle parole. È facile e piacevole rimanere agganciati da uno scambio seduti sul bordo del proprio letto, il telefono o il computer tra le mani e la sicurezza che i nostri sbadigli e il labbro morso rimangono nascosti alla vista, le parole brillano e tanto si sa – lo sanno loro due – che al sole non dureranno. Finisce come ogni volta, quando Lizzie si stufa e scrive: "Andiamo al cinema domani?".

"Domani non posso."

"Buonanotte."

"Buonanotte." Quindici minuti dopo Adrian aggiunge: "Dormi bene". E poi ancora, molti minuti dopo: "Un bacio". Il tempo fornisce tutte le spiegazioni del caso.

*

Lizzie non si è accorta che da settimane non si vedono fuori dall'Acquario, Adrian declina ogni invito. Poi un giorno, ed è autunno inoltrato: «Venerdì vieni a cena da me?» gli chiede, materializzandosi imprevedibilmente davanti alla sua scrivania al quattordicesimo piano.

«Venerdì?» ripete Adrian per guadagnare ossigeno, felice e allarmato da tanta prossimità. «No, venerdì non credo di potere.»

«Ah, ok. Peccato» e fa un gesto spensierato con la mano, come a dire fa niente o ciao, e ha già un piede in corridoio.

«Non posso» le dice ancora, tenace sulle sillabe perché lei rimanga ancora un po' sulla soglia. Lizzie fa un cenno d'assenso o forse nemmeno quello, e lui avverte un certo sollievo, ma anche una fitta di rammarico che di colpo gli fa ricordare: «Ma è il tuo compleanno».

«Sì, è una festa.»

«Non lo so. Venerdì, ho paura che sia difficile.»

Una risposta che non spiega le ragioni della difficoltà, e questo significa già aprire una contrattazione. Lizzie si sporge sulla scrivania, scrive l'ora e il giorno su un angolo di carta intestata che riporta grafici da presentare in qualche riunione. Non avrebbe dovuto, pensa Adrian. Ma la sua noncuranza è sexy.

Alla festa di compleanno si fa vedere dopo innumerevoli esitazioni e perché Lizzie, distratta dai preparativi, si dimentica di rispondere ai messaggi che sono una cascata di monetine. *Non mi rispondi... Sei arrabbiata... Ok, arrivo.* Quando arriva c'è già molta gente, lui fa gli auguri come tutti gli altri con bacio e regalo, la aiuta a servire le lasagne al forno, poi lo si perde in qualche stanza ma nessuno fa caso a quella che forse è stanchezza o magari imbarazzo. È ancora presto quando lo vedo prendere la giacca e dovrei andare da lui, mettergli in mano un bicchiere e convincerlo a restare con qualche distrazione, farebbe piacere alla festeggiata. Ma la musica è alta e le porte sono spalancate sulla terrazza inondata di chiacchiere, lo lascio filare via senza dire niente a Lizzie. Nelle settimane seguenti la sua assenza si fa più appariscente. Raramente pranza con noi e sono state cancellate le notti in macchina o sul divano a casa di Lizzie, però lo vedo di continuo spuntare dietro le vetrate del quindicesimo. Come se non ne andasse della sua volontà – appostarsi alla macchinetta del caffè per incrociare accidentalmente il tuo passo –, ma fosse piuttosto una casualità governata dal magnete speciale degli organi e delle cellule che li porta a inciampare l'uno nell'altra, niente a che vedere con i desideri e le intenzioni. Nonostante lui faccia del suo meglio per non incontrarla, i loro polsi si sfiorano troppo spesso.

«Adrian è arrabbiato con me?» mi chiede svagata un pomeriggio, mentre facciamo la passeggiata di rito attorno al laghetto delle ninfee, per farci inondare dalle proprietà terapeutiche dell'acqua a cui un geniale architetto ha consacrato la carriera. Ci fermiamo all'altezza delle fontane simmetriche.

«Perché dovrebbe?»

«Non lo so, non lo vedo da un sacco di tempo, fuori da qui intendo.»

Che Adrian sia innamorato di Lizzie, è un ritornello diventato banale nel corridoio da esecuzione. Così ovvio che perfino io non ci faccio più caso. Che a lei sfuggano la costanza e l'inesauribile pazienza con cui lui riporta sempre ai suoi piedi nuove energie, è allora da attribuirsi all'emotività da scampati che abbiamo ereditato nel sangue e ci fa guardare con disprezzo alle complicazioni dell'animo.

«Adrian è fatto così, lascia stare» dico, in piena malafede. Incapace anch'io di essere comprensivo verso le esitazioni del mio caro amico – la sua voglia tremenda di essere dentro una cosa e insieme di guardarla da fuori.

Lizzie naturalmente e per puntiglio fa di testa sua. Non

lascia stare e quella sera, all'ora notturna dei sicari o delle corse in moto, eccola scrivere per prima. Un impiccio, tutte queste parole scritte a rallentare la mia ricostruzione, ma questa storia è fatta così – ecco perché è stata pericolosa fin dall'inizio e proprio noi avremmo dovuto scorgere le avvisaglie della catastrofe.

"Perché non vuoi mai che ci vediamo?" gli scrive.

"Le ragioni del no stanno proprio nella forza del sì."

Deciso, per una volta. Sbilanciato. Una risposta che Lizzie non si aspettava. Forse qui sta l'inizio che mi ostino a cercare. Lizzie ha un moto di curiosità, oppure è debolezza – debolezza per Adrian – il lampo che la fa sorridere con i denti scoperti come luci alte nella penombra della stanza? No, non ancora. È piuttosto qualcosa di simile a un intrigo, quell'eccitazione indistinta che la prende quando inventa i soggetti delle storie che poi scomponiamo e spacciamo nell'etere: l'intuizione di un potere sconfinato e gratificante. Il silenzio che segue questo scambio è un indizio che annoto puntualmente, con lo zelo morboso del testimone compromesso.

*

Dopo quel messaggio notturno, dopo il silenzio che lo attornia, il ritmo accelera come una sequenza di scatti compressi in HDR dove l'immagine finale, per quanto registri più elementi possibili, rimane stranamente irreale. In un lampo è sera tardi, due o tre settimane dopo, in un capannone nel cerchio esterno della tangenziale: Lizzie prende la mano di Adrian per portarlo al centro della musica e lui non la molla.

Eccolo, l'inizio che cerco. È qui che si sente quel click metallico di due corpi che trovano il giusto incastro e, con sollievo, non producono nessun attrito – resistenza a grado zero.

Lo spazio è ampio, muri di cemento armato e tetto in lamiera, la luce è a sprazzi verde oppure fucsia, le bottiglie del bar sono blu supernova. C'è molta gente e molta musica, maniglie antipanico alle porte e forse un buttafuori all'entrata.

Lizzie ha esitato a venire perché le feste dell'Acquario, feste dove la gente scopre di avere identici vestiti e desideri guidati, le hanno sempre fatto paura: l'indistinzione definitiva tra dentro e fuori, amico e collega, vita e Acquario, il movimento bloccato da un jingle divertente e l'ossigeno che manca. Ma in fondo non abbiamo abbandonato la nostra città a est anche per questo? Per cercare qualcosa di nuovo e non rifiutare nessun invito, per non sentirci dire che stando troppo per conto nostro abbiamo lasciato volare via l'amore dalla finestra e abbiamo perso per sempre l'occasione che cercavamo? E quindi fai in fretta, mettiti il rossetto e prendi il cappello, legati al collo la sciarpa e tieni stretti i tuoi trent'anni. Lizzie in strada e io dietro, sulla coda del motorino, a seguire il dispiegarsi degli eventi dalla seconda scena dove stanno i comprimari e gli spioni.

«Adrian verrà?» mi domanda mentre ci avviamo all'entrata, dai muri le sigarette accese mandano cenni di saluto alzando i bicchieri.

«Non gliel'hai chiesto?»

«Ha detto che avrebbe lavorato fino a tardi.»

«Come al solito.»

«Già.» Si stringe nelle spalle e ripassa il rossetto sulle labbra senza specchio e senza sbavature.

Entriamo e presto la perdo nel domino di corpi e saluti, parole all'orecchio per farsi sentire. Un frammento di Lizzie balla vicino all'amplificatore, il suo vestito bianco troppo leggero per la stagione cattura tutta la luce della sala e la riflette facendo diventare lei stessa un punto così luminoso che distorce l'equilibrio delle esposizioni, come la neve in una fotografia. L'adorabile capacità di Lizzie di essere deliberatamente frivola, di lasciare indietro le buone maniere e l'incupimento, di stringersi alla musica e portare avanti la notte. Conosco tutte le persone che ballano con lei.

Esco sul retro dove si chiacchiera in pose allentate dall'alcol. Anche nella nostra città si danno feste del genere, ma chi esce a fumare ignora cosa ci sia scritto nel biglietto da visita della mano che accende la sigaretta e le confidenze non sono merce di scambio calibrata, non è l'ambizione l'unica cosa che la gente ha in comune. Mi prende una malinconia o una tristezza per le nostre buone passeggiate dalla Pineta al Castello, per i buoni amici di là. Rientro e vado a prendere da bere. Sono in coda, la voce di Lizzie mi raggiunge dietro le scapole: «Chiedi anche un vodka tonic?», e mentre mi giro verso di lei vedo Adrian nell'angolo opposto.

«Guarda, è arrivato» dico d'impulso. Lo dico e vedo la biondina che all'Acquario siede due postazioni dietro di me porgergli un bicchiere fluorescente con due cannucce e dirgli qualcosa sul collo: sono arrivati insieme e insieme stanno appoggiati al muro scrutando la sala come per raccogliere elementi di una sentenza che commenteranno più tardi in altre stanze.

Li vede anche Lizzie e si stacca da me, dimentica della sua richiesta. Acconsente a una mano che la cattura e la porta a ballare. La musica accelera e Lizzie ride, il suono è quello di una cascata di diamanti giù per una scalinata, ride non fosse altro per quello sguardo blu Klein incollato al suo.

Quando finalmente mi impossesso dei bicchieri Lizzie sta ancora ballando e ridendo. Adrian ora è solo. Non si è mosso di un passo, succhia la cannuccia infelicemente e tiene la schiena contro il muro per non farsi sorprendere alle spalle. E io, che ho sempre avuto un debole per i film da pomeriggi estivi e i romanzi delle zitelle inglesi, senza pensarci vado in soccorso del mio più caro amico.

«Vai da Adrian» dico a Lizzie in un orecchio passandole da bere. Lei mi guarda come se non capisse quello che sto dicendo o le stessi chiedendo di arrampicarsi su una parete a mani legate. «Smettetela di fare questa scena, vai da lui.»

Sono Mercuzio e come da copione istigo in buonafede i primi passi di una catastrofe che richiederà tempo, e mi accorgo che, anziché esitare o andarci cauta, Lizzie non aspettava altro. Attraversa la sala come un'apparizione, bloccando il tempo per eccesso di luce. Prende la mano di Adrian e lo tira a sé. Lui fa cenno di no con la testa, non-so-ballare, lei fa cenno di sì, vieni, e lui non lascia la mano. L'intero Acquario li guarda e a loro non importa.

«Perché sei arrivato così tardi?» lo rimprovera.

«Sono qui.»

E Lizzie lo sa perfettamente che lui è qui perché qui c'è lei: «Perché sei qui?».

Un lampo di gioia irrefrenabile illumina i loro visi.

«Perché?» ripete fissandola. «Perché qui ci sei tu.»

Non ballano, stanno uniti al centro della sala, così vicini che i vestiti scuri di lui sembrano l'ombra di lei.

«Qualunque cosa succeda non dimenticarti che sono qui per te» ripete, un avvertimento. Ma Lizzie non è tipo da cautele.

«Non staccarti da me» gli ordina, mentre la biondina gira loro attorno per inserirsi in quella presa. Devono andare a casa, sono arrivati insieme: uno squalo da posta. Ma Adrian obbedisce a Lizzie, arreso in anticipo a ogni desiderio. L'afrodisiaco del coraggio altrui.

«Cosa vorresti che succedesse adesso?» chiede Adrian, e la voce è incrinata come avesse fatto una lunga corsa per arrivare sul ciglio di quelle parole. Ignora che è la domanda sbagliata, perché sull'orlo del precipizio Lizzie decide sempre di saltare. O forse lo sa e per questo lo dice.

«Andiamocene a casa.»

«No.»

«Perché no?»

Adrian abbassa lo sguardo, perché tutto quel blu Klein non tradisca che il primo bacio è atteso, temuto e desiderato.

«Perché non potremmo impedire a quello che deve succedere di succedere.»

«E allora?»

«Non posso fare quello che voglio fare.»

Lizzie fermati! Ascolta bene queste parole. Domandati il perché di una frase che non ha nessun senso a questo punto della storia. E tu Adrian, non è proprio questo che ricerchi da più di due anni? Non è per questo che hai speso le tue migliori parole (più bravo di Lizzie in questo, ed è strano), per questo le hai mandato quella serie tv e tutti i messaggi da mezzanotte alle tre, attirando alla fine l'attenzione di chi si dispiaceva di averti trovato bruttino?

Ma Lizzie non ascolta. Fa due passi indietro, già altrove. Qualcuno le allunga una mano e lei asseconda il movimento della stanza allontanandosi da Adrian, che però le preme una mano dietro la schiena senza mollarla.

«Lasciami andare.»

«No, prima ascoltami» la implora.

«Va bene, ti ascolto.»

«Ora devo andare. Ma tu vai a prendere il telefono. Ti scrivo appena esco di qui.»

Perché scriverle quando la bocca è a pochi centimetri dall'orecchio e può lasciare la più liberatoria delle confessioni e i baci? Padroneggiare la distanza è un segreto dei filosofi o dei furbi. Lizzie scuote la testa. Con uno strattone si libera dalla presa e sparisce nell'altra stanza, seguita dall'occhio dell'Acquario che invece lascia Adrian e la biondina sfocare sullo sfondo.

Non so quanto tempo è passato quando mi perdo e trovo Lizzie sui gradini della scala che porta a un soppalco. È rannicchiata sulle ginocchia, un riflesso blu mi fa capire che tiene tra le mani il telefono.

"È come Samarcanda, cazzo... più vuoi evitarlo e più ti avvicini" ha scritto Adrian.

Lizzie non riesce ad afferrare il senso delle parole, come appartenessero a una sintassi straniera, a un lessico che non sa decifrare. Uno spreco di sentimenti, le sembra. Il riflesso blu si spegne, lei è in piedi e scende le scale passandomi accanto senza percepire la mia presenza. Tutta la luce del suo vestito bianco piomba di nuovo nella sala, impossibile non notarla. Il capo dell'ufficio programmazione è rapido nell'esserle accanto e spingerla ai piedi della console del dj e lei lascia fare, distratta. È buio e poi c'è un fascio viola e poi è ancora buio, lui le dice frasi da marshmallow che si perdono nel viraggio elettrico mentre la musica sale e Lizzie balla, balla senza sentire i piedi le ginocchia il cuore, senza sentire le parole di nessuno.

«Scrivigli!» le urlo nell'orecchio.

Come Mercuzio, irrompo nella scena prendendola per un braccio. La colpa del vero inizio è mia ed è una bugia far credere che le cose siano sempre reversibili (è per questo che sto scrivendo, dopotutto?). La obbligo a guardarmi negli occhi: ha il viso sudato, i capelli appiccicati alla fronte, non sono sicuro capisca quello che dico, e comunque sono ubriaco: «Scrivigli!» ripeto. «Non passate la notte lontani.»

Annuisce. Una parte di lei, quella che al tavolo della roulette al casinò di Nova Gorica scommette tutto sul rosso improbabile, quella parte che conosco così bene, forse ha afferrato le mie parole. Volta le spalle, torna a ballare con il capo dell'ufficio programmazione, ma le dita hanno scritto qualcosa. La risposta arriva in un lampo.

"Prendi un taxi, ti aspetto sotto casa tua."

Una risolutezza che non gli appartiene, avremmo dovuto notarlo.

*

Ha forse aspettato troppo a lungo, due anni o un autunno, e ora non esita. La chiave e il silenzio della casa. Nessuna circospezione nella mano che libera la cerniera e fa precipitare il vestito nel buio del pavimento. Il loro bacio è lento e le labbra incalzano leggere, il battito delle ali di quella dannata farfalla. Vederla nuda per un attimo lo imbarazza, non è ancora sua. La guarda stupefatto. Si siede sul letto e la attira a sé, stringe le cosce nude, le bacia la pancia, preme la testa sull'anca, le dita più in alto seguono il contorno delle labbra. Lei gli slaccia i pantaloni, gli alza il viso e lo bacia senza smettere di spogliarlo. Di colpo è sicuro di quello che lei sta per fare e non desidera altro. Lei solleva un ginocchio sul letto, un litigio di lenzuola, sale sopra di lui. Lui scivola e chiude gli occhi. Inghiottire tutto in fretta, no, farlo durare per sempre.

Lei nuota con le mani strette alle sue spalle e lui la ferma. Come si fermano le galassie che precipitano. Ti piace? chiede lei. Oh, sì. Esprimi un desiderio. Lui spalanca gli occhi: è un bambino a cui hanno dato l'anello di una magia immensa e ora non sa quali sortilegi scatenare. Tu. Lei ride. Non vuoi nient'altro? Scuote la testa. Perché proprio Lizzie? Perché il suo carattere e il prestigio nei corridoi dell'Acquario gli danno l'autorizzazione ad arrendersi, e arrendersi a letto non è spiacevole. Lei lo bacia, in quel loro modo lento. Lui scende sotto di lei e stringe gli occhi di nuovo per sentirla dolce sulla lingua. Li riapre, il rosso delle unghie sotto i suoi occhi anticipa i desideri e lui la guarda come se le galassie non ci fossero più e nemmeno il tempo. Ti piace? Sì. Un altro desiderio. Tu. Dai, dimmelo. Lui non sa più le parole. Chiude gli occhi e le afferra i fianchi, la fa girare, vuole guardarla da dietro. Il suo corpo brilla. Le blocca i polsi sulla schiena. Lei storce la testa e i capelli le cadono nell'incavo delle scapole che si inarca. Sono uniti da una corrente. Nuota. La sente come in fondo al mare, un sibilo scordato. No, non ancora. Lei si gira ed è pazza, deliberatamente. Le stringe i polsi e il sangue non rallenta. L'attira contro di sé. Fino alle ossa. Fino a dire ogni sillaba del suo nome. Chiude gli occhi e non respira più. La certezza di avere sbagliato.

*

Cosa è successo? Niente, hanno passato la notte insieme. Hanno fatto l'amore. Si sono addormentati e l'hanno rifatto al mattino. Si sono svegliati come una vecchia coppia, hanno parlato degli impegni della giornata, Adrian le ha accarezzato la schiena faticando a staccarsi. Le ha lasciato addosso il suo maglione e lei gli ha preso la mano, tenendola a lungo. Si sono baciati, lui l'ha stretta a sé incredulo. Sono cose che capitano, c'era da aspettarselo. La dolce fine di un gioco sospirato.

Questo è il momento in cui i due amanti diventano ossessione oppure oggetto di un interesse calante. Con entrambe le possibilità aperte, Adrian e Lizzie riprendono la vita all'Acquario.

Per tutti quelli che ogni mattina vengono identificati alle porte di questo regno di specchi e fontane simmetriche, lavorare qui non significa ricevere uno stipendio per eseguire dei compiti, ma essere parte del proprio sogno di bambini: *visione* è la parola che usano alle conferenze motivazionali due volte all'anno, una manipolazione della realtà. Per questo l'Acquario ha una sede nel mezzo della città metropolitana eppure sembra un paradiso verde e azzurro, offre qualsiasi surrogato del mondo fuori in versione più comoda, più colorata, a portata di mouse. La scelta qui dentro non è più una questione personale e questo in qualche modo ci rasserena, non c'è desiderio che l'Acquario non possa suscitare in noi e a cui non sappia trovare una risposta soddisfacente: lo dicono le fontane con l'acqua terapeutica, i vassoi colmi di cibo biologico, i tavoli da ping-pong e il calcetto, lo spaccio di medicinali e maglioni in cashmere, il corridoio da esecuzione disegnato appositamente per far convergere sguardi e corpi. Tutto questo è necessario alla forma di intrattenimento che produciamo, la migliore sul mercato. Essere il meno possibile noi stessi per costruire mondi dove chiunque possa identificarsi e il nostro controllo sulle emozioni di voi umani là fuori raggiunge un'approssimazione che vi spaventerebbe.

Lizzie e Adrian riprendono le loro scrivanie a piani diversi. Nei giorni che seguono la notte della festa sono determinati a evitarsi, non dovrebbe essere difficile, ma finiscono per incrociarsi a ogni passo. E poi Adrian scrive, in piena notte soprattutto, a suo agio senza un corpo e con l'opzione offline disponibile sullo schermo.

"Come stai?"

"Vederti per caso, proprio davanti a me..."

"Stamattina ero così imbarazzato che non sapevo cosa dirti."

"Oggi sul taxi avrei voluto saltare fuori dalla portiera e suicidarmi, non so mai cosa fare quando ci sei tu."

"Sono uno che combina pasticci. Scusami."

Lizzie legge i messaggi solo il mattino dopo, sorride e sbriciola i biscotti tra le lenzuola, a volte si dimentica di rispondere. A questo punto della storia è ancora l'apparizione ultraterrena della mia adolescenza, il capo della banda di ragazzine che viene sorpresa una notte nei sentieri di Costa dei Barbari, tra coppie clandestine e voyeur di lungo corso. Anche quella volta è stata lei a ideare il piano, a tirarle giù dal letto la notte del primo giorno di vacanza, a ordinare loro di vestirsi, «Muoviti!», e loro hanno calciato le lenzuola e le sono andate dietro. Hanno scavalcato davanzali e aperto portoni con cautela, sono saltate giù da terrazzini. Sono salite sull'ultima corsa di mezzanotte tutte insieme, come uno sciame di api frastornate. Su viale Miramare l'atmosfera è sfavillante, come se l'autobus fosse incantato. Scendono a pochi metri dal bivio per il castello, e non serve spiegare niente: scivolano una dietro l'altra nella riserva recintata, passando per la spiaggia dei cormorani, e solo quando hanno raggiunto il parco, sotto il riverbero bianco glassa del castello che si rifrange sull'acqua, Lizzie svela il piano.

«Andiamo a caccia di grilli» dice, facendo comparire dallo zaino barattoli di vetro di quelli che si usano per le conserve dell'inverno.

Non capiscono, forse esitano: alle ragazze non piacciono gli insetti e meno ancora pensare di torturarli, cosa che deve sicuramente avere in testa Lizzie, perché altrimenti si sarebbe inventata questa prova? Ma sono felici di essere state prescelte e le vanno dietro tra cipressi e pini esotici, corrono qua e là nei quadrati di prato all'inglese sotto un buio chiaro da prateria. Scovano i grilli e ridacchiano. Quando i barattoli sono pieni, Lizzie si incammina sul sentiero che sale alla costiera e, senza proferire una sillaba né voltarsi, punta verso Costa dei Barbari.

Ci mettono quasi due ore di marcia bisbigliante. In fila indiana, rabbrividendo e ridendo per l'aria notturna e la paura. Tutte sanno cosa significa Costa dei Barbari a quell'ora e loro indossano magliette leggere sopra gli shorts, sono ragazze con pelle tonica e denti bianchi, desideri adolescenti. Vor-

rebbero tornare indietro ma non osano. Lizzie ha già scavalcato il guardrail e sta scendendo nel sentiero come una
sagoma scura. I loro passi si confondono con i movimenti dei
corpi invisibili attorno. E se le avvicinasse qualcuno? Se qualcuno premesse loro una mano sulla bocca e le trascinasse tra
la sterpaglia? Lizzie lo pugnalerebbe. Quale prova le attende
una volta raggiunta la spiaggia? Quando tutte emergono dal
sentiero, quando si radunano attorno a lei come a un fuoco
fatuo, i barattoli con i grilli tra le mani, Lizzie le guarda e in
silenzio mostra loro cosa fare.

In un istante sincronizzato i barattoli si spalancano e decine di grilli vengono lanciati nell'aria davanti alle grotte: il
buio d'improvviso si riempie di sfrigolii elettrici così forti che
i corpi intenti ai commerci del luogo si interrompono sbalor-
diti. Lizzie alza gli occhi, alla falesia intera e al cielo con le
costellazioni: se suo padre si nasconde ancora qui la sentirà,
deve sentirla. La sentono tutti gli altri, travestiti dal trucco
pesante e padri come il suo ma non altrettanto belli. Escono
sulla spiaggetta: ma che... cosa ci fa un gruppo di ragazzine in
piena notte in un posto come questo? «Ehi, voi...» Lizzie è
già all'imbocco del sentiero, sale verso la costiera, se ne va.

Faceva cose del genere, gesti pazzi che nessuno capiva.
Non indugiava sui sentimenti, nemmeno sui suoi. Povero
Adrian, penso in quei primi giorni, non riuscirai ad avere da
lei molto più di quello che è già successo. Ripetilo con me.
Non ci riuscirai. Che spreco tutta questa instancabile cura,
l'inesauribile energia che fai brillare attorno a lei senza distogliere l'attenzione nemmeno per dieci minuti. L'aria matta
dell'est le soffia in testa, rende i suoi desideri incostanti e lei è
sempre già fuggita da un'altra parte – nel negozio di travestimenti in via Felice Venezian o dall'antiquario sopra la stazione che le regala le perle degli esuli.

Ma Adrian scrive, ogni singola notte. Non fa caso ai miei
avvertimenti.

Le sue parole sono un progressivo avanzare e Lizzie, presto o tardi, risponde. Ridendo con me potrebbe dire che è
tutto un gran gioco al tavolo verde e Adrian è un giocatore

formidabile, l'unico capace di risvegliare in lei l'impulso al rilancio anche in piena notte. Un guaio che i due si scrivano e non si vedano. Lo ripeto, noi dovremmo conoscere i pericoli del mondo virtuale. Li conosce Lizzie, e li sottovaluta. Li conosce Adrian, sono i bastioni della sua roccaforte.

Lizzie ha un posto prestigioso e ben pagato nella scala gerarchica dell'Acquario, i suoi orari volubili sono tollerati perché ha capito meglio di chiunque altro il principio chiave dell'intrattenimento che smerciamo su canali differenziati: film interattivi, videogiochi, mondi virtuali dove socializzare in pixel. Il segreto non è più legare emotivamente gli esseri umani ai loro corrispettivi virtuali, ma fare sì che i corrispettivi virtuali si leghino a loro. Questo è intrattenimento: uno schermo che non ha più funzioni unidirezionali. I mondi virtuali ci guardano e si affezionano a noi, generano negli esseri umani sentimenti come responsabilità e colpa. Una differenza di natura rispetto al cinema tradizionale o ai libri. Una palestra per manipolatori dal talento planetario.

Basta vedere il soggetto di una qualsiasi storia firmata da Lizzie e lanciata negli ultimi cinque anni con il logo dell'Acquario per capire il perché della sua posizione privilegiata, della disinvoltura che si permette nel corridoio da esecuzione e che mi impedisce di metterla in guardia dai rischi di tutta questa messaggistica notturna senza corpo. Lizzie padroneggia le emozioni umane perché le guarda con la distanza asettica di uno scienziato che non ha niente a che spartire con gli esseri nel vetrino. Questa distanza da ogni vero sentire le viene dai pomeriggi solitari a osservare l'andare e venire sui gradini di via San Michele: un'arma di difesa la sua, un addestramento contro qualsiasi rivolgimento del destino o abbandono. Questa istintiva conoscenza le permette di controllare non solo i personaggi che crea, ma anche le aspettative e i desideri delle persone al di là dello schermo. Lo fa in modo ambiguo ed emotivamente sleale, chiedendo uno sforzo ai tecnici per permettere ai personaggi, di solito sigillati in una campana individuale di movimenti, di interagire: toccandosi, abbracciandosi, tenendosi la mano, ricat-

71

tando emotivamente. La relazione tra umani reali e virtuali diventa così biunivoca e il nostro potere sconfinato.

Inutile quindi parlare a Lizzie dei rischi dello squilibrio tra esperienza virtuale e reale, non ha senso ricordarle che il corpo in carne e ossa è sempre un limite salvifico a cui ci si può aggrappare perché i confini della nostra salute mentale non deraglino più di tanto. Non è certo disarmata, e comunque farebbe di testa propria.

Qualche giorno dopo infatti è lei a scrivere ad Adrian: "Stasera ci vediamo?".

"Meglio di no."

"Perché?"

Offline. Pausa. Online.

"Perché mi piaci troppo. Ed è un guaio."

Lizzie sorride, non è la prima volta che riceve un messaggio del genere e non ci dà troppo peso. Però, Adrian, perché è un guaio? Non è forse il bersaglio a cui miri da più di due anni? Lizzie non è tipo da farsi domande inutili sulle ragioni degli altri. Forse dovrebbe, o forse dovrebbe specchiarsi nel finestrino di un'auto proprio ora, per strada, il telefono tra le mani, mentre legge le parole di Adrian e non è solo gratificazione da lusinga quella che le cade come un lampo tra gli occhi e le labbra.

Sono passati diciassette giorni dalla notte della festa. Non era altro che una serata come tante e nessuno sospetta che qualcosa sia andato perduto.

*

C'è stato un momento in cui il mondo reale e la vita nell'Acquario si sono accordati armoniosamente, ed entrambi ci appartenevano. È durato due anni o poco più, da quando Adrian arrivò alla notte in cui l'intero Acquario, reggendo in mano bicchieri fluorescenti, volse lo sguardo al centro di una pista da ballo, su un corpo luminoso e il suo negativo che non si staccavano e irradiavano un'energia allegra ed escludente che suscitò benevoli pensieri *ma allora?... finalmente...*

Fu un periodo di esaltazione e appartenenza, e anche se è passato pochissimo tempo e siamo in un'età in cui molti ci direbbero che abbiamo ancora tutta la vita davanti, nonostante tutto so che quei due anni e mezzo sono stati per me Lizzie e Adrian i più belli della nostra vita.

Due anni e mezzo in cui avremmo dovuto accorgerci che qualcosa di storto rombava e si preparava sotto la superficie dolce delle nostre notti.

Facevamo lunghi giri in macchina, tutti e tre insieme o io e Adrian. Quando eravamo soli gli piaceva che ce ne andassimo dalla città. Prediligeva i sobborghi, era attirato dai locali con insegne al neon rosa e corde di perline alla porta, ma non aveva il coraggio di metterci piede per primo. Raccontava ogni genere di storielle mentre ce ne stavamo appoggiati alle portiere dell'auto bevendo un caffè che ci avrebbe condotto a casa sani e salvi. Faceva ridere ed era brillante. Quando c'era Lizzie prendeva appena un'ombra del bambino solitario che era stato, quello che, le scriveva la notte, a sedici anni viveva da solo e nella casa vuota leggeva Stephen King terrorizzato – chiunque la conosca come la conoscevamo noi capisce in fretta che Lizzie è tipo da storie di bambini e paura, eppure noi credevamo che quelle confessioni fossero innocenti.

Le parlava all'orecchio dal sedile posteriore, accentuava la timidezza nei gesti, rovesciava i bicchieri e sembrava che quel blu Klein fosse sempre illuminato da lucine a festa. Lui e Lizzie andavano d'accordo a quel tempo, i loro pensieri si incastravano e rilanciavano con tenerezza, e conservavo per me il ruolo dell'antagonista. Volevo bene a entrambi ed era difficile non prendere le loro parti, non sperare che quelle nostre notti nelle strade o a casa di Lizzie cercando canzoni per una playlist che sarebbe rimasta una colonna sonora sgargiante, così piena di vita che non riesco più ad ascoltarla senza sentire sbriciolarsi qualcosa nel petto, era difficile non sperare che tutto quel tempo insieme non fosse propiziatorio a qualcosa che era sul punto di accadere.

Adrian ci scriveva a notte fonda perché, per motivi che

ignoravamo, finiva di lavorare molto più tardi di noi. Scriveva messaggi complicati pieni di subordinate e apostrofi al posto giusto, che volevano soltanto dire *stiamo insieme stanotte, non andiamo a dormire soli.* Desiderava più di ogni cosa al mondo, e non desiderava, che ci fosse Lizzie.

Passavo a prenderlo con la macchina che avevo ereditato da un vecchio amico dei miei genitori, il condizionatore rotto e l'impianto stereo a cassette, e puntavamo un'uscita della città che ci suggeriva l'estro o l'esplorazione. Se eravamo soli stavamo in silenzio a lungo, l'auto era il nostro rifugio antiaereo e ci arrivavamo spesso con il fiato corto e gli occhi pieni di numeri e pixel: avevamo bisogno di far aderire la schiena al sedile e prendere fiato lasciando che lo scorrere del buio calmasse i pensieri. Era per questo che guidavamo tanto in quei giorni. Guidavamo ed eravamo felici.

Alle volte Adrian raccontava del lavoro che faceva prima, accennando vagamente ai motivi che avevano causato il suo esilio, qualcosa di nebuloso che aveva a che fare con il destino e il carattere. Più di rado parlava di sé.

Mi ricordo la notte in cui mi raccontò la storia delle tartarughe d'acqua e di sua madre. Noi due seduti sulla panchina di una piazza con la chiesa, nell'ora della luce blu che piace a certi fotografi.

«Non era adatta ad avere me» dice guardandosi i lacci delle scarpe.

«Cosa?»

«Mia madre intendo. Non era adatta ad avere figli.» È la prima volta che parla di lei in modo tanto diretto.

«Perché dici così?»

«Badare a me era un peso. Anche se poi era mia nonna a portarmi dal medico o a mettere la moneta sotto il bicchiere per la formica dei dentini.»

«Forse era troppo giovane. Quanti anni aveva?»

«Per questo a un certo punto se n'è andata» continua ignorandomi. «Mi ha lasciato da solo, convinta che ci sarebbe stato qualcuno a occuparsi di me.»

«Era così, no?»

«No, mia nonna lavorava. Ero sempre da solo.»

«E tuo zio?»

«Mio zio era un ragazzino quando sono nato.»

«Avresti preferito andartene con lei?»

«Sai, la prima volta che le ho mentito è stato per le tartarughe. Non l'avevo mai fatto prima» dice, senza fare caso alla mia domanda. «In realtà non le ho proprio mentito, ho solo nascosto delle cose.»

Una distinzione affilata nella sua testa: gli piace pensare che mentire e fingere siano due cose diverse. Per questo con buona ragione, una notte sul portone di casa, potrà dire a Lizzie *non è vero che ti dico bugie, se c'è una cosa a cui faccio molta attenzione è il non mentire*. Sincero in questo. *Mi dispiace che tu pensi una cosa simile di me*. E Lizzie, che non è tipo da rimanere invischiata in inutili contese di parole, lasciò perdere, non prestò attenzione al suo istinto allenato alla coerenza narrativa che si impigliava a ogni passo nelle versioni che Adrian ci forniva della sua vita. Niente, nessun allarme. Aveva alzato le spalle e gli aveva sorriso, e lui naturalmente l'aveva baciata.

«Mi aveva dato i soldi perché mi comprassi una felpa, era il mio compleanno» continua. «Mi ero precipitato in camera di mio zio a raccontargli che avevo i soldi, un sacco di soldi. Lui mi aveva dato un colpetto dietro il collo, come faceva quando era di buonumore, aveva detto che mi avrebbe accompagnato a fare spese come dio comanda. Ovviamente ero al settimo cielo, speravo che qualcuno dei miei compagni che abitava in centro mi vedesse. Nessuno dei loro genitori aveva una moto. Non avevano uno zio con i jeans strappati e i capelli lunghi, l'aria da teppista. Però poi non eravamo andati in centro, ma verso quei condomini in fondo alla periferia dove abitavamo, ero già stato altre volte con lui da quelle parti. Salivi le scale e le porte degli appartamenti erano tutte aperte e trovavi gente seduta sui pavimenti o sui gradini o sui materassi contro il muro. Era febbraio, aveva appena nevicato. Nel cortile mi ero infradiciato le scarpe e mi ricordo che avevo freddo e in quella casa non c'era il riscaldamento. Mi

ricordo due cose: avevo le dita dei piedi ghiacciate e stringe-
vo i soldi nella tasca della giacca a vento perché avevo paura
che me li rubassero.»

«Andavi spesso in giro con lui?»

«Solo se gli servivo, o se mia nonna lo obbligava.»

«Gli servivi?»

«Mi faceva fare qualche commissione per lui o per i suoi
amici.»

«Quanti anni avevi? Che genere di commissioni?» chiedo, io che sono stato un bambino amato e protetto, cresciuto
in una casa da brindisi e baci della buonanotte, e per questo
sono sempre stato sedotto dai danneggiati, dai manipolatori,
da coloro che sanno con quanta precisione l'ago trova la
vena, la lametta taglia il vetro.

«Quel giorno gli servivo» dice, saltando le mie domande
poco sveglie. «Siamo andati in uno di questi palazzi perché
c'erano degli amici che doveva vedere. Gente che si vestiva e
parlava come lui. Li abbiamo trovati seduti sul pavimento,
fumavano da pipe sottili e parlavano. Anzi no, litigavano, e
qualcuno a un certo punto ha tirato una sedia addosso a un
altro. Avevo imparato a essere indifferente a queste cose, giravo per le stanze e mi rendevo invisibile.»

«Agli altri andava bene che tu ci fossi?... voglio dire, nessuno diceva niente?»

«Non lo so. Alle ragazze piacevo perché avevo i capelli
lunghi e mi lasciavo abbracciare. I maschi alle volte mi offri-
vano le sigarette.»

«Fumavi?»

«Sì, certo. Mi piaceva che mi trattassero come un adulto,
come uno di loro.» Stacca gli occhi dai lacci delle scarpe e li
alza su di me per essere sicuro che stia prendendo sul serio le
sue parole. Ha ragione Lizzie, ha le ciglia lunghe che danno
al suo sguardo blu Klein un contorno femminile, più dolce.
«A un certo punto hanno fatto una specie di votazione ad al-
zata di mano. Ed è uscito che dovevano prendere i miei soldi» dice con voce piatta come luce invernale. «Allora mio zio
è venuto da me e mi ha ordinato di darglieli.»

«E gli altri?»

«Credo si aspettassero che li consegnassi e basta. Ero un bambino buono, erano abituati ad avermi intorno senza che creassi problemi» dice dispiaciuto. «Ho urlato che i soldi erano miei, che si trovassero da soli la grana. Ho usato proprio questa parola da western. Quando mio zio ha tentato di prendermeli ho stretto il pugno e l'ho colpito in faccia, come gli avevo visto fare con gli altri dell'appartamento.»

«Quanti anni avevi?»

«Otto o nove, mi sembra.»

«Cosa è successo dopo?»

«Sono corso giù per le scale. Ma loro mi hanno inseguito e mi hanno preso subito. Mi hanno afferrato per la giacca a vento e si sono presi i soldi.»

«Che stronzi.»

«Ho fatto la figura dello scemo» dice. «Mi sono messo a piangere.»

«Eri un bambino!»

«Non capisci, mi sono messo proprio a singhiozzare. Ero stato uno stupido a dire a mio zio dei soldi, ma sapevo che era l'unica cosa che lo interessava, mia nonna lo diceva sempre. Mi ero fatto fregare. Quasi soffocavo dalla rabbia e dalle lacrime. E la gente sulle scale stava tutta lì a guardarmi e non diceva niente. Mi disprezzavano.»

«E tuo zio?»

«Si è sporto sulle scale e mi ha urlato qualcosa, che mi conveniva andare ad annegarmi da solo, che se mi trovava a casa mi scuoiava con le sue mani.»

«Nessuno ha detto niente?»

«Una ragazza, credo fosse la sua fidanzata ai tempi, dopo un po' è scesa e mi ha preso per mano tirandomi fuori di lì. Mi ha accompagnato alla fontana e mi ha detto di lavarmi la faccia. Assomigliava più a mia madre che a mia nonna. Aveva lo stesso modo di dirmi le cose, come infastidita dal fatto che io potessi essere così stupido da non esserci arrivato da solo.»

«Ti ha ridato i soldi?»

«No, ma mi ha portato ai baracconi del luna park e mi ha

chiesto cosa volevo. Ho detto *tartarughe d'acqua*. Così, senza pensarci. Come fosse la cosa che avevo sempre desiderato. Ti giuro, non so perché mi è salita in bocca la parola *tartarughe*. Avrei preferito un pesce rosso, ma ho detto tartarughe. Mi facevano schifo le tartarughe, erano viscide. Lei ne ha prese due con la vaschetta di plastica e una scatola di gamberetti liofilizzati. Me li ha messi in mano e mi ha detto di tornarmene a casa.»

«E tua madre? Dovevi comprarti una felpa.»

«Non sapeva nemmeno come andavo vestito a scuola. Se ci andavo. Non ho dovuto mentirle» sottolinea, «però ho dovuto nascondere le tartarughe.»

«Come hai fatto?»

«È stato facile. Tanto solo mia nonna entrava in camera, la sera, per controllare che avessi preparato i vestiti per il giorno dopo. Ma era troppo stanca per fare indagini, e le tenevo nascoste in fondo all'armadio. Le tiravo fuori quando ero da solo in casa. Il che voleva dire quasi sempre.»

«Non le hai fatte vedere a nessuno?»

«No, non avevo amici. Ed erano mie, me ne prendevo cura. Erano il mio segreto.»

Ma i segreti non esistono forse perché desideriamo ci sia un orecchio pronto ad ascoltarli? Un segreto naufragato il suo, dal momento che a nessuno interessava scoprirlo. Eppure, anche adesso, dal tono della sua voce capisco che ne è orgoglioso e questa tenera fierezza forse deriva proprio dal fatto che me lo sta raccontando, finalmente, e io non lo guardo strano, non rimpicciolisco la sua storia sotto la lente della realtà. Gli credo e basta, come si dovrebbe fare con tutti i segreti, specialmente quelli dell'infanzia.

«Che fine hanno fatto le tartarughe?» chiedo.

«Le ho uccise.»

«Uccise?»

«Non le ho proprio uccise» dice, a scusarsi. «Se ne stavano da settimane immobili sullo scivolo della vaschetta, con la testa rintanata nel guscio. Non mangiavano, non scendevano in acqua e se le toccavi erano dure come pietre. Un giorno mia madre è entrata in camera mia... te l'ho detto, non lo faceva mai. In qualche modo rispettava l'idea che io avessi un mio mondo. Mi trattava come un adulto da quando avevo tre anni. Quel giorno però ha bussato ed è entrata, ha dato un'occhiata in giro e non era la camera del figlio diligente che dipingevano le mie pagelle. Assomigliava più a una tana che a un luogo per fare i compiti. Ha cominciato a riordinare, mettendo le mani dappertutto. A un tratto si è girata a guardarmi dicendo che c'era una puzza vomitevole. Ha aperto l'armadio e io ero terrorizzato che scoprisse le tartarughe. Non volevo pensasse che avevo dei segreti. Così ho finto di soffocare, ho iniziato a tossire e bloccare l'aria in gola e lei si è spaventata. Ha lasciato perdere le ricerche. Il giorno dopo le ho buttate via.»

«Hai *buttato via* le tartarughe?»

«Nel cassonetto delle immondizie di fronte a casa. Credevo fossero morte e avevo paura che mia madre le trovasse. Avrei dovuto darle un sacco di spiegazioni, sui miei pomeriggi e i soldi e quello che mi piaceva fare. Avrebbe scoperto un mucchio di cose. Penso che allora mi credesse sempre occupato con la scuola e i compiti, la sua idea di me si riduceva a quello. Come le avrei spiegato la storia delle tartarughe?»

«Erano in letargo...»

«Sì, ma l'ho scoperto dopo. E naturalmente l'ho odiata. Aveva ammazzato le tartarughe» dice, lanciando lontano un pezzo di vernice che è finalmente riuscito a scrostare dalla panchina. «Non avrebbe dovuto entrare in camera mia e mettere le mani tra le mie cose, trattandomi come un bambino. Poteva trovare decine di cose che non volevo scoprisse, cose mie intendo. È successo poco prima che se ne andasse e mi chiedesse se volevo andare con lei. Ma ero troppo arrabbiato per risponderle.»

Adrian alza gli occhi al cielo fotometrico, distende le braccia sullo schienale della panchina e per un po' ce ne stiamo zitti a contemplare l'ora blu che rischiara verso l'alba. Il tempo dei racconti è finito ed è tempo di salire in macchina, ritornare in strade conosciute.

Mi ricordo di quel giorno perché lui era allo stesso tempo

più fragile di quanto mi fosse mai sembrato, come se tutti i punti di sutura che l'infanzia e l'adolescenza avevano lasciato nei suoi organi fossero diventati visibili, eppure era anche invincibile. Ci alzammo dalla panchina con un improvviso buonumore: quel ricordo era esploso lasciando una polverina dorata sui nostri corpi, il potere infinito dei desideri e dei segreti infantili che definiscono il nostro coraggio. E mentre ci incamminavamo uno accanto all'altro verso la macchina, improvvisamente ci guardammo negli occhi e scoppiammo a ridere. Abbiamo riso come matti fino al parcheggio, piegandoci sulle ginocchia per riprendere fiato e guardandoci e ricominciando a ridere. Non sapevamo per quale motivo, ed era questo a farci ridere tanto. Era la nostra liberazione.

Non ci fu più un giorno come quello, e forse ogni amicizia ha un momento che racchiude tutti gli altri e prepara l'esplosione o l'agonia. Passarono ancora molti mesi e molte notti, ci furono infiniti viaggi in macchina, e Lizzie e Adrian si parlarono all'orecchio un numero incalcolabile di volte, le loro bocche così vicine; infinite volte io e Adrian chiedemmo una sigaretta alla puttana di un albergo senza il coraggio di passarci la notte, bevemmo bicchieri di champagne sul divano di Lizzie litigando sulle canzoni e prima di addormentarci ci scrivemmo sempre, tutte le notti. Ma questo fu prima di quello che accadde la notte della festa. Perché dopo quella notte niente fu mai più come era stato, niente lo sarà mai.

*

Ventitré dicembre. Benché alla radio del mattino si limitino a dire che le temperature sono scese e il cielo è sereno, è evidente che sta per accadere qualcosa di straordinario e gli impiegati, stretti nei vagoni di tutte le linee metropolitane delle 8.05, con le facce trepidanti dei bambini alla vigilia di Natale, compulsano i siti meteorologici e fanno scommesse sull'ora in cui nevicherà. Alle cinque del pomeriggio la città si dibatte in un intrico di ombrelli e scarpe infradiciate, i campanelli sulla soglia dei negozi suonano impazziti: un anticipo sulla frenesia serale segnato dai primi fiocchi e gli ultimi regali prima di darsela a gambe verso la provincia e i tavoli delle feste in stile Fanny e Alexander. Lizzie cammina sul marciapiede senza una meta, con la svagatezza degli innamorati e dei dementi, e i fiocchi di neve le si attaccano al cappotto bianco, al cappello all'inglese calato sulla fronte. L'indomani mattina la aspetta un treno per la nostra città a est e per la prima volta si sente soffocare all'idea di partire, di abbandonare questi viali con le ombre dei palazzi sull'asfalto e i fili del tram agli incroci, ma non è per una malinconia invernale. È per Adrian, maledizione.

Le loro case, come si vuole per tutte le occasioni della vita, sono solo a un isolato di distanza, pensa! Sì, eppure in questi mesi non c'è stata nemmeno una passeggiata rientrando dall'Acquario, nemmeno la pigra discesa verso il tabacchino con la scusa di inventarsi fumatori, una birra o un gelato fuori stagione, niente. Abitano a pochi passi eppure i loro corpi rimangono in una bolla, i polsi appena si sfiorano nel corridoio d'esecuzione e ci sono parole infinite nell'etere senza che gli occhi si possano incrociare per provarne la reale tenuta, di tutte quelle chiacchiere.

Un sortilegio che noi dovremmo conoscere – che le parole rimangano senza respiro così da poter essere immortali e giurare tutto senza mentire. Che i corpi restino fuori dalla scena è il segreto di un amore padroneggiabile e felice; l'amore assoluto non è poi forse quello che mai si espone alla prova della reciprocità? Raccontare è meglio che vivere: un'evidenza su cui l'Acquario ha costruito una cattedrale, spacciando storie al posto di vite, e nelle storie i personaggi recitano dialoghi previsti, eseguono mosse controllate, i finali sono decisi dall'inizio. Invece no, obietterebbe Lizzie, così si costruiscono solo le cattive storie. Ma questa distinzione richiede tempre sottili; Adrian la ignora e scrive.

Basta! Dovete vedervi! Chiudere una mano sulla bocca, come gli assassini o le vittime, che la posta in gioco è nient'altro che questa. Dovete vedervi. Io sono un Mercuzio ormai fuori gioco. E ancora non intuisco il pericolo, ancora confido nella capacità di Lizzie di avere la meglio con le parole. Infatti questa notte si vedranno, mi ha detto ridendo come una ragazzina, come non avesse importanza, e invece ne ha troppa, è evidente. C'è un orario stabilito, e Adrian scrive che non riuscirà ad arrivare in tempo. *Mi aspetti?* Un ritardo che è un calcolo, ma questo per ora ci sfugge. (Dov'è finito l'eterno anticipo che lo ha accompagnato per due anni e mezzo?)

Arriva così tardi che non è più importante cenare, e non è un ingenuo caso. Bevono champagne da bicchieri leggeri, ricorrono al gioco delle canzoni, l'albero di Natale gigantesco addobbato poveramente, preparano sigarette per avere le mani occupate. La loro spaventosa intimità li mantiene guardinghi, ai margini di una prossimità fisica evitata con cura. Eppure anche loro sono stati bambini che suonavano ai citofoni e si davano appuntamento nel cortile delle case, senza nessun touchscreen a proteggerli. Adrian alza gli occhi solo quando lei gli dà le spalle per raggiungere il tavolo con la bottiglia che non fa in tempo a scaldarsi.

«Vieni qui.» È Lizzie a parlare per prima, in piedi davanti a lui con il bicchiere in mano. Adrian è muto, per non contraddire le parole furbe che scrive. Si alza e sa perfettamente cosa fare. Sono alti quasi uguali e le loro mani si stringono su ossa identiche.

«Come hai fatto ad arrivare all'Acquario?» chiede Lizzie inarcando la schiena per raggiungere il computer alle sue spalle e abbassare il volume della musica senza staccarsi da lui.

«Come tutti gli altri, come te.»

«No, dove lavoravi prima?»

«In un altro posto, molto simile.»

«Ma dove?»

Adrian le appoggia la testa nell'incavo del collo e non risponde.

«È vera la storia che hai diffuso in rete...?» gli chiede.

«Tu ci credi?»

Le accarezza la schiena senza guardarla.

«Non lo so...»

«Mi dispiace che tu ci creda.»

«Non ho detto che ci credo. E comunque non fa differenza.»

«Certo che ne fa.»

«Cosa cambia?»

«Non voglio che tu pensi male di me.»

«Non penso male.»

«Non ho fatto niente di sbagliato.»

«Non mi importa di queste cose.»

Lizzie gli cerca le labbra, vuole che stia zitto. Perché il corpo di Adrian le trasmette tutta questa paura? Gli accarezza il collo e gli prende la mano – chiudi gli occhi e stringimi la mano è il ritornello dei bambini che scendono nella cantina buia.

«Ho solo scritto una cosa per un sito, credevo che non l'avrebbe visto nessuno, avevo preso delle precauzioni» dice, tenendola più stretta perché i loro occhi di blu sfumati non si incontrino. Ed è un ottimo incipit per una storia, pieno di promesse narrative.

«Cosa hai scritto?»

«Niente di segreto. Volevo che la gente rimanesse libera di muoversi nella rete dove sono cresciuto, nei mondi a cui ho dedicato migliaia di pomeriggi, senza che noi li controllassimo e succhiassimo ogni informazione disponibile sui loro computer.»

«Non è una cosa di cui vergognarsi.»

«No, non credo.»

«Perché non me la volevi dire?»

«Non voglio che si sappia.»

«Perché?»

Adrian le accarezza un braccio, il fianco, prende tempo; sa che con Lizzie bisogna fare attenzione, i dettagli vanno disseminati con cura credibile.

«Come se ne sono accorti?» Non lascia perdere.

«Hanno trovato il sito, può capitare.»

«Non era criptato?»

«Certo, ma ci sono arrivati. Ci sono persone come noi pagate per fare questo, gente che sta dall'altra parte. Vengono pagate benissimo.»

«Lo sapevi che c'era questo rischio, che prima o poi ti avrebbero scoperto.»

«Credo di sì.»

«Volevi andartene da lì?»

«No, mi piaceva lavorare in quel posto, mi piacevano molto le persone.»

«Più di adesso?»

«Perché ridi?» le chiede alzandole il mento.

Non è una risata, sono i nervi. «Ti piacevano più di adesso le persone?»

«Sì.»

«Sei sicuro?»

«Sì.»

«E allora perché hai fatto una cosa così stupida?» Si stacca da lui, ed è di nuovo la ragazzina della scuola con tutte le difese ben alzate, pronta a cadere in piedi da qualsiasi dirupo. «Hai fatto una cosa da imbecilli se ti piaceva stare in quel posto, con quelle persone.»

Adrian si siede in un angolo del divano: «Credevo fosse la cosa giusta. Lo credo ancora».

«E allora perché ne fai un grande mistero?»

«Non ne faccio un mistero.»

«Sì invece, non racconti mai niente a nessuno.»

«Non c'è niente da raccontare.»

«Non mi hai nemmeno detto come si chiama, questo posto dove lavoravi.»

«Perché non è importante.»

«Sì che lo è.»

Adrian scuote la testa, come se improvvisamente qualcosa l'avesse deluso in modo irrecuperabile. Lizzie, seduta nell'angolo opposto del divano, finge di cercare una canzone. Bevono l'ultimo champagne dai bicchieri. Lei si accende una sigaretta, chissà quando ha preso questa abitudine di comprare tabacco e accendini.

«Sei arrabbiata» dice Adrian dopo un po', ritrovando la voce da ragazzino timido, quello che lanciava la moto a una velocità pericolosa e superava i livelli dei videogame uno dopo l'altro di notte in un appartamento vuoto, l'eroe della libertà virtuale. (Segreti e desideri di un'infanzia dove qualcosa è andato storto... il genere di storia da Lizzie.)

«Non sono arrabbiata.»

«E invece sì.»

«Davvero ti dispiace così tanto lavorare all'Acquario?»

«Non ho detto questo.»

Lizzie chiude gli occhi, spegne la sigaretta senza saperlo fare. E forse questo è il punto in cui la storia potrebbe ancora imboccare un'altra direzione, basterebbe fare caso ai dettagli e alla coerenza narrativa, e porre la più semplice delle domande: se questa storia che hai raccontato è vera, come hai fatto ad avere un posto all'Acquario? Dove di certo la tua scheda personale e ogni traccia lasciata dal tuo passaggio sulla terra e ogni metro cubo d'aria che hai respirato molecola di cibo laccio per le scarpe scontrino bacio, perfino il passaggio di denaro di mano in mano dietro un cespuglio, ogni singolo fotogramma del tuo passato è stato mappato ed esaminato.

«Qui ci sei tu» le dice, prima che questa eventualità possa accadere.

Ancora una volta, nessuno nella stanza nota la retorica posticcia di queste quattro parole. (Lizzie!) E allora non resta che un'impellenza più grande, quella che Adrian ha sempre evitato e che ora Lizzie gli consegna a portata di mano: il bisogno di andare dietro al piacere al di là del bene e del male, spingersi più lontano fino a dove il corpo lo consente. E i loro corpi convergono all'unisono in un centro che è dato da loro stessi. Si toccano e tutto viene facile, e anche questa è una maledizione. Cosa è successo davvero prima? È una domanda che svapora nelle dita di Adrian infilate sotto la gonna di Lizzie che lo guarda e sorride: «Sei sicuro?».

«Sono qui.»

Dovresti essere a casa, chiuso a doppia mandata dietro la porta, il telefono staccato. Dovreste essere lontani, smetterla di scrivervi, e questo è l'annuncio di una rovina. Ma Adrian è sincero e, niente da fare, hanno già chiuso gli occhi e tenendosi la mano saltano nel buco del bianconiglio con la felicità benedetta degli amanti che rende insignificante tutto il resto. Finisce così l'anno per i due, stanotte si separeranno senza avere idea di dove l'altro passerà i prossimi giorni da regali sotto l'albero e corse di bambini giù per le scale con i calzini antiscivolo, e io prego che non ci siano parole tra loro, che non guardino mai lo schermo del cellulare nel pieno della notte per scoprire che anche l'altro è online con gli stessi pensieri. Ma intanto è appena passata la mezzanotte e per adesso ci sono solo le gambe di Lizzie avvinghiate attorno alla schiena di Adrian, il dolce tormento di una semi immobilità, il suo profumo dove l'osso si piega in un incavo, la neve che ha preso a scendere forte e si attacca al balcone dietro le finestre. Essere ingannati è un gioco che entrambi credono di padroneggiare.

Il resto è per i pazzi
(quattro notti)

È sempre una luce blu che pulsa nel buio con l'insistenza di una supernova sul punto di esplodere, dal cuscino nella metà vuota del letto. Lizzie a occhi chiusi allunga la mano per raggiungere il telefono, non ha importanza l'ora. È Adrian naturalmente: scrive, non più di tre o quattro parole disposte in una semplice sequenza come la più innocua delle esche usata dai bambini sul molo estivo, e viene voglia di farlo subito felice quel cinquenne che se ne sta da solo a lanciare il suo amo sperando che qualcuno si accorga di lui, fosse anche un pesce siluro, ma non bisognerebbe dimenticare che l'amo è ricurvo, e se aggancia la cartilagine nel punto più debole si viene trascinati e ci si ritrova agonizzanti in un secchiello con poca acqua, succede anche ai pesci da mare aperto. Lizzie si è sempre sbarazzata velocemente degli uomini che la chiamavano in continuazione e adesso il telefono rimane acceso tutta la notte e, quel che è peggio, lei risponde.

C'è una risposta e un rilancio e un'altra incantevole risposta. Anche per questa notte non si vedono e si scrivono. Si scrivono per ore, storielle, confessioni, sgambetti, in inglese, raccontami di quando..., giochi di parole per farti ridere, e come possono non scrivere? Sono così bravi! Eppure c'è stata una pausa, decisiva come tutte le pause, verso la fine del vecchio anno. In quei giorni di dicembre, la mattina presto, vedevo Lizzie nel suo cappotto di pelliccia bianca e il cappello all'inglese camminare fino alla punta del porticciolo del

Cedas, dove in estate i ragazzi si tuffano sullo sfondo del castello bianco di Massimiliano: si sedeva con le gambe verso il mare e se non c'era vento stava lì per ore, chiacchierava con i pescatori sloveni o stava con i suoi pensieri contro l'orizzonte innevato. Qualche sera la incontravo nei bar della città vecchia, la vedevo brindare e ridere e lasciare la solita scia di desiderio e attesa quando se ne andava; l'ho vista pranzare più volte con lo stesso uomo e sorridergli furba, eppure faceva un certo sforzo per rimanere nella scena, controllava il telefono a intervalli regolari.

Lizzie, che a differenza di me non è facile a nessuna dipendenza, non all'alcol al fumo all'amore, nemmeno a questo mare in cui siamo cresciuti, ha però una mente predisposta a trasformare gli accidenti della vita in ossessione. Credo faccia parte della sua predilezione per le storie e di una certa incapacità di osservare i fatti considerandoli semplicemente tali, senza creare tra loro una linea di relazione che presto diventa più forte dei fatti stessi e porta a credere cose non vere.

«Hai sentito Adrian?» le chiedevo in quei giorni quando ci vedevamo, ben sapendo che era una domanda da evitare, ma badavo anch'io ai miei meschini piaceri e non volevo privarmi dell'attimo in cui il nome del mio amico suscitava un lampo di felicità e le dischiudeva le labbra, immobilizzava il tempo – uno scatto che non sono mai riuscito a immortalare.

«No, perché? Avrei dovuto?» scherzava. E poi ce ne stavamo a parlare per ore, seduti sugli sgabelli in un angolo nascosto di un bar del ghetto, ed erano solo veli e dissimulazioni, voleva Adrian. Lo voleva per istinto e con un'urgenza che non avevo mai visto in Lizzie. E questo era già un guaio, dal momento che l'istinto chiede un corpo o una tragedia, e Adrian era un perfetto figlio dell'Acquario: ologrammato, emotivamente insicuro, del tutto incapace di sporgersi al di fuori di uno schermo a connessione veloce. Ma era innamorato di lei, lo era da quel primo giorno in cui avevano pranzato insieme e lei lo aveva trovato bruttino. Un'altra delle complicazioni di questa storia.

Gli ultimi giorni di dicembre si portarono dietro la rituale aria da soglia e decisioni imminenti. Adrian e Lizzie non si scrivevano. Spiavano l'ora in cui l'altro per l'ultima volta si era collegato, rabbrividivano al segnale di messaggio ricevuto, ma non scrivevano. Arrivò così l'ultimo dell'anno e Lizzie aveva il viso pieno di brillantini e tirò tardi come tutti noi facendosi sorprendere da un'alba ventosa nella piazza grande. La città le corrispose e fece un temporaneo miracolo, come sempre: le diede di nuovo il respiro a pieni polmoni e il passo sfacciatamente libero di chi basta a se stesso e va veloce. Sorride! È felice! Tornò a essere Lizzie. Qualcuno giurò di averla vista in Costa dei Barbari baciare una donna, o forse era un uomo con il rossetto da donna, non ha nessuna importanza. Qualcuno la spiò passeggiare al sole sotto la parete d'arrampicata della Napoleonica e quel suo amore dell'estate precedente la portò a cena sotto il Faro della Vittoria; ritrovò le amiche e le si sentì ridere a notte fonda sulle pietre del castello di San Giusto. Mi regalò un portasigarette d'argento appartenuto a un soldato dell'esercito neozelandese. Consegnò il progetto per un mondo virtuale che sarebbe diventato molto popolare nei mesi successivi. Poi il 5 gennaio, due giorni prima del nostro rientro, arrivò un messaggio di Adrian. Solo la foto di un angolo di mare che ormai era diventato familiare a Lizzie, gliel'aveva mandato mille volte senza specificare mai cosa ci facesse lì e lei non l'aveva chiesto.

Così ora da capo, i due si scrivono ogni notte, a volte anche di giorno dalle loro scrivanie al quindicesimo e quattordicesimo. Adrian ha smesso del tutto di pranzare con noi, a volte mi chiede di prendere un caffè sulla terrazza al decimo piano, quando è sicuro che Lizzie sia impegnata. Si scrivono e non si vedono, una dannazione per due persone così a proprio agio con le parole! Ogni notte è un gioco di equilibrio tra la volontà di sedursi – guarda-mamma-senza-mani –, di essere superiore all'altro in questa gara di magia e credulità, e l'esasperazione di due corpi che non si toccano.

"Mi hai svegliato." Così Lizzie.

"Mi dispiace."

"Non è vero."

"Perché dici così?"

"Adrian, sono le due di notte."

"Lo so."

"Vuoi venire qui?"

"È tutto sbagliato."

"Sono pochi passi, attraversa la piazza."

"È tutto sbagliato."

"Cosa?"

"Essere lontano quando dovrei essere lì con te."

Un dialogo da pazzi, ognuno sotto le proprie lenzuola! Del tutto irreale, basterebbe il più idiota degli sceneggiatori per correggerne l'inverosimiglianza. Niente da fare, Lizzie ripete le battute come una bambina che ama a tal punto le storie da lasciarsi incantare anche da una mal raccontata. E Adrian? Adrian sa che per quanto tu possa essere scaltro, per quanto tu sappia architettare trame complicate, non sei mai al di sopra del sesso. Per questo evita d'incontrarla.

Mi scrive una sera, deve essere la fine di gennaio perché fa molto freddo. *Ti va un giro in macchina?* Certo che mi va, non fosse che per rimanere incollato al mio ruolo di spione.

Guidiamo in un buio estraneo e tangenziale, usciamo dalla città, beviamo un Martini senza ghiaccio in un bar dove vendono sigarette e cartine stradali.

«Da quando compri le sigarette?» gli chiedo.

«Dal giorno della festa.» E non ha bisogno di precisare quale.

Di colpo il suo silenzio lungo la strada e gli occhi incollati ai lacci delle scarpe mi appaiono per quello che sono, sottintesi che vuole siano scoperti, e per questo mi esasperano.

«Non vedo perché farne una tragedia» dico, buttando giù un sorso lungo che mi fa soffocare. Adrian mi batte una mano sulla schiena senza troppa energia.

«Non c'è nessuna tragedia infatti.»

«'Fanculo, Adrian. Non dire cazzate.» Sono ubriaco e stufo. Sono innamorato di Lizzie? Sì, probabilmente. Come ci si innamora di un cugino più grande che ci permette di seguirlo nelle scorribande notturne o della domestica che quando sei piccolo ti aspetta al cancello della scuola perché sa già che tua madre si scorderà ancora una volta di venirti a prendere.

«Mi dispiace che pensi così.» Adrian il Beneducato.

«No che non ti dispiace. Dici sempre questa cazzata che ti dispiace» insisto. Ancora non ho capito che è solo un modo di dire che ha rubato a qualcun altro, a quello scrittore che si era ammazzato sentendosi da una vita un impostore e per il quale Adrian ha una dolente (rivelatrice) ossessione. «Le persone che si dispiacciono cercano di cambiare le cose, invece a te va bene così.»

«Cosa mi va bene?»

«Questa situazione con Lizzie. State lì a scrivervi tutto il tempo e poi nemmeno vi vedete sotto casa. Hai perfino smesso di pranzare con noi.»

«Non posso farlo.»

«E perché non potresti?»

«È impossibile» dice alzando gli occhi dal bicchiere, quel blu Klein spaventoso.

«Cos'è impossibile?» Mi accorgo di sibilare. «Non prendermi per deficiente. È possibilissimo.»

«Non lo è» insiste, come se anche una parola in più fosse un passo falso.

«E sentiamo, perché non lo è? Perché hai una moglie e tre figli e un labrador nascosti da qualche parte in cantina? Perché sei un serial killer?» dico stridulo, finendo d'un fiato il mio Martini e facendo cenno alla cameriera di portarmene un altro. Adrian guarda fuori dalla vetrina, un buio omertoso e calmo. Aspetto che arrivi il bicchiere e poi continuo, a voce troppo alta adesso, ma nessuno mi dice di abbassarla: «Cos'è, ti ha traumatizzato la fidanzatina dei quattordici anni? Oppure sei finocchio ed è stato tutto un malinteso? Perché non ci racconti mai niente della tua vita?».

«Sei ubriaco.»

«Certo che sono ubriaco! E tu invece? Tu, Adrian, non sei mai ubriaco, vero? Sei sempre lì a fare la parte del ragazzino problematico, la verità è che non sappiamo niente di te. Che cazzo stai facendo con Lizzie?»

Butta la testa indietro come per cercare un respiro che non gli arriva, poi chiude gli occhi e mi prende il bicchiere, manda giù un lungo sorso: «Non mi è mai capitata nella vita una cosa del genere, se è questo che vuoi sapere».

La sua voce è così bassa e sincera che abbassa anche le mie difese, mi viene voglia di stringergli una mano sul braccio: «Che intendi dire?».

«Non mi è mai capitato che mi piacesse tanto una persona...»

«Non è la fine del mondo» dico piano. Mi rendo conto che stiamo dicendo frasi sganciate e senza molto senso, ma lui ha l'aria così sperduta e io ho paura che qualche sillaba di troppo possa mandarlo in pezzi. «Adesso ascolta...»

«No, non dobbiamo parlarne. È tutto impossibile» dice come un bambino stizzito.

«Non c'è niente di...»

«Non parliamone più, per favore.» La sua voce è risoluta e al tempo stesso affranta, si alza per pagare e io sono troppo ubriaco per opporre resistenza, per non essere dalla sua parte.

Usciamo in un buio pieno di ombre e stelle fisse, lascio che sia lui a guidare, il motore fa circolare un'aria dolciastra e tiepida che mi fa addormentare, così non sono sicuro di sentire davvero la sua preghiera: «Se puoi, non dire niente a Lizzie, per favore».

È solo adesso che sto scrivendo queste pagine alla luce di tutto quello che è successo dopo, mi chiedo se davvero desiderasse la mia amicizia o non fossi anch'io una figurina del mondo virtuale che stava allestendo per rinchiuderci dentro.

*

C'è una foto, anzi no, ce ne sono otto, archiviate da Adrian in una cartella che ha nominato IO E CATE. Le ho stampate una domenica pomeriggio per poterle appendere una sotto l'altra, da predatore disonesto di ricordi altrui. Un bambino e una bambina di nove o dieci anni. Lui indossa una maglietta azzurra con la stampa di un disegno colorato e pantaloni della tuta blu, alle spalle la linea di uno scivolo metallico fa intuire un qualche giardinetto pubblico. Sono scatti casalinghi fatti con una macchina automatica che usa un tempo rapido per fermare il movimento e quindi la luce è più scura del reale. I colori sono impastati ma l'aura è fermata: una spensieratezza allegra, a fuoco nelle pieghe degli occhi e negli abbracci stretti tra i due bambini, che permane sull'intera foto. Per contrasto rende qualsiasi espressione di Adrian oggi meno nitida, fa venire voglia di chiedersi cos'è successo nel mezzo, che ne è stato di quello slancio azzurrino? Cosa l'ha fatto diventare l'adolescente ombroso dei suoi racconti?

La bambina ha i capelli rossi e la pelle chiara. Lei guarda l'obiettivo, lui guarda lei. Incantato, divertito e sedotto dalla sua sicurezza civettuola. In questo riconoscibilissimo. È lei che lo abbraccia, e lei che lo bacia smorfiosa in posa per l'obiettivo, mentre lui è del tutto dentro la scena.

Uno solo degli scatti è differente, come se fossero stati messi insieme da un occhio frettoloso, distratto sui dettagli, che ha registrato lo sfondo comune del parco giochi, ma non i vestiti dei due bambini, di poco diversi a una verifica con il più semplice degli ingrandimenti. Non è questo però a catturare il mio occhio di voyeur consumato, non all'inizio perlomeno. Il mio interesse è per Adrian, per la felicità pura di un bambino nel pieno dell'infanzia che perfino un fotografo dozzinale ha saputo cogliere. Ma questa non sembra l'infanzia che Adrian ci ha raccontato. Chi è Cate? La sua fidanzata quattordicenne, l'unica donna della vita che Adrian lascia intuire? O è la bambina che un pomeriggio d'inverno...

Quel giorno di gennaio ha l'età della fotografia e Caterina si è trasferita nel suo condominio solo da qualche mese ma è già molto popolare tra gli altri bambini, li mette in soggezione con la sua spericolatezza. Ha un'inspiegabile predilezione per Adrian e il pomeriggio compare sulla porta di casa sua per trascinarselo dietro. Per la nonna di Adrian è un sollievo che questo nipote, per cui nessuno ha mai abbastanza tempo, abbia qualcuno della sua età con cui passare i pomeriggi, per non diventare il trepidante oggetto degli esperimenti di uno zio poco più che adolescente.

Adrian adora Cate. Lei esercita su di lui un'autorità sconfinata, dolce però. Lui capisce che è più scaltra, più abbagliante, ma è anche una parte di lui. Lo sopravanza in quasi tutti i giochi da maschio e lui non si annoia mai nello stare dietro ai suoi capricci da femmina. Inseparabili. Come vuole la loro età, Cate è più veloce, ha fascino ed è una dittatrice nata. Ma è il timido Adrian ad avere il potere più pericoloso, perché quando lui racconta, storie che li fanno sentire superiori ed eletti, Cate gli crede sempre. Gli crede quando inventa la storia degli scienziati lunari che verranno a prenderli per fare di loro i sovrani di una nuova umanità galattica, e per questo devono farsi trovare pronti, per questo lui si bagna il dito e la ispeziona dalle caviglie alle cosce. Cate ride e rabbrividisce, il dito di Adrian arriva fino al bordo delle mutandine e si ferma.

Hanno nove o dieci anni quando scendono nel cortile condominiale. È tutto grigio in città, il cielo piatto sopra i tetti da neve, le foglie degli alberi d'acciaio, le facciate dei palazzi e i portici alti, gli zoccoli dei cavalli in uniforme che lanciano scintille sinistre sulle sbarre dei giochi al centro dell'aiuola. Il blu Klein di Adrian.

Sono soli, circondati dalle finestre dei parallelepipedi verticali, senza guanti o palla per giocare. Da qualche parte in una camera al settimo piano uno zio minaccia il futuro del nipote con lametta e bilancino. Ma Adrian per ora è un bambino giudizioso e introverso, gli è più facile stare dietro alle femmine che competere con i maschi della classe. Caterina si slancia di corsa e in un lampo è già arrampicata sulle sbarre del castello, le nocche sbiadiscono mentre stringe le dita attorno al ferro ghiacciato per fare una capriola. Adrian ha paura delle altezze ma le va dietro, esaltato da quello spreco di vitalità di cui è un avido vampiro.

«Adri muoviti!» risuona il richiamo. Lui esita, poi si arrampica sulla prima sbarra, a non più di cinquanta centimetri da terra. Guarda in su verso il punto più alto, il profilo concentrato di Cate che sta per lanciarsi da una sbarra all'altra. Una vertigine a cui non sa resistere. Lei dondola le gambe nel vuoto, le mani mollano una presa e afferrano la successiva, le spalle ruotano a ritmo e da sotto fanno oscillare ogni cosa. Le calze di lana bianche con l'elastico molle scendono lasciandole nudo un pezzo di pancia sotto la giacca a vento. Lei arriva alla fine e si lascia cadere, per poco non gli atterra in testa, lui sorride senza sapere se può stringerla forte come fa lei quando impazzisce. Caterina ha il fiatone e le guance scarlatte.

«Ho caldo» dice, sfilandosi brusca la giacca a vento dalla testa. «Cosa facciamo adesso?»

«Vado a prendere i pattini?»

«Non mi va di pattinare.»

«Suoniamo i citofoni e facciamo che c'è un'emergenza?»

«No... non ci crede più nessuno.»

Adrian si guarda attorno in cerca di un suggerimento, ma ci sono solo cavi della corrente, un triangolo di giardino con siringhe pezzi di stagnola e il polistirolo dei macellai, la maglietta di suo zio pende dai fili del bucato insieme ai calzini e agli asciugamani degli altri condomini, il cestino di ferro è stracolmo di lattine. Giochiamo al gioco della bottiglia, vorrebbe dire, ma Caterina con tutta la sua insolenza sportiva non sa cosa significhi e lui vuole essere gentile e delicato con lei, come gli eroi dei manga giapponesi che legge suo zio. Ma gli resta un desiderio.

«Sei capace di salire su quell'albero?» dice indicando il faggio rimasto fino a qui sullo sfondo del loro interesse.

È un trabocchetto da vili, perché Caterina è una competitiva nata e lui vuole ancora vedere le calze scendere e la pancia nuda.

«Certo che ci so salire.»

«Non ti credo.»

«E tu, sei capace?»

«L'ho chiesto prima io!»

«Non vale.»

«Sì che vale, lo dici solo perché hai paura.»

«Non ho paura.»

«Allora sali!»

«Sei uno stupido, Adrian!» Un insulto da grandi che esce ridicolo e dolce dalla bocca di una bambina – un rimprovero che per tutta la vita Adrian ricercherà, un suono eccitante e materno nelle sue orecchie. E quante volte Lizzie, inconsapevole e sbrigativa, gli scriverà questa stessa frase per far smettere i suoi educati giri di parole?

Caterina marcia verso l'albero.

Prima di salire si gira verso di lui e lo guarda. Si sta facendo buio e Adrian non vede se lei sorride. È agile, sicura. Si arrampica trovando una presa dopo l'altra, determinata come in una gara della scuola. Tiene lo sguardo puntato in alto, verso il prossimo ramo che possa fare da appoggio alla scarpa da ginnastica. Il grande fiume non è troppo lontano e goccioline di umidità stanno risalendo il pomeriggio andandosi a posare sulla corteccia e sui capelli. La luce allunga le ombre e tra poco si accenderanno gli emaciati lampioni del giardino. Lei è già salita di qualche metro e allunga il braccio per afferrare un ramo più esterno. Adrian da sotto trattiene il fiato. Lo slancio e la presa, le ginocchia aderenti al tronco e la schiena nuda che sbuca dalla felpa.

Poi di colpo succede qualcosa. Una gigantesca mano invisibile piomba sulle spalle di Caterina con la forza di un meteorite e la tira giù.

Adrian non vede niente, uno schiocco sordo rompe l'aria ma lui ha i sensi tappati, il cervello sigillato. Vede una scia di colori che precipita grattando la corteccia, un rumore come di cartilagine strappata. Gli istanti si accartocciano gli uni sugli altri, troppo in fretta e troppo piano. Adrian rimbalza indietro come colpito dall'onda di un diapason. Caterina precipita sul terriccio dell'aiuola: una gamba piegata in modo innaturale, il viso contro la fanghiglia ghiacciata. C'è il silenzio di quando un corpo rompe il ghiaccio e sparisce di sotto, le finestre dei palazzi tutte buie, i capelli sulla tempia sinistra che diventano rosso scuro.

Adrian grida qualcosa ma non c'è nessuno a sentirlo o aiutarlo, stringe ancora nel pugno la giacca a vento di Caterina. Si china su di lei che ora sembra molto piccola, ha gli occhi stretti e le labbra aperte, prova a darle uno schiaffo come nei film ma più piano e la testa si rovescia di lato. Se un suono esce da quelle labbra è coperto dal rombo nelle sue orecchie. Tra i fili dei capelli vede il buco dove l'orecchio è stato grattato via, una bava di sangue sta colando sul collo. Le ginocchia diventano colla. Grida ancora. Non si illumina una finestra. E prima che la luce dei lampioni si accenda, Adrian è già corso via senza essere visto da nessuno.

Quello che accade dopo è un racconto, una finzione, impossibile distinguere tra realtà e artificio. Ci sono le grida, e l'ambulanza con i lampeggianti che illuminano il cortile, le porte del palazzo chiuse per non immischiarsi, il cuore che si spezza e poi riprende a battere. Adrian rintanato in camera sua, incollato al vetro della finestra con il terrore di accendere la luce. Cosa è successo veramente? Non è dato provare la reale tenuta di questa storia. Esistono solo le foto, IO E CATE, che attribuisco a un tempo di poco anteriore.

Quel pomeriggio però ha un nome e un titolo suggestivo, *Palla di neve con orecchio*, e macabramente il titolo parla da sé: dice di cieli bianchi invernali e di un bambino che tiene il pezzo di un corpo sotto vetro nella stanza di un appartamento dove non c'è mai nessuno, mentre uno zio poco più che ventenne dall'altra parte del muro mescola polveri senza colore e sesso rumoroso, e la cena deve essere riscaldata a bagnomaria. Adrian bambino conserva l'orecchio di Caterina in una palla con la neve, mentre la sirena dell'ambulanza taglia il cielo di netto. Adrian all'Acquario conserva *Palla di neve con orecchio* – un file criptato (un racconto!) – nell'angolo più remoto della nuvola dove ha spedito ogni memoria, il più possibile lontano da se stesso. Il se stesso che cerca di essere con così tanta determinazione.

E questo potrebbe essere un tassello della sua biografia misteriosa, o naturalmente solo una storia che ha inventato, il genere di avventura infelice prediletto da Lizzie – non fosse per quelle foto, non fosse che lui non inventa storie.

*

«Tu hai qualcosa contro le droghe sintetiche?» le chiede una sera, appoggiando la bocca al suo orecchio mentre al tavolo i nostri clienti si ingozzano di gamberetti e salsa di avocado.

È arrivato tardi, fino all'ultimo ho pensato evitasse perfino gli obblighi che ci impone la nostra posizione all'Acquario, invece chissà dov'era. Arriva, si presenta nel suo inglese da programmatore e si siede accanto a Lizzie come fosse una cosa che non gli causa nessun problema. Ordinano due cocktail identici, come al solito Adrian è brillante nella conversazione, i clienti ridono ed è esattamente l'effetto che cerchiamo: farli ubriacare e ridere così tanto da non ricordare alcun dettaglio, solo una piacevole sensazione di intimità che domattina si manifesterà in firme geroglifiche sulla carta intestata dell'Acquario. Lizzie indossa un vestito bianco panna a maniche corte e stivali col tacco. Quando si alza per andare in bagno mi accorgo che così è più alta di Adrian di alcuni centimetri, eppure i loro corpi vicini tradiscono un armonico accordo.

«Tu hai qualcosa contro le droghe sintetiche?»

La domanda di Adrian è un colpo di flipper scoccato ad arte e rimbalza nell'orecchio di una bambina cresciuta a prove di ardimento sulla piattaforma più alta dei tuffi all'Ausonia: *sei capace o no?* È una trappola in cui Lizzie cade con vanità, sicura del potere che le dà uscire indenne da qualsiasi prova di coraggio. O forse è solo un bisogno di vero sentire.

«Niente in contrario» gli sorride, con quello sguardo blu da sala giochi che hanno identico.

Lizzie e la sua aria spregiudicata, Lizzie su cui a scuola circolavano ogni tipo di voci, Lizzie che in realtà non è capace di fumare una sigaretta come si deve.

«Perché un amico di mio zio...»

«Tu le hai mai provate?»

«Solo una volta, con lui, a Natale» dice Adrian e non la guarda, la parte del timido gli riesce alla perfezione ed è, com'è ovvio, il personaggio preferito di Lizzie. «Volevo provarle con te.»

Bisognerebbe fare attenzione alle parole, perché nessuna sillaba è pronunciata a caso e l'esclusiva, *proprio tu e nessun altro*, è una posta in gioco da sempre convincente.

«Ok, va bene» dice Lizzie, mentre le quattro facce attorno al tavolo rimangono ignare di ciò che sta accadendo e io racconto storielle stupide per mantenere alto il livello di serotonina, ma non mi sfuggono la complicità e il guizzo dei nervi.

Paghiamo un conto esorbitante che è il valore minimo del contratto che verrà firmato domattina, perché senza dubbio verrà firmato, lo sappiamo con la stessa certezza con cui io so che non è generosità la mia, ma invidia e voyeurismo, l'intenzione con cui all'uscita del locale mi incarico di accompagnare i clienti in albergo e lascio i due alla loro felicità obliqua, perché gli amanti finiscano sotto le lenzuola e io possa continuare a spiarli da vicino.

È mezzanotte di frenesia e batticuore, i colori sono scomparsi e non ci sono strade capaci di sottrarli ai loro gesti attesi, i corpi rinati sono nuovi di zecca ai loro desideri, ai baci più insperati.

«Sei una tentazione» sono le uniche sillabe che Adrian dirà questa notte, e io non so se Lizzie lo allontanerà sul portone di casa per alzare la posta o per giudizio, non so se Adrian le infilerà le dita sotto la gonna guardando il tram sferragliare dal finestrino del taxi, ma so che decideranno il

101

giorno e l'ora con l'eccitazione dei congiurati, so che si scriveranno anche questa notte.

E poi arrivano il giorno e l'ora e la playlist scelta con cura per durare a lungo, perché si dice che sia necessaria in questo genere di cose. *Heart of Glass* e le gambe nude anche se siamo in febbraio. Si baciano sulla guancia, chiudono a chiave la porta, controllano che le bottiglie d'acqua siano piene, stappano lo champagne. Adrian sfila con cura dalla tasca un foglietto ripiegato e lo dispiega sul tavolo, fa scivolare un po' di polvere sul palmo della mano e poi la versa nei bicchieri, quello di lei e quello di lui, forse appena di più in quello di lei. Lizzie lo osserva incuriosita ed esitante, perché nonostante la spavalderia è pur sempre cresciuta arrampicandosi nel vuoto e immergendosi negli abissi e sa che il rischio va controllato.

Adrian beve un sorso lungo: «Buttalo giù, veloce, che ha un gusto terribile», e le passa il bicchiere. Lizzie fa come dice, anche se sa che non va bene così in fretta e non si dovrebbe nemmeno mescolare con l'alcol. Lo sa Adrian molto meglio di Lizzie.

In un attimo hanno finito i bicchieri e non hanno toccato cibo. Ormai è troppo tardi. *We can't rewind we've gone too far* è una musica da ballare. Si appoggiano allo schienale delle sedie, c'è qualcosa da mangiare ma lo sconosciuto che gli sta invadendo allegramente il sangue ha già tolto loro ogni appetito. Adrian chiacchiera disinvolto, chissà cosa le sta raccontando in quel preciso momento, chissà quanto è vigile. Lizzie sente un'onda salirle alla gola, le gira la testa. È piacevole, non è piacevole. Si alzano e camminano trascinandosi per i polsi, inciampano, cadono sul divano.

«Sta facendo effetto» dice lei.

«Mmmmmhhh» sorride lui.

Sta per toccargli un braccio ma una generale simpatia ha lisciato i nervi che non mandano comandi ai muscoli. Adrian si gira a guardarla.

«Lizzie, stai bene?»

Ha caldo, ha un caldo infinito alla nuca e alla gola, i contorni sono liquidi. Non parla.

«Lizzie?»

«Dammi da bere» dice a fatica.

E forse questo è il punto in cui Adrian si spaventa, sa qual era la dose giusta e sa di averla corretta. Perché? Per avere potere su qualcosa che gli sfugge. No, non su Lizzie, ma sul presente, quel tempo con tutte le infinite possibilità mai pacificate e mai calme che lo chiama e gli chiede di essere quello che vorrebbe essere. Nudo, arreso alla debolezza degli amanti e al desiderio senza riscatto. Ma lui non può, è impossibile ha detto.

Le allunga la coppa di champagne.

«No, acqua» chiede Lizzie, e lui non le ha mai sentito quella voce piagnucolosa e sudata, si sta disidratando.

«Come stai?»

Lei si piega sul divano e c'è davvero qualcosa che non va. Non dovevano andare così le cose, le allunga la bottiglia d'acqua e lei beve, la rovescia sul collo, Adrian non riesce a vedere altro che le gocce sulla pelle tra le clavicole e vorrebbe toccarla, passarci il pollice e la lingua, la sua pelle ha sfumature azzurrine.

Se ora Lizzie riesce ad alzarsi e raggiungere il bagno è solo grazie all'educazione mitteleuropea di tuffi e corse estive che ha mappato ogni limite del suo corpo e manda i segnali corretti: infila la testa sotto il rubinetto, bagna i polsi, riempie la bocca d'acqua e non di champagne, a dispetto dell'estetica. Quando torna sul divano sta meglio.

«Sto meglio.»

Il tempo si calma. È passato solo qualche minuto, ma la playlist è finita e durava due ore e quaranta. Si allunga sul computer per rimettere tutto dall'inizio, riavvolgere un pezzo di notte e farla ripartire. Ci riesce. Adrian le tocca la spalla e lei si gira e sta per dire *dimmi?*, e invece i loro occhi si incontrano, gli angoli della stanza, i colori, la musica, tutto è morbido e benevolente. Lizzie riesce a vedere le sensazioni di Adrian, liquide come un sole atomico.

«Lo so» dice, e sanno esattamente cosa vogliono dire.

«Fa caldissimo.»

Spengono il riscaldamento, spalancano le finestre, hanno la pelle bollente. Ridono. Lizzie si sfila la gonna, Adrian i pantaloni. Restano in mutande e lei balla. Balla in piedi davanti a lui continuando a bere dalla bottiglia rovesciandosela sul collo. Ed è tutto quello che Adrian desiderava: così bello e artificioso che può anche allungare una mano a toccarlo, a toccare quel caldo appiccicoso e allegro che è suo – il tempo e lo spazio gli appartengono, Lizzie ride nuda e senza controllo in una scena creata da un laboratorio di cristalli, e quando l'effetto della polverina sarà finito non ci sarà nulla di cui preoccuparsi perché niente sarà esistito per davvero. È questo l'unico modo in cui Adrian ammette che qualcosa di simile all'innamoramento accada, ma è un cazzo di esperimento alterato e bisognerebbe essere degli stupidi per non sapere che le cavie muoiono sempre con agonia.

Fanno un gioco di indovinelli, la pelle ha un caldo da stare male ma loro stanno bene, provano a leggere le parole di un libro ma le lettere sono sfocate e traballanti. Sono nudi e ridono. Le mani libere di Adrian. Le luci della stanza sono bellissime e strane e si inarcano verso il soffitto dove ruotano lentamente come pezzetti di vetro in un caleidoscopio.

«Leggi tu!»

«Non ci riesco.»

Rovesciano l'acqua e sono bagnati e sudati, non hanno mai sonno. Si ricordano delle finestre aperte quando inizia a entrare la luce. È passata solo qualche ora, ma è già l'alba. Adrian abbassa la musica, di colpo hanno i brividi e si stringono sotto una coperta vinti da una stanchezza senza sonno. Per un po' non parlano.

«Tra poco vado» dice Adrian alla fine. È sabato mattina e la sua voce sembra stia spostando un soprammobile di vetro dove è posato un moscerino che non deve volare via.

«Non dobbiamo andare all'Acquario oggi.»

«Ma io devo andare.» L'effetto delle sostanze è terminato

e adesso non è così facile accordare le parole senza conseguenze.

Sarebbe da Lizzie alzarsi per prima dal divano, ma il topolino da laboratorio è sfinito e ingannato, appoggia la testa sulla spalla di Adrian e aspetta che la serotonina si stabilizzi. Basterebbe pochissimo, che i muscoli si rilassassero e i corpi si dessero il calore che stanno perdendo. Invece è peggio, e si insinua tra loro uno scatto dei nervi, la consapevolezza improvvisa di essere due sconosciuti nonostante tutte quelle frasi da non più di centocinquanta caratteri volate da un telefono all'altro. I loro corpi sono troppo nudi e troppo vicini e non sanno che farsene.

«Dove vai?»

«Non ho voglia di parlarne.» Adrian non ha mai avuto una voce così affilata con lei, non si ricorda di avere ancora il sangue alterato, le difese abbassate, e ora rischia di mostrarsi com'è davvero.

«Perché?»

«Credo tu lo sappia e comunque non ti riguarda.»

«Invece non lo so» scivola Lizzie, anche lei senza difese.

Si scoprono opposti e rovesciati i poteri, ed era facile immaginare che fosse una cattiva idea spogliarsi del controllo che danno le parole, perché la pelle e i muscoli e l'odore e la saliva non proteggono i segreti, non si può schiacciare offline e spedire tutto nella nuvola virtuale. Sono ancora nudi sotto la coperta, troppo stretti l'uno all'altra. Inizia a salire una paranoia egoista.

«Sì che lo sai.»

«Come faccio a saperlo?» La voce di Lizzie è sul punto di scoppiare in lacrime o in un conato di vomito.

La notte scivola lungo una discesa deprimente, e c'è qualcosa di più triste di due sconosciuti che hanno fatto sesso con l'inganno? Sì, due innamorati capaci di credere a qualsiasi storia, anche a quella delle anime affini, ma quando le parole finiscono e la luce si riaccende le braccia hanno un colorito grigio pallido, i muscoli delle gambe sono molli, i piedi sproporzionati, e non c'è nessuno schermo in pixel a virare la luce in allegro fluo.

«Perché abbiamo fatto questa cosa?» gli chiede.

«Perché mi andava.»

«Perché l'hai fatto con me?»

«Lo sai.»

«Dove devi andare adesso?»

«Non ho voglia di parlarne.» Chiude gli occhi, respira.

«Non voglio aprire quella porta.»

Lei gli piace davvero, si rende conto. Peccato che questa sia l'unica cosa che possono fare. Adrian la scosta da sé, con delicatezza disumana. Si mette seduto e inizia a rivestirsi: infila le scarpe, annoda i lacci e se anche Lizzie vuole trattenerlo non ce la fa. Kurt Cobain canta a bassissimo volume *And I Love Her*.

Improvvisamente Lizzie crede che anche Adrian uscirà da quella porta e non tornerà mai più, inutile aspettarlo sui gradini di una casa in cima alla salita. E io, che cerco di fare ordine in questa storia e inseguo una linea del tempo – il prima e il dopo, le cause e le colpe – per dare un'identità ai miei personaggi, sono tentato di segnare qui il punto in cui i denti, nel tremolio incontrollato e digrignante dato dalle sostanze, mordono la carne e lasciano il segno dei vampiri, della sventura. Il mal d'amore di cui muoiono le fanciulle svenevoli nei letti a baldacchino e che tormenta i professori sessantaduenni che insegnano letteratura nelle università della East Coast. Ma quelli sono romanzi e noi siamo nel ventunesimo secolo, qui non muore nessuno, non d'amore perlomeno.

Adrian in piedi nel corridoio della casa di Lizzie, e quelle stesse stanze che ci hanno visto disposti a tutto pur di non annoiarla – bicchieri di vetro sottile candeline d'argento acqua per i fiori nel vaso –, ora se potessero distoglierebbero lo sguardo. Forse lei gli fa ancora una volta quella stupida domanda, *dove?*, invece farebbe prima a chiedere *chi sei davvero?*, ma il tempo è rovesciato, il cristallo ha finito il suo effetto, il telefono lampeggia nella tasca della giacca. Adrian non risponde ma l'abbraccia, il colpo di grazia di un corpo benedetto.

*

Se Lizzie e Adrian si fossero conosciuti in qualsiasi altro posto, fuori dalle vetrate telecamerizzate dell'Acquario, se si fossero scritti con la praticità di chi non crede nelle manipolazioni della finzione e non le padroneggia, se ci fossero stati gesti e voci a tradire un sentimento o un'intenzione e passi uno accanto all'altra, non tutte quelle parole, ecco, mi chiedo se le cose sarebbero andate diversamente. Ma è una domanda priva di senso, dal momento che Lizzie e Adrian si sono incontrati in quanto creature calzanti al sogno dell'Acquario e su quello hanno costruito buona parte della loro complicità – una passione, un'ossessione, la sconfinata bramosia di immergersi in storie che *accadono* in un universo fittizio: un'attitudine, la loro, considerata al pari di un capriccio infantile fuori di qui.

Invece noi che al mattino attraversiamo (trepidanti!) laghetti e giardini all'inglese con gli occhi puntati al logo bianco e oro su, sul quarto gradone della gigantesca scalinata al cielo che è l'Acquario, andiamo pazzi per gli universi paralleli, i viaggi astrali, i ponti di ologrammi. Da bambini siamo stati solitari creatori di mondi, programmatori in erba e maghi dei videogiochi. Competitivi fino all'osso. Ora lavoriamo per creare esperienze capaci di trasformare l'intera vita degli individui in intrattenimento, e quindi in un prodotto da noi controllato. Non abbiamo scrupoli e perdiamo di vista i rapporti causa-effetto. Non è un caso che nella sede dell'Acquario tutto incoraggi l'infantilismo protratto: il giallo e rosso primario delle sedie, l'erbetta, il ping-pong e le bevande colorate, i monopattini e la pop art alle pareti. Una gigantesca fabbrica di Willy Wonka 2.0 e dimentichiamo facilmente il mondo fuori su cui produciamo i nostri effetti.

Adrian e Lizzie, io stesso e chiunque altro abbia mai lavorato all'Acquario non ha colpa. Siamo stati adolescenti precoci all'alba della grande rivoluzione tecnologica, non abbiamo avuto il tempo di sviluppare gli anticorpi come molti dei ragazzetti che ora attraversano il corridoio d'esecuzione portando vassoi di caffè e sognando di prendere il nostro posto: assuefatti dalla rete, navigati surfisti degli oceani virtuali, capaci di manipolare qualsiasi codice di programmazione ma poi di staccare gli smartphone appena mettono piede fuori dalla recinzione. Noi non eravamo attrezzati, e dal momento che ogni rivoluzione ha le sue cavie e le sue vittime, siamo stati i martiri guasti della magnifica tempesta digitale che ha trasferito emozioni e desideri dietro uno schermo ad alta definizione e li ha fatti scivolare in connessioni velocissime e aeree. Una bella rivoluzione, democratica, globale. Ma lo è diventata adesso, per quelli che sanno come maneggiarla. Per noi è stata solo un casino assurdo, l'illusione di un idillio dove era possibile controllare tutto: abbiamo avuto amici virtuali, abbiamo fatto sesso in chat ogni volta che ne avevamo voglia e nei modi più vergognosi, siamo stati qualsiasi cosa senza bisogno di averne il coraggio, dal momento che era sufficiente inventarsi un nickname e saltare dentro uno degli universi che avevamo creato; e se non eravamo bravi con le parole, nessun problema: decine di persone come Lizzie lavoravano per predisporre serie di identità, dialoghi, emozioni selezionabili. Una specie di luna park per trentenni in preda a rigurgiti ormonali, ma su scala globale. Abbiamo trent'anni, ne abbiamo trentacinque, quaranta, siamo la generazione di adolescenti più vasta del pianeta.

Un paradiso, e noi ci lavoriamo. Senza pensarci troppo ci siamo goduti l'effervescenza di una sfrenata festa digitale e ci siamo lasciati alle spalle le nostre biografie infelici, i bisogni imbarazzanti, le goffe figuracce e le umiliazioni scolastiche, le foto in cui eravamo venuti male senza possibilità di ritocco, e ci siamo tuffati in nuovi magnifici profili senza sangue e senza ossa. Quattromilasettecentotrentadue amici sulla pagina di un social network, vacanze in streaming, condivisione di qualsiasi esperienza purché incorporea e a portata di tasto *share*, sesso a tutte le ore. Ed è questo il problema, ma non ce ne siamo accorti. Sesso asettico e illimitato. Idioti! Ci siamo dimenticati che c'è un solo motivo per cui il sesso ha avuto per secoli un potere sconfinato sulle vite degli umani. E non perché sia bello o indimenticabile, spesso non lo è, né tanto meno perché permette alla nostra specie di prolungarsi, non ce n'è alcun bisogno. Ma perché il sesso è limite. Limite alla morte che ci ossessiona da ogni angolo. La morte, proprio lei. Ce la siamo dimenticata, là nell'universo virtuale, vero? Il sesso all'Acquario e intorno a noi è diventato illimitato, immortale, e così giochiamo giochi mortiferi.

Ci gioca Adrian, da quando è ragazzo: davanti a un computer elementare si vendica del padre che l'ha abbandonato, lui, il suo primogenito. Si muove nella rete che anticipa Internet, per niente sicuro di essere chi crede di essere – cosa vogliono che lui sia? come fa a meritarsi l'amore che non ha avuto? Non lo sa. Fa prove di vita dietro uno schermo di sicurezza, giochi di ruolo in forma telematica di base: fingersi qualcun altro è una cosa per cui mostra una certa attitudine e scopre che incontrare gli altri esseri umani sotto forma di nickname e corpi artificiali non è poi così difficile, in caso di pericolo basta interrompere la connessione, più facile che voltare le spalle e andarsene da una stanza. Scopre anche di avere un certo fascino, la gente è sedotta dalle sue parole. (Lizzie!) E allora lui scrive, scrive a ruota libera. Non ha mai baciato una ragazza ed è già pieno di segreti.

Finisce per giocarci anche Lizzie, che da mesi non torna nella nostra sportiva città dell'est e spia le presenze online di Adrian invece dei corpi in Costa dei Barbari.

E quindi eccoli, ancora una volta si incrociano all'entrata dell'Acquario dove il badge di riconoscimento di Adrian si inceppa e quello di Lizzie scivola veloce accordato ai suoi passi.

Per molti mesi ho pensato che a spingere Adrian così spesso al quindicesimo piano fosse il suo bisogno di incrociare Lizzie. Voleva il suo posto, invece. Forse non esattamente il suo, ma di certo si riteneva più capace e dissimulava questa convinzione dietro la pericolosa modestia dei beneducati. Si chiamava fuori dai giochi, prendeva la parte dell'osservatore internazionale al convegno di guerra.

«Non è chiaro chi di voi si sta occupando di cosa» lo sento dire senza alcun merito a una riunione nella sala centrale, attorno a un tavolo di vetro che separa due schieramenti: da un lato scarpe inglesi dall'altro sneakers, cravatte e Apple Watch, tabelle di numeri e fogli bianchi. Un panopticon postmoderno con le pareti di vetro colorato, creato non per spiare ma per essere guardato da tutti i punti del corridoio d'esecuzione: è qui che si discutono i progetti da lanciare nel nuovo anno.

La sua osservazione è rivolta al lato del tavolo da dove gli immaginatori presentano le loro idee e cercano di renderle accettabili dentro una griglia di voci come fatturato e margine atteso. Adrian è seduto al lato opposto, dove stanno coloro che si occupano delle *operations*, prende appunti e li passa volonterosamente al direttore generale bisbigliandogli all'orecchio. Indossa una camicia azzurra e sotto, ben nascosta, una maglietta con il logo Atari: un impostore in entrambe le fazioni. Scrive sul cellulare. Ma non a Lizzie, che dall'altra parte del tavolo lo guarda stupefatta.

«Cosa intendi dire?»

«Che non è chiaro a chi appartenga la competenza di questo progetto.» Un'imboscata, ma non da disertore, da sabotatore piuttosto. «Il che vuol dire che non è chiaro che genere di cosa stiate progettando. È un gioco? Un mondo virtuale? Un documentario? Chi di voi se ne occupa?»

«Credo sia chiaro...»

«Non lo è. Non lo è per i nostri clienti» la interrompe con lo zelo di chi è destinato a fare carriera in una struttura maschile fortemente gerarchica. Un colpo basso, a quel tavolo dove il direttore finanziario compila il suo dossier e si domanda se sia davvero necessaria questa squadra di irresponsabili creatori di mondi, gente dedita a un lavoro dai contorni torbidi e note spese incomprensibili.

«Credo sia chiaro...» continua Lizzie, le dita chiudono il

computer con le slide che Adrian ha preparato per tutta la notte, «...che si tratta di qualcosa di diverso da quello che abbiamo prodotto fino adesso. Per questo trovo inutile un ragionamento secondo i vecchi comparti di competenza.» *Inutile*, dice.

Adrian registra.

«Si tratta di un'epopea, un mondo intero con le sue regole e la sua ecologia. Non quel genere di cose con spade e stregoni, ma un mondo altamente immersivo in cui chiunque, non solo i geek, potrebbe perdersi fino al punto di chiedersi se esista davvero la realtà. E quale sia.»

«Come intendi realizzare una cosa simile?» chiede il direttore generale. Allontana gli appunti di Adrian, prende un sorso di caffè dalla tazzina in vetro decorata da Jeff Koons.

«Lavorando su tutte le piattaforme. Forse questo non era chiaro ad Adrian» non evita di precisare. (E sarà l'ultima volta che vedrò brillare la sua stella in questo modo sicuro, seduta a uno stesso tavolo con lui, ed è anche questo uno dei motivi per cui sto mettendo insieme queste pagine. Perché questo tempo non vada, da Lizzie, dimenticato.) «Faremo un lancio simultaneo: il sito, il gioco disponibile al download, una conferenza stampa con i creatori e realizzatori veri e propri del nostro universo. Non noi, ma i responsabili in carne e ossa che saranno sul palco in una serata evento per lanciare il prodotto.»

«Chi ha il controllo di tutto questo?» Una domanda da contabili, quella di Adrian.

«Tutta la serata non sarebbe altro che un alternate reality game per lanciare l'uscita del film» continua Lizzie senza farci caso. «E le persone sul palco sarebbero i protagonisti. Non gli attori travestiti, ma proprio loro stessi.»

È un'idea che qualcuno ha già avuto e non ha funzionato, Adrian se ne ricorderebbe se non fosse così preso dall'organigramma della sala. E apprezzerebbe le correzioni che Lizzie ha apportato al progetto. Forse qualche mese fa ne avrebbero discusso insieme la sera sul divano con le luci basse, e lui l'avrebbe aiutata pensando che desiderava lei e nient'al-

111

tro. Ma ora è vietato. Non si vedono, si fraintendono, litigano virtualmente. *Sei arrabbiata. No. Sì che lo sei.* È solo un modo per evitare che le cose accadano sul serio.

«Mi sembra un progetto folle, e questo mi piace» sigla il direttore generale. «Pensate di farcela in tre mesi?»

Le sedie scivolano indietro, gli immaginatori si danno pacche sulle spalle, il risultato era insperato. Lizzie è in piedi sulla porta, aspetta Adrian per chiedergli: ma cosa ti è saltato in mente? Adrian però tergiversa, interessatissimo alle chiacchiere con la responsabile marketing. Al diavolo! Lizzie è già nel corridoio d'esecuzione: la vedo scomparire dietro il vetro del suo open space e sono colpito da quanto l'approvazione del progetto a cui teneva così tanto sia una felicità che Adrian ha annullato in un attimo.

Ora basta!, dovrei dirle. Perché è vero che Adrian è il mio miglior amico, ma è Lizzie che mi ha dato la determinazione per scendere le scale di casa e annunciare al tavolo della colazione che avrei traslocato il giorno stesso, e che non avrei raggiunto i miei genitori per la consueta vacanza di Natale a Sankt Anton am Arlberg. È Lizzie che mi ha portato in Costa dei Barbari, ed è lei ad aver fatto gli ingrandimenti dei miei scatti per portarli poi a casa di un certo personaggio famoso. Liberati di lui!, dovrei dirle. Spegni il telefono, cambia le lenzuola, fatti una doccia e togliti il suo odore di dosso, smettila di usare il profumo che ti ha regalato. Devi! Perché le cose stanno iniziando a mettersi male.

E invece li guardo chiacchierare sulla terrazza del decimo piano. So che è stata Lizzie a chiedergli di prendere un caffè, Adrian si è sottratto ma poi ha ceduto. Non sa dirle di no, ma il problema è che Lizzie era il delfino che dal mare spruzza il ragazzetto e la sua esca, invece ora è un pesce rosso e Adrian, non dimentichiamolo, è un mago nel creare palle di vetro per rinchiuderci le cose che ama.

In pochi mesi, non mi è sfuggito, gli orari di Lizzie all'Acquario sono diventati simili a quelli di tutti gli altri, niente fughe a est e niente pomeriggi lontano da qui senza bisogno di spiegazioni. La cartella NUOVI PROGETTI sul suo desktop non presenta aggiornamenti recenti, perfino il bianco dei vestiti è opaco e la notte il suo telefono è sempre raggiungibile.

*

Un'antichissima storia: proteggetevi dai vostri desideri, state alla larga dall'innamoramento, diffidate dei cedimenti. Ma è sempre troppo tardi, in tutte le storie, e questa non fa eccezione. È passato un altro mese e Adrian e Lizzie sono di nuovo insieme, una seconda notte.
"Non possiamo vederci" aveva scritto lui.
"Perché?" aveva chiesto lei.
"Non è una buona idea."
"Non capisco."
"Perché non diventi una cattiva idea ci vogliono una forza e una capacità di controllo che non sono sicuro di avere."
Cede, finisce sempre per cedere Adrian. E allora spiamoli pure, ne ho il diritto, e seguiamo questa loro notte in cui è previsto un film, il riscaldamento tenuto altissimo, gambe nude e vino frizzante. È un sostanziale malinteso credere che le cose siano sotto controllo, pensare di potere scegliere se andare o restare, quanto durerà la distanza sui due lati opposti del divano – decidere consapevolmente di soffrire o non soffrire.
Lizzie, che non sa nemmeno fumare come si deve, si è procurata qualcosa che possa alterare la loro serata e rendere liquidi, anestetizzati, i gesti. È per questo che Adrian ha ceduto, lui che a differenza di Lizzie è incline a qualsiasi tipo di dipendenza. Cibo preconfezionato, farmaci ad alto potenziale esplosivo che a volte fanno saltare la gente dalla finestra, sesso in chat con e senza webcam, televisione seriale, videogame. E se ora non scendo troppo nel dettaglio è perché questa non è una storia sul piacere dell'assuefazione e sui travagli degli amanti, ma sul potere delle storie e la manipolazione, sull'isolamento e la precarietà della salute mentale.

Lizzie ha davvero cercato qualcuno che le desse qualche grammo da liceali? La sua voce è diventata insistente o piagnucolosa? Ha pagato o è bastato sorridere con la schiena appoggiata al muro, o a procurarle quello che desiderava è stato invece uno degli amici che eternamente la attendono per raccontarle il loro ultimo patimento? Dio mio, questo è diventato il prezzo per una sera con Adrian.

«Metti la playlist che avevi fatto quella sera?» chiede Lizzie, e non è necessario spiegare quale sera, dal momento che dall'inizio dell'anno si sono visti un'unica volta. Adrian si collega al sito e fa partire la loro playlist. Da questo momento il computer verrà dimenticato in un angolo.

Fumeranno seduti sul divano, inizieranno a guardare un film, Adrian allontanerà il fumo per calmare il battito del polso, la sua mano sulla gamba di Lizzie, bere ancora un sorso di vino, *A Lady of a Certain Age* a volume molto basso, via le scarpe, via la cintura, via la maglia dalla pelle nuda, Lizzie seduta sopra di lui, chiudere gli occhi.

Non lo senti, non lo assapori sulla lingua contro la sua pelle il gusto del disastro in agguato in fondo alla stanza? E Adrian, che la fa fumare ancora tenendole le dita vicino alle labbra, è da questo rischio che è sedotto? La loro identica diffidenza che cede, la potenziale corruttibilità, una certa ansia verso i propri istinti. È così che volevano andasse, o almeno credono. Ma c'è sempre uno che vuole di meno.

Quando finisce l'effetto riaprono gli occhi e si scoprono sconvenientemente nudi, pelle e ossa, una mano sulla nuca e sulla scapola dell'altro. Adesso, Lizzie! È questo il momento per cogliere la traiettoria che ha portato Adrian a essere quello che è, non quello che noi crediamo che sia: l'assenza terrificante e leggendaria di suo padre, gli esperimenti di suo zio, tutto quello che è successo a quel ragazzino e che ora gli fa tenere gli occhi incollati ai lacci delle scarpe perché nessuno possa leggervi i segreti efferati e strazianti di un passato che tiene sotto chiave.

Se lei glielo chiedesse ora, forse Adrian le racconterebbe di quella mattina che annunciava il suo diciottesimo compleanno: davanti allo specchio nell'appartamento vuoto che era di suo zio, mentre si abbottona la camicia pulita, infila il maglione da dietro la testa nel modo storto che è dei bambini che hanno imparato a vestirsi da soli per andare all'asilo. Ha un appuntamento con quello sconosciuto che è suo padre, non l'ha mai visto prima d'ora, un fantasma su cui ha imparato a non fare domande. Non sa cosa aspettarsi e non è sicuro di riconoscerlo. Per anni ha fantasticato che fosse un assassino, di aver preso da lui qualche tratto del carattere o le labbra sottili. Non c'è stata nemmeno una foto nascosta nei cassetti della biancheria, e l'ha cercata, certo che l'ha cercata!, non una lettera in una vecchia scatola di biscotti.

All'ultimo momento, è già vestito di tutto punto e con il profumo addosso, sente una chiave girare nella serratura. Sono le dieci del mattino di un giorno festivo e la porta si spalanca: suo zio sulla soglia.

«Tadan! Eccoci qua!» Sghignazza un sorriso sgargiante, lasciando cadere la sacca sul pavimento.

Adrian a bocca aperta. Non lo vede da anni e non ha più avuto sue notizie. Dietro di lui compare una ragazza alta e chiarissima come le fate delle nevi.

«Ti sei sistemato bene, eh?» lo apostrofa suo zio, e in un passo ha già ripreso possesso della casa. «Ero sicuro che ci saresti venuto. Vieni qua, dai.» Lo abbraccia. Adrian non è abituato agli abbracci, si trova sulla sua spalla con gli occhi in quelli della ragazza che sorride vacua. Sente carta vetrata in gola e il cervello sigillato. «Ehi, ma come siamo profumati. Stai andando a un appuntamento galante? Ti abbiamo beccato, eh?»

Parla troppo, suo zio, con un'energia sfinente e su di giri che non si intona a questa riservata città.

«Sei tornato?» riesce a dire Adrian alla sua schiena, mentre lui ispeziona il salotto come un tossico in cerca di briciole.

«Eh?»

«Sei tornato? Voglio dire, sei arrivato da poco?»

«Appena sbarcato e filato dritto da te.»

Ad Adrian non passa per la testa di chiedergli dov'è stato

in questi anni, cosa ha fatto o perché se n'è andato. Sbircia l'orologio al polso, si accorge che la ragazza lo vede e se ne vergogna.

«Devo andare» dice, a voce così bassa che non è sicuro neppure lui di aver pronunciato quelle parole.

Suo zio si lascia cadere sul divano e fa cenno alla ragazza di raggiungerlo, non ci sono ancora state presentazioni.

«Di', mi offri da bere o no?»

«Sì, ecco... non so se...»

È così impacciato che tocca a suo zio alzarsi e raggiungere il frigo.

«Ma che sei, un serial killer?» ride aprendo anche il congelatore. «Mai visto un frigo così a zero. Toccherà uscire a prendere le birre prima di dedicarci ai piani del pomeriggio.»

«Devo andare... Ho un impegno» dice, questa volta lo sentono.

«Mi sa che dovrai farla aspettare oggi, la tua donna.» Gli dà un colpetto sul collo e torna a sedersi sul divano. «Oggi mi servi.»

Adrian non dice che non c'è nessuna donna. Potrebbe mai pronunciare il nome di suo padre? Dovrebbe dire *papà*, e non l'ha mai detto.

«Devo andare» ripete.

«Intanto siediti con noi e facci compagnia.»

Sa di avere ancora un po' di tempo, si siede sul bordo della poltrona. La ragazza lo guarda come guarderebbe un'inondazione in India. Lui è bravissimo a stare zitto e così per un po' nella stanza c'è solo lo scorrere del traffico che sale dalla strada e la caldaia che si mette in funzione, la luce ripulita di un mattino invernale. Poi suo zio tira fuori una pallina di stagnola grande quanto una falange e inizia a dispiegarla sul tavolino con la perizia del farmacista. Improvvisamente è come se Adrian diventasse consapevole di ogni giuntura, muscolo, osso del proprio corpo ma anche di quello degli altri, delle dita meticolose che dividono mucchietti di polvere ordinata di una bellezza spaventosa.

«Devo andare. Mi dispiace» dice ancora, adesso è in piedi davanti ai due e sembra attendere un permesso o un ordine. Suo zio alza gli occhi e lo guarda sfidante senza dire una parola. La tentazione viene messa in circolo e Adrian è uno che cede – adora l'idea di venire corrotto e costretto (di costringere e corrompere, ma questo appartiene alla versione di sé che non vorrebbe mai raccontare). È di nuovo seduto. Ok, mi farà bene. Non potrà che farmi bene, pensa. Devo vedere *mio padre*, cazzo. Ne prendono tutti un po' e dopo i primi minuti il tempo cambia ritmo, le lancette dell'orologio al polso iniziano a scandire i secondi con esattezza dentro le pulsazioni del sangue.

«Allora, questo è il piano» dice suo zio distendendo la schiena contro il divano e attirando a sé la ragazza come si farebbe con un cucciolo.

«Devo andare. Adesso devo andare» ripete ancora, ma non si muove. L'idea di un piano lo eccita. Suo zio ha ancora una volta scelto lui.

«Tu prendi la mia macchina» dice, sa come manipolare quel nipote ombroso. «Noi saliamo sull'autobus e tu ci vieni dietro. Devo solo incontrare un paio di amici.»

Adrian guarda l'orologio. Gli sembra di pensare: c'è ancora tempo, o 'fanculo. Gli sembra di calcolare spazio e tempo per ottenere la velocità sufficiente a far filare bene le cose, distese come i tendini, come una visione chiara e distinta di quello che deve essere. Sente lo sterno scaldarsi di un piacevole calore liquido che si irradia alle costole e allo stomaco: il suo pericoloso zio, una canaglia con una ragazza bellissima al fianco, l'ha ritenuto all'altezza. Essere complice, molto più che prendere un'iniziativa, è una parte che ad Adrian si adatta alla perfezione.

Va secondo i piani. Non ha ancora la patente ma sa guidare e segue a velocità ridotta l'autobus che si spinge verso la periferia, dove c'è una fermata della linea ferroviaria che collega la città ai satelliti a nord, una stazione con uscite di sicurezza che offrono un ottimo riparo. Si ferma nel parcheggio vicino ad altre macchine che hanno l'aria di essere abbandonate. Aspetta di vedere nello specchietto le sagome di suo zio e della ragazza avvicinarsi a piedi, livide nella luce invernale. Esce dall'auto. Ha una giacca blu molto perbene chiusa fino al mento, un maglione perbene e una camicia dal collo inamidato anch'essa perbene, ma non gli occhi. Il blu Klein di Adrian sa trasformarsi spaventosamente (per questo occhi bassi, non staccarli dai lacci delle scarpe, soprattutto in certi momenti, soprattutto con Lizzie).

Va tutto bene. Arriva un ragazzo vestito come suo zio, jeans e una striminzita giacchetta militare, capelli lunghi sulle spalle. Ha l'aria infreddolita ed è solo. Ad Adrian sembra di ricordare che dovessero essere in due, ma non ha importanza, non ha importanza nemmeno capire perché adesso si trova lì e non sotto i portici del centro. Ci andrà, ci andrà, deve solo riaccompagnare a casa i due e poi può tenersi la macchina, gli ha detto suo zio.

Gli sembra ci sia allegria nell'aria, pacche sulle spalle, il ragazzo lo saluta come si conoscessero. Prendono ancora un po' di quella roba e la ragazza bacia tutti e tre sulla guancia. Potrebbe essere un piacevole ritrovo tra persone che non si vedono da anni, non facesse un freddo micidiale e non ci fosse tutta quell'ansia nelle dita. Adrian crede di seguire i discorsi benissimo, vede le sillabe nell'aria, vede le parole una a una come piccoli specchi lucidati che gli fanno capire i dettagli. Come sono belli e precisi tutti quanti, come sono calibrati i gesti di suo zio quando prende il ragazzo per la giacca e fa scattare un calcio di ginocchio sotto i polmoni. Adrian *sente* il punto d'impatto, i muscoli che si contraggono a proteggere gli organi. Ha uno spasmo di riflesso.

«Dammi una mano. Veloce.»

La ragazza è sparita o forse è ancora lì. Loro due stanno trascinando il ragazzo sulle scale del cavalcavia sopra i binari, e quello si contorce, aggancia i piedi a ogni gradino, ma loro sono forti e il tempo è veloce veloce.

In cima al cavalcavia. Le montagne là in fondo luccicano abbaglianti, è caduta la neve e un'aria frizzante scende giù come uno slittino sulla pista immacolata e spruzza frammenti di ghiaccio sui tetti austeri, gli entra dentro il colletto della camicia. Adrian ama la sua città, la pianura a perdita d'occhio che sbatte contro le pendici da fotografia, il cielo alto dell'inverno. Il suono pulito dei pugni che suo zio assesta uno dopo l'altro, il ritmo. Si gira a guardarlo. Per un attimo si spaventa. Il ragazzo è rannicchiato a terra e loro adesso lo stanno calando oltre il parapetto, sopra i binari. Lui dice qualcosa e loro lo tengono stretto per i polsi. Adrian sente le gambe del ragazzo scalciare nel vuoto, sente la voce che si sfila e la propria mano stringere, aggrapparsi a quella del ragazzo. Non vuole che cada, dio mio, non vuole che cada.

Cade. Veloce come il sangue spinto dalla polvere bianca nelle orecchie e dietro gli occhi. Adrian urla. Suo zio gli tappa la bocca con una mano, lo tiene per le spalle. Ma lui si divincola, corre giù per le scale. Non respira più. In macchina, a una velocità stellare. Da suo padre? No, non può più andare da suo padre. Trema, la lancetta della velocità sta per saltare. Inchioda sul ciglio della strada, e scoppia a piangere.

Lo vedi? Vorresti davvero sapere una cosa del genere? E poi, cosa accadrebbe dopo? Cosa penseresti di me? Questo direbbe Adrian adesso. E poi direbbe *mi dispiace* e anche *non voglio che pensi male di me*. E noi ci sentiremmo male, dei traditori, per esserci spinti così in là, per avere spalancato porte senza nemmeno bussare, per non essere stati attenti e non averlo protetto come avremmo dovuto. Lizzie ha ancora il corpo di Adrian stretto al suo, i capelli sudati tra le dita, gli occhi chiusi, la mano stretta attorno alla sua come una promessa. Tieni la bocca chiusa. Non domandargli nulla. Non ora che ancora vi leggete nei pensieri e pensate di avere questa speciale complicità che vi rende simili, coincidenti. Preservate intatto questo tempo, perché sta per finire.

*

C'era un computer in un angolo in fondo alla stanza, giusto? È ancora lì, dimenticato. Sta ancora facendo suonare la playlist a volume così basso che nessuno dei due se n'è accorto e ha pensato a spegnerlo. E ora la porta è stata chiusa con la sbarra delle case antiche, i bicchieri sono nel lavandino della cucina, il bacio della buonanotte è stato leggero e indugiante ma il dentifricio ha cancellato le tracce. Mancano pochi minuti al sonno e Lizzie si accorge dello schermo ancora acceso. Sul letto, chiude la playlist e la homepage di Google si apre in automatico. In alto a destra, nello spazio riservato alla mail compare un nome: ADRIAN.

Si è registrato con il suo indirizzo email per ripescare quelle poche canzoni messe insieme un giorno e ha dimenticato di sloggarsi. Il suo nome è innocuo come l'etichetta su un quaderno delle elementari. Ed è una mail, non un diario: niente crepacuori o specchi infranti, niente segretucci. Informazioni, è di questo che riempiamo le nostre caselle postali, per questo all'Acquario ci teniamo tanto ad averne il controllo: numeri del medico dell'asilo del commercialista, codici delle carte di credito, allegati che registrano viaggi e stati di salute e consumi compulsivi, tutto ciò che genera e definisce un profilo. Un profilo, non un'identità, chiaro? Un luogo fuori dal tempo come i nostri ponti di ologrammi, accumulazione di dati, incastri senza limiti, falsificazioni a ruota libera dolorosamente sincere: questo è un profilo. Ed è per questo che Lizzie clicca sopra ADRIAN senza scomporsi. Una procedura di verifica, stiamo a vedere.

(Va da sé che anch'io, qualche giorno dopo, ho accesso ai medesimi dati. D'altra parte sono stato io a lanciare la prima esca tra i due, da una parte e dall'altra, facendo il doppio gioco. E ora sto nel mezzo senza saper bene a chi devo la mia fedeltà, disorientato dagli eventi e anche eccitato, sì. Indipendente da qualsiasi codice morale, faccio cose criminali. Li spio con ogni mezzo e sono forse per questo più criminale di loro? Difficile dirlo, tenendo conto di quello che sta per accadere.)

A Lizzie ci vogliono pochi minuti per controllare l'intera cronologia. Nulla di rilevante, qualche scambio nel modo che ha Adrian di corteggiare, e lei lo conosce bene: sollecito, adulante con trabocchetti di spirito, enfatico con le parole. Ma le mail portano date di diversi anni prima. C'è una sezione denominata CHAT, dentro languono pochi messaggi, spediti da Adrian a se stesso, "sei molto carina e sei anche riuscita a farmi divertire, una combinazione abbastanza esiziale". Un aggettivo desueto che usa solo lui.

Lizzie non visualizza le mail inviate, non verifica i molteplici indirizzi da cui Adrian scrive a se stesso. Il suo controllo è approssimativo e poi da qualche parte lui ha risposto a una mail dicendo che questo indirizzo non lo utilizza quasi più. Proliferano gli avvisi pubblicitari. Il cestino è vuoto. Chiude il computer senza interesse. Sicuramente i due si scrivono prima di addormentarsi, ormai impossibile dire chi lo faccia per primo.

Perché il mattino dopo Lizzie ritorna su quell'indirizzo? Forse non è nemmeno il mattino dopo, forse sono passati due giorni e semplicemente c'è ancora quel nome nell'angolo a destra della pagina di Google che si apre in automatico a ogni avvio del computer. *Una tentazione*, aveva detto Adrian. Poco importa sapere *quando*, è cruciale il *cosa* trova Lizzie.

No, non nella mail, ma in quella sciocca funzione che gente come noi ha progettato: una specie di lavagna magnetica virtuale su cui attaccare stupidissimi appunti per tenere a memoria i pezzi della nostra vita, anche quelli nascosti. E a tradire non è forse sempre stato quel magnete sul frigo con il gatto o la torre Eiffel, quando l'amante si alza scalzo dal letto per prendere una bottiglia d'acqua come fosse casa sua e con l'occhio semichiuso nota l'appunto a comprare degli assorbenti o il dopobarba, la foto di due bambini in piscina? La celebratissima altra vita degli impostori e delle persone perbene.

Così Lizzie avvia il programma e trova un frigo coperto di magneti, là sulla nuvola virtuale: nomi cinematografici per ogni sezione, titoli di film che sono anche i suoi preferiti. Non sorridere Lizzie, non farlo! Non siete complici un cazzo, e non c'è niente di tenero in quello che stai per leggere. Perché ovviamente legge. Legge tutto, poiché i personaggi delle sto-

121

rie non possono decidere niente, né l'inizio né una fine dignitosa e tanto meno il colpo di scena.

- *Scaricare cartoni animati per le vacanze*
- *Tennis Federico*
- *Canzoni di Natale (fatto)*
- *Album da colorare per Camilla, tantissimi album*
- *Occhiali 3D per tutti e due (fatto)*
- *Iscrizione inglese Federico (fatto)*

L'intima praticità di un elenco. Lizzie ne avverte il calore, il tepore confortevole di una torta nel forno un pomeriggio d'autunno con luce declinante, ed è qui che succede qualcosa di strano. Qualcosa che mi preoccuperà quando glielo sentirò raccontare seduti sul bordo di una delle fontane circolari in una pausa che eccede il tempo stabilito dai nostri badge. Lizzie non chiude il computer, non cancella il numero di Adrian dalla rubrica e nemmeno lo chiama, non alza il ponte levatoio della fortezza che ha costruito così solidamente negli anni seguiti alla partenza di suo padre. No, a questo punto Lizzie torna indietro alla sezione mail inviate e vede una ripetizione interminabile dello stesso indirizzo, un qualsiasi nome femminile accorciato con tenerezza: invii di riviste e libri e film e tutto quel genere di cose che Adrian ha sempre mandato anche a noi la notte, i suoi molteplici interessi nel mondo, le sue ore insonni. Forse non identici, ma identica è la frequenza. Superiore? Non direi, costante. Un unico nome vezzeggiato a fondo pagina, e le deduzioni elementari sono a portata di mano.

Basta, fermiamoci qui. Tutti e due. Lizzie, e io che a mia volta controllo la loro storia con scrupolo. Smettiamola finché c'è ancora un interstizio aperto per far filare a gambe levate i personaggi. Prima che il sospetto – quel veleno! – si insinui generando paranoia, paranoia. Schiacciare il tasto ESCI oppure LOGOUT o come diavolo si chiama nel suo programma di posta. Lizzie è peraltro familiare con questo genere di gesti che hanno fatto impazzire più di un amante: cancellare il numero, impedire ogni contatto, rendere vuota e impercorribile la distanza. Evitare di ammalarsi, perché va bene il passo sullo strapiombo, va bene la polvere incolore sulla lingua, va bene scendere nel bagno dei maschi in un locale blu neon per scambiare sguardi nello specchio con gli sconosciuti, ma la malattia non è mai stata fonte d'ispirazione. E Adrian sta diventando una malattia. Dove sono i corpi? Dove è svanita l'attrazione? Che fine ha fatto il sesso? Io lo so che Lizzie vede nella sofferenza non una malattia ma un punto di vista sulla salute. Dalla salute alla malattia, è questa la mobilità a cui lei attribuisce un potere superiore, un rischio che merita di essere corso, addirittura inseguito. La spavalderia dei filosofi o dei geni, e io evito di ricordarle che anche in questi casi è andata a finire male.

*

«Non hai idea di cosa vuol dire, i bambini che piangono nel sonno perché hanno paura.»
«Di cosa hanno paura?»
«Dei genitori che litigano.»
«Non può essere solo questo.»
«Che il loro papà se ne vada.»
«Ma tu...»
«Mi chiamano nel sonno e io non riesco a muovermi.»
Sogno questo dialogo con Adrian e la verosimiglianza ha il potere dell'intuizione. In fondo è sempre nei momenti peggiori, quando un amore è appena stato distrutto o una granata è esplosa, che si sentono le urla dei bambini.
I bambini di Adrian, le inspiegabili (spiegabilissime) sparizioni nel fine settimana. Oppure Adrian e le notti in giro in macchina, i gin tonic dei maschi postadolescenti, i suoi fantastici racconti che non si tradiscono mai. Crash! Lo specchio è andato in frantumi e una scheggia si è perduta sotto un tappeto, impossibile far combaciare di nuovo le parti. Uno schianto niente male.

Mi sforzo di ricordare la voce di Adrian che cambia, prende la cantilena cretina di quando ci si rivolge ai bambini piccoli, ma mi accorgo solo ora di non averlo mai visto telefonare. Lui scrive, è così che costruisce le sue possibilità di sopravvivenza in un mondo infame, è così che riesce a mentire senza vacillare. No, non a mentire, piuttosto a fingere. Per guadagnarsi un futuro e non permettere a nessuno di indovinare il passato.

Qualcosa però è andato storto, una stupida dimenticanza da serial killer meticoloso e, zac, la cometa di Halley ha squarciato il buio: non è più dato capire nulla, la mappa delle nostre notti è sparita, la bussola si è rotta, ci siamo persi. Il mondo ci dice ancora una volta che non esiste una coerenza.

Lizzie l'aveva imparato precocemente. Spiando suo padre fremere di rapina nei sentieri in Costa dei Barbari, aveva scoperto che ogni amore si porta dietro anche una folle rabbia per tutte le possibilità che ci sono precluse: scegliamo un amore e non un altro, una vita e non un'altra, *proprio tu*, pretendiamo l'esclusività, e diciamo addio all'orizzonte delle vite possibili. Prigionieri incatenati a una fortezza di buone intenzioni. Eppure là in fondo c'è sempre quell'abisso che dà legittimità alle storie e ci fa reclamare di più, ancora una chance, almeno una: avere dei segreti, fare dentro e fuori dalla nostra vita come quel gioco del rocchetto. Entrare e uscire senza fare danni, non chiediamo altro.

Lizzie sapeva difendersi da questo tipo di caratteri, e invece ora? Niente, il giorno dopo la vedo chiacchierare con uno degli immaginatori nel corridoio da esecuzione, Adrian le sfila accanto e non riesce a resistere, le allunga un colpetto sulla spalla a risentire la complicità tra loro, e Lizzie sorride. Sorride! Come se... Come se non esistessero le mail e i bambini ad attendere un padre che c'è (è reale?)... Come se Adrian non la spaventasse per nulla.

Nelle settimane che seguono il computer continua a conservare l'accesso alla mail, Lizzie a chiedere di vedersi per un cinema o un gelato ai giardinetti sotto casa, Adrian a rispondere molto tardi che non ce la fa, magari domani, e si fa vedere ovunque con la biondina che l'aveva accompagnato alla festa. Li si vede ai reading di poesia con un bicchiere di vino che rimane mezzo pieno, ma appena Lizzie si distrae Adrian è pronto a scriverle.

Così io mi ritrovo la sera in quella casa di mobili bianchi e legno antico, sapendo che sono il sostituto di un desiderio, non una consolazione ma una sorta di buona carta in una mano senza assi, la donna di picche o il re di cuori a cui affidiamo la nostra possibilità di non perdere tutto. Come ha fatto Lizzie a lasciarsi sfuggire il jolly, che ora sta tra le mani immeritevoli di Adrian?

«Secondo te Adrian...?» è l'incipit assurdo delle domande che Lizzie si trattiene dal rivolgermi con troppa frequenza, ma non ci riesce. L'ossessione è un filo spinato che attrae la mano del prigioniero, la promessa beffarda di una liberazione che fa sanguinare e basta.

Non vuole sapere la mia opinione e ben si guarda dal desiderare la verità, vuole solo una buona versione per credere ancora a quello che Adrian le ha raccontato, ad Adrian come lei lo immagina.

«Non ha importanza» le dico, in malafede.

Intanto spingo verso di lei la ciotola delle patatine, perché mangi almeno quelle. Non le dico che è pallida e la maglietta le cade vuota sulle spalle. Faccio quello che ci ha insegnato la nostra darwinistica educazione asburgica, poco indulgente verso le questioni dell'anima: mi preoccupo che mangi carne rossa e nella credenza non manchino succhi di frutta e biscotti al cioccolato. Il telefono manda il suono della monetina che cade, l'ennesimo messaggio di Adrian: non interrompere il contatto è la regola dei torturatori e il malessere è un'acqua chiusa in cui lui si sente a proprio agio, potrebbe nuotarci per secoli. Lizzie boccheggia. Come tutti i sub è cosciente che non si può stare sott'acqua all'infinito, l'ossigeno nella bombola è misurato, il corpo chiede l'aria di superficie, eppure lei scende più a fondo. Per scovare il vero Adrian? Non farlo! La lancetta dell'ossigeno vibra, la pressione sale pericolosamente.

Litigano per ore via whatsapp, l'incubo della doppia spunta che non si illumina, l'insinuante ricatto dell'avviso online quando la risposta tarda ad arrivare, i fraintendimenti e le trappole di un universo senza corpi, onnipotente e sadico. Riconoscono l'amore solo sotto forma di sforzi per recuperare.

La mattina nel corridoio d'esecuzione i loro corpi si incrociano, si toccano con l'allusività cretina degli adolescenti. Capita molto di rado che prendano un caffè insieme sulla terrazza del decimo piano: in quei rari casi non si dondolano sulle sedie di design, non scambiano battute con gli altri intorno, occupano un angolo isolato del parapetto, parlano con le teste vicine, si godono quella spontanea intimità grazie alle telecamere dell'Acquario che garantiscono loro un controllo che non hanno. Ed è come se non avessero mai smesso di vedersi.

Per conto mio, per quanto non li perda d'occhio, a volte dubito che la loro storia, i sentimenti, i baci, i denti digrignati stretti, la maglietta infilata o sfilata da dietro la testa siano qualcosa di reale, che esistano al di fuori dei racconti che ci facciamo, noi che non sappiamo più distinguere tra le realtà immaginarie che produciamo su grande scala per soggetti in deficit di vita e la nostra stessa mancanza di vita. E sono pronto a vederli apparire in un'onda di pixel, i miei amici perduti: guardarli dietro la distorsione di uno schermo sarebbe un sollievo, sarei io a disegnare per loro una terra costosa e innocua dove potrebbero muoversi e interagire con i miliardi di dialoghi e gesti a disposizione, senza farsi male. Appropriarsi di un pezzo di trama e raccontarla a proprio modo, partecipare e non consumare, è il meglio che offriamo ai nostri clienti. E non è forse quello che sto facendo anch'io? A chi appartengono le nostre storie, chi le controlla? È lecito quello che sto facendo?

Nella sala riunioni al centro del corridoio, attorno al tavolo di vetro, Lizzie ascolta Adrian descrivere un progetto: un videogioco che non si può nemmeno definire tale, statico com'è. Una specie di intrattenimento criminale dove il giocatore è messo davanti a un vecchio computer loggato al database di una stazione di polizia pieno zeppo di video degli interrogatori a una donna sul marito scomparso. Il giocatore deve soprattutto ascoltare e mettere insieme la storia. Un'esperienza ad alto tasso emozionale. Ma Adrian sta dalla parte sbagliata del tavolo, dovrebbe badare ai numeri e alle statistiche, non alle creazioni. Un infiltrato che parla, un impostore che commenta slide ben impaginate e sceglie parole argute che denotano la doppia ignominia dell'erudizione e della pretenziosità. Il dubbio rallenta da un solo lato del tavolo e Lizzie, che ha una certa attitudine all'inventare mondi di successo, vorrebbe ricordargli che narrazione e videogiochi sono una combinazione complicata, informazioni ed emozioni non sono elementi che si maneggiano con disinvoltura. Non ci si improvvisa immaginatori solo perché si è stati ragazzini solitari. Eppure a me, che sono seduto dal lato operativo del tavolo di vetro, quella di Adrian sembra una buona idea e Lizzie non consegna un progetto da mesi.

Negli ultimi tempi le sue uniche, mirabili, creazioni hanno meno di un centinaio di caratteri e viaggiano sui canali di scrittura telefonica. Adrian risponde perlopiù fuggevolmente, nel corridoio d'esecuzione le sue quotazioni salgono e lui ride disinvolto, insegue tacchi alti e scollature senza complicazioni. Finalmente è ammirato, e poco importa che sia da un pubblico comprabile con una moneta di cioccolato. Adrian e la biondina scherzano a due passi dalla scrivania di Lizzie, sulla soglia della zona IMMAGINATORI dove si danno appuntamento con studiata intenzionalità. Come succede ai migliori vampiri, il suo colorito si fa seducente mentre Lizzie mi chiede esangue: «Ma secondo te Adrian...?».

Se fossi dotato del suo talento inventerei un trailer in technicolor dove lei esce di scena sfilando con il passo della sua adolescenza lungo un viale con gli ippocastani in fiore, bianchi come il suo vestito, e i lampioni che si riflettono nei finestrini, qualche bambino in bicicletta, la musica sfuma e lei si gira con un sorriso da Holly Golightly verso Adrian, fuori scena, augurandogli buona fortuna.

All'Acquario invece non ci sono scampanellii di biciclette né rumori di tosaerba, e così procediamo senza colori saturi e musichette. Lizzie sta per partire per un convegno internazionale e Adrian finalmente si concede: ceniamo pure insieme questa sera, dice, ma solo perché vuole chiederle di portargli qualcosa dal suo viaggio. Che cosa?, non lo so, da quelle parti coltivano sostanze proibite. Il timido ragazzino ha dipendenze da brivido, o più probabilmente vuole vedere fino a che punto Lizzie è pronta a cacciarsi nei guai per lui: sfida e manipolazione ormai circolano a ruota libera.

Ma le cose non vanno come dovrebbero.

Cosa ci fa Lizzie in piena notte in un'auto sfrecciante su una strada bordata di palme e ragazzi con i bicchieri da cocktail in mano e i fucili agganciati alla schiena, seduta di fianco al dio della musica elettronica internazionale? Cosa pensa quando la lancetta della velocità sorpassa i centosettanta? Si spaventa o non se ne accorge nemmeno? Dovrei pensare che stesse viaggiando in un tunnel di luce ed euforia, che portasse occhiali da sole in piena notte. Invece tendo a credere che si trovasse in quella macchina per Adrian, come lui le aveva chiesto. Forse dice qualcosa, o urla. Quando la macchina inclina di lato ha una scossa. L'adrenalina annienta l'alcol nel sangue e la musica e la velocità. Sente l'impatto, sì lo sente, e fa in tempo a vedere le scintille della lamiera contro il guardrail riempire il finestrino e illuminare la spiaggia di sotto. Uno stridore assordante. Poi l'auto si accartoccia su se stessa e anche il tempo e i loro corpi. Il dio dell'elettronica vola fuori dal parabrezza in un'esplosione di vetri e musica sparata dai locali con le porte spalancate, e atterra sull'asfalto con la violenza e la grazia degli angeli o delle vergini suicide. Lizzie rimane inchiodata al sedile, la cintura e l'air bag della macchina costosa tengono insieme ossa e articolazioni, il sangue. Anfetamine in festa e grida, le luci stroboscopiche sulla lamiera, le sirene e un buco di silenzio attorno ai due corpi che respirano, non respirano.

Mi chiamò dall'ospedale che albeggiava, senza riuscire a raccontare niente. Sullo schermo del cellulare leggevo la notizia della morte dell'idolo della musica elettronica, mentre nell'orecchio sentivo Lizzie piangere, per lo shock o il sollievo o il rumore che fa l'osso del collo quando si spezza e lo senti così distintamente che credi sia il tuo. Singhiozzò senza riuscire a calmarsi finché un infermiere prese il telefono e mi disse di richiamare il giorno dopo, che non dovevo stancarla, ma che stava bene. Adrian non la chiamò, né mi chiese notizie. Quando lei gli scrisse che stava meglio, che sarebbe uscita dall'ospedale e avrebbe preso un aereo di ritorno la settimana successiva, lui rispose un educatissimo, disumano *mi dispiace per quello che è successo.*

*

Le spiegazioni giuste sono anche le più semplici, diceva mio padre. Ma in quei giorni mi ostinavo a pensare che la regola si adattasse ai teoremi matematici o a gente come me, non ad Adrian. Niente è mai stato semplice con Adrian.

Una sera, dopo molto tempo e dopo un lungo temporale, beviamo una birra in un bar con le vetrine coperte di gocce luccicanti come piccoli strass, c'è un cielo marcio da fine del mondo.

«Sei un egoista» dico a bruciapelo.

«Se può aiutare darmi dell'egoista, va bene» risponde civilissimo, come se gli dispiacesse immensamente per tutti i mali del mondo e fosse pronto a farsene carico. Invece sta solo imitando il personaggio di un libro, maledizione.

Saggia con il dito la schiuma della birra. Non sospetta minimamente che la sua mail compaia in questo momento sullo schermo del computer di Lizzie: gli appunti dai suggestivi nomi cinematografici, la nota delle spese per le vacanze dei bambini. A mio beneficio mette ancora in campo la rappresentazione dell'uomo perbene, del ragazzino solitario che non vuole fare del male a nessuno, *tanto meno a Lizzie.* Spiegamelo, forza, cosa significa *tanto meno?*

Il problema di Adrian è che deve essere ammirevole a tutti i costi, vive nel terrore di poter essere come quel padre che l'ha abbandonato: lui, il suo primogenito, un ostacolo alla sua vita carnale.

«Perché non la fai finita?»

«Con cosa?» chiede incredulo.

«Non lo so. Decidi tu. Con una delle situazioni che ti tormentano.»

«Temo non sia possibile.»

«Basterebbe che tu smettessi di scriverle» dico perfidamente.

«Non cambierebbe nulla.»

«Dal momento che non vi vedete e non fate altro che scrivervi, cambierebbe eccome.»

«Non è così» risponde, irremovibile nel mantenere il suo potere da vili.

«Allora vedetevi di più.»

«Non hai idea di quanto lo vorrei, di quanto mi sembra la cosa più naturale... ma proprio per questo non posso.»

«*Proprio per questo?*»

«Se ci vedessimo, se andassimo al cinema e condividessimo le cose che ci piacciono, si distruggerebbe tutto.»

Scoppio a ridere.

«Perché ridi?» chiede offeso.

«Ti rendi conto di quello che dici?»

«Mi dispiace che tu dica questo.»

«E cosa si distruggerebbe, sentiamo?»

La tua famiglia.

«La cosa tra me e Lizzie.»

Improvvisamente mi prende una voglia matta di chiedergli conto dei segreti e delle omissioni, di mostrargli tutto ciò che sono riuscito a reperire su di lui e che Lizzie ancora ignora. Caliamo le carte e vediamo se sei capace di vincere una partita vera, o se stai solo bluffando un poker d'assi fasullo. I jolly sono ancora nel mazzo, fuori da questa partita. Far collassare la storia, far fuori tutti i partecipanti senza lasciare superstiti – far dilagare il dolore.

«Adrian...»

«Lo so cosa stai per dirmi.»

«No che non lo sai.»

«Perché stiamo facendo questa conversazione, proprio noi?»

Proprio noi, dice. Punta gli occhi sulle goccioline di schiuma del bicchiere, deluso dalla mia mancanza di empatia, dall'incapacità di rispettare la sua enigmatica riservatezza, di vedere la portata e il doloroso tormento del suo desiderio. Un ottimo diversivo. E Adrian è bravissimo a costruire palle di vetro per rinchiuderci dentro le persone e controllarle in eterno.

«Adrian, ascoltami...»

«No» dice.

Adesso! Questo è il segnale che dovrebbe mettermi in allarme. Dove ha preso una tale durezza della voce? Una sillaba chirurgica che chiude il discorso. Lui che ha sempre avuto sfilate di parole morbide e bellissime per stringersi a noi con grande cura.

«Adrian, per favore.»

«Perché non capisci?» sibila a voce bassissima dentro il bicchiere. «So esattamente cosa mi vuoi dire, so cosa pensi di me.»

Di colpo capisco che dice sul serio, tutti i file che ho creduto di manomettere, le serrature da cui ho creduto di spiare, i documenti che pensavo di aver sottratto: «Come fai a saperlo?».

«Non ci credo, mi stai davvero facendo una domanda del genere...» Di nuovo intende *proprio tu*, il ricatto della complicità tradita è un'arma che Adrian maneggia con sapienza.

«Non voglio fare del male a nessuno» dice, stornando quel suo magnifico blu Klein fuori dalla vetrina. E in questo momento è così bello e gentile che è impossibile non credergli. La questione è tutta qui – perché una storia funzioni basta che ci sia qualcuno pronto a crederci, senza riserve, come se ne andasse della vita stessa.

Adrian si alza, finisce il bicchiere e mi stringe una mano sulla spalla tenendola lì appena un istante più del normale, poi esce dal bar. E io posso vedere i suoi passi lanciarsi verso il buio di un'altra notte sprecata, il cellulare già in mano per scrivere a Lizzie.

*

Il segreto su cui l'Acquario ha costruito la sua cattedrale è molto semplice: la verità è diventata un bene primario, un bene che ha un valore e che può essere comprato e venduto. Non la verità molteplice e astratta delle filosofie, ma una prossimità materiale che ci dica chi sono i nostri vicini, chi è la donna che la domenica mattina molto presto beve un caffè al bar dei cinesi in pelliccia e tacco alto, chi è l'uomo con il cane che incrociamo nella corsa delle sette e mezzo al parco, chi è la persona che la notte ci abbraccia da dietro proteggendoci le spalle. Apriamo i cassetti, frughiamo tra le frattaglie e i rifiuti poco onorevoli, tratteniamo il respiro fuori dalla porta del bagno e invece basterebbe un click, aprire un profilo, cercare un avatar in una terra virtuale, un personaggio da videogame. La verità dell'epoca sta dietro uno schermo, non è quello che siamo costretti a essere nel mondo dei compromessi reali, ma chi vorremmo essere.

Lizzie ha costruito la sua posizione, uno stipendio a molti zeri e un certo prestigio su questa evidenza. La conosce, ne sono certo. La conosce anche mentre digita nel motore di ricerca Adrian99Z37, l'username di uno degli indirizzi di posta che Adrian ha registrato a partire da quella mail che continua a rimanere accessibile.

Compare una sola occorrenza, l'indirizzo di una chat con foto così false da non esigere ritocchi. Adrian99Z37 ha diciotto anni e le sue amicizie sono un elenco di ragazze dai capelli lunghi e lisci, labbra rubino, top fotografati di fronte allo specchio con il cellulare. Diciotto anni! Nella foto Adrian99Z37 è un ragazzo con cappellino da baseball che rende irriconoscibile l'espressione. Indossa un giubbotto di jeans e una posa da provincia urbana. Diciotto anni. Cinquecentosessantatré contatti di ragazze in top e shorts. Diciotto anni. Adrian, così ci ha raccontato, è stato un adolescente con pochi amici, chiuso in camera a studiare, a leggere gli stessi libri di Lizzie, un liceale che viveva da solo e correva in moto. Diciotto anni! Il suo desiderio è lampante e semplicissimo da realizzare: basta digitare 18 nell'apposito spazio per l'età e la porta dell'armadio si apre d'incanto sul regno che lui non hai mai esplorato. Diciotto anni è un'età controllabile, ad averne almeno il doppio. (Quanti anni ha Adrian davvero? Le date sono contraddittorie.)

Il giorno dopo la notte della festa che fu il vero e proprio inizio di questa storia, Adrian99Z37 ha scritto "è possibile che io abbia desideri sbagliati". Ma questo lo leggo solo io, Lizzie non controlla la cronologia, non esplora in lungo e in largo il profilo. Se l'avesse fatto, avrebbe riconosciuto queste identiche parole, stessa data e qualche minuto di scarto, tra i messaggi del suo telefono. Invece ha già chiuso il computer, è sul motorino nella città notturna. Le strade tra il vecchio scalo merci e i nuovi grattacieli delle banche sono pervase da un senso di libertà silenziosa e deserta. Va veloce, come Adrian in moto da ragazzo, e come lui crede che la velocità da sola sarà sufficiente ad allentare la morsa che stringe la gola e a cui non saprebbero dare un nome.

Intanto io continuo le ricerche. Sono certo che se Lizzie non fosse stata innamorata di Adrian fino a quel punto, avrebbe scoperto la verità molto prima. Lei sa meglio di noi cosa vuol dire flirtare con la finzione, manipolare l'identità, costruire un io fatto apposta per essere amato, per essere amato meglio. Tra realtà e finzione non ha dubbi: le due non devono parlarsi. A noi è data un'unica scelta: far parte dei mortali o saltare a due piedi dentro la finzione, non esitare, essere per sempre bambini disposti a credere che si possa volare.

Adrian99Z37 è solo una delle cose che Lizzie ha scoperto in quella mail. Ha trovato, ad esempio, nella prima pagina della cartella MAIL IN ARRIVO, visibile come una lettera posta sopra il caminetto al centro della stanza, una ricevuta di iscrizione all'Ordine nazionale degli architetti: il nome e cognome di Adrian solo leggermente storpiati, il codice fiscale è il suo, la residenza un'altra e l'indirizzo dello studio, mostrava il satellite geospaziale, è una via sterrata con un negozio TUTTO A UN EURO ormai dismesso. È abbastanza, Lizzie? Non abbiamo mai messo piede a casa di Adrian, ci hai pensato? Forza, niente domande, cancella il numero, blocca i contatti, evitalo nel corridoio da esecuzione! Invece, più cose scopre di lui, più i fili diventano contraddittori e i dettagli mettono alla prova il suo senso della coerenza narrativa, più lei vuole che la storia vada avanti. E così si vedono una terza notte. Naturalmente è una pessima idea.

«Perché no?» gli chiede seccata, in piedi alle sue spalle.

Adrian è seduto al tavolo e sta preparando una canna con meticolosità da principiante o da esperto. La accende, gliela passa, loro due che non sanno fumare.

«È inutile che te lo spieghi» si ostina a ripeterle, «sei troppo giovane... provare una cosa del genere sarebbe da stupidi.»

Lizzie gli prende la mano e lo fa sedere sul divano.

«Io, piuttosto, dovrei provare» continua Adrian. «Da piccolo avevo una paura disumana delle siringhe, non potevano nemmeno nominarmi l'antitetanica. Ma adesso credo che ne sarei affascinato, e comunque ci sarebbe qualcuno a occuparsi dei dettagli.»

Silenzio. Lizzie è consapevole che in questo gioco infantile della sfida sotto forma di divieto, *no, sei troppo giovane per*, lei cade fin troppo facilmente e poi tende a vincere. Sa che Adrian l'ha capito, e ora lo osserva per vedere fino a che punto si spingerà per forzarle la mano. Cosa le sta chiedendo di fare?

«Dicono che sia una favola.»

Come gli è venuta fuori questa parola?

«Dicono che sia come tuffarsi di testa in un'acqua che ha la tua stessa temperatura corporea.»

Un'immagine d'inquietante esattezza. Che rimanda a bustine con la zip piene di polvere bianca, negozi di dischi, appartamenti con il tetto spiovente, odore di capelli bruciati, l'identico tremito di lampadine e aghi.

«Vorresti davvero provare quella roba?» non può fare a meno di chiedergli, e la frase rimbalza ridicola in quella stanza, in qualche modo Lizzie ancora se ne rende conto. «Credo che ci piacerebbe molto.» Un plurale astuto. «Ma tu non puoi, sei troppo giovane. Ti rovinerebbe il futuro, e i denti.»

Sono due bravi ragazzi che stanno facendo le prove generali per una recita dal copione scadente, e le battute di dialogo sono pessime. Sei troppo giovane, dice. Quanti anni ha Adrian? È troppo tardi per cercare una coerenza in una storia piena di buchi tra le righe, si deve credere e basta.

È passata un'ora. Vieni qui, non pensare, non fare nessuna domanda. Lizzie si alza in piedi, si spoglia cominciando dai braccialetti, poi la cerniera del vestito. In piedi allo specchio, Adrian è dietro di lei. Allungano la mano insieme per toccare una schiena, la linea della coscia. Si tengono la mano fino alla camera, fino al letto, fino alle lenzuola che non scostano nemmeno. Si baciano in quel loro modo leggero e poi scendono nella carne raggiunta senza nessuna regola. Fanno l'amore lentamente. Adrian la stringe tra le braccia per farla venire ancora una volta, fino a quando non la sente esausta e tremante contro di lui. Crollano increduli uno di fianco all'altra. Le loro voci sono basse, incoerenti. Si addormentano senza accorgersene.

Fuori dalla finestra il cielo schiarisce in un'abbagliante assenza di sole. Adrian si stacca da lei, solleva le lenzuola e la fa scivolare sotto perché non prenda freddo. «Prova a dormire almeno qualche ora» le dice, e intanto si infila le scarpe, il maglione da dietro la testa, la saluta così piano che lei non lo sente.

"Abbiamo sbagliato, non dovevamo. Promettimi che non accadrà più" le scrive un'ora dopo, quando le porte e i muri, le pastiglie sotto la lingua e lo spruzzo della doccia e la nostalgia dei vivi hanno rotto ogni alleanza.

*

«Sei troppo ingenuo per usare questo tono. E poi cosa c'entri tu?»

«Non c'entro affatto. Ma sono preoccupato» dico, e spingo verso di lei la fetta di crostata ai mirtilli che non ha toccato. «Cosa pensi di fare?»

Lizzie non risponde. È la comprensione reciproca o l'imbarazzo di essere arrivati a questo punto che ci permette di sostituire il silenzio alle parole, per allentare la tensione, guardare qualche minuto i ragazzi fuori dal vetro, le biciclette primaverili.

«Pensi che lui voglia cambiare la sua vita?» le chiedo. Che sia pronto a comportarsi come suo padre?

Lizzie si gira e mi guarda come si guarda un lampione. Mi accorgo che ha virato il blu degli occhi che ora è color acqua piovana, sulla pelle del collo le si vedono i brividi. A bassa voce e aprendo appena le labbra dice: «No».

Ormai pronuncio di rado il suo nome; come coloro che credono nel potere delle parole, penso che a forza di non nominarlo diminuirò il suo grado di esistenza e lui sfocherà lentamente sullo sfondo. Mi accorgo di aver cominciato a nutrire sentimenti ostili nei suoi confronti e mi sento offensivamente trascurato da entrambi. Non sono più certo di saper distinguere il mio ruolo di testimone dall'ossessione che Adrian alimenta per crudeltà, e che Lizzie non sa controllare, lascia che si diffonda per contagio su tutti noi. E anche se io dispongo di un numero raguardevole di fonti, lecite e illecite, anche se annoto i dettagli con l'ordine dell'archivista perverso, la vita del mio amico rimane per me qualcosa di misterioso, una ricostruzione impressionistica priva di luoghi e di date – ed è difficile credere che abbia potenzialità catastrofica un personaggio come lui, che dice grazie e per favore alla fine di ogni frase.

«Devi fare dei piani, prendere delle decisioni» insisto, senza esserle di alcun soccorso.

Lizzie non ha le forze, lo capisco dal colore dissanguato

delle clavicole che sporgono dalla maglietta estiva. L'ho capito settimane fa, a una cena in una casa con veranda e piscina, un invito così affollato e coreografico da essere sembrato innocuo a entrambi, perciò avevano accettato. Anche se era ovvio presagire il disastro: a questo punto delle cose non è prudente che due persone così poco in grado di padroneggiare l'attrazione e il risentimento si trovino nelle stesse stanze vestiti elegantemente, ubriachi, ansiosi di risultare disinvolti e seduti fatalmente uno di fronte all'altra.

Lizzie arriva dal prato, calpesta l'erba con il passo lento di chi è assorto in qualche altrove, la schiena dritta, il vestito bianco anti-flash che riflette l'azzurro della piscina; più di una persona vedendola entrare sussurra all'orecchio del vicino.

Questo genere di feste promosse dai finanziatori dell'Acquario possono sembrare qualcosa di frivolo e rilassato, in realtà sono eventi guidati da trame sofisticate e lo scopo spesso risulta decifrabile solo molto tempo dopo. Sediamo a tavola fingendo noncuranza, ma sappiamo a memoria l'etichetta della gerarchia e dell'opportunità; sono certo che qualcuno ha storto il naso vedendo Adrian e Lizzie prendere posto uno di fronte all'altra come fosse normale, quasi non lo volessero o meglio ancora lo evitassero. Ma poi la cena inizia, in un vacuo sfarfallio di ventagli e tintinnio di bracciali, ombrellini da cocktail ovunque, le parole attraversano il tavolo e hanno squame e artigli.

«Lizzie raccontaci un po', com'era Boston in questa stagione? Pensa, sono stata tante di quelle volte a New York e non sono mai andata a Boston» dice con voce acuta la moglie dell'amministratore delegato addentando uno spiedino di merluzzo fritto e papaia.

Lizzie si volta verso di lei e il suo stupore è ghiaccio e calma; come un colore ad alta luminosità che attira tutti gli spettri elettromagnetici, gli occhi convergono su di lei e le conversazioni si abbassano: «Com'era Boston?» ripete, ha colto l'ombra repentina sugli occhi di Adrian senza bisogno di guardarlo.

«Era metà del mese scorso se non sbaglio, giusto? Dev'essere stato magnifico.»

«Magnifico, sì.»

«Hai fatto bene, è una città così romantica» si impunta.

«Io non capisco, sono tutti fissati con New York, e invece Boston deve essere proprio romantica per...» Non finisce la frase, fa un segno sguaiato al cameriere che accorre con la bottiglia. Il marito accanto è indecifrabile e statuario quanto il colonnello Kurtz, ma più giovane.

«In che senso?» chiede Lizzie, e io lo so che questa frase è una dichiarazione di guerra e non c'è da aspettarsi nulla di buono.

«Come *in che senso*? Non c'è niente di male a scegliere Boston per una vacanza romantica.»

Alla parola vacanza il colonnello Kurtz inarca il sopracciglio.

Se Adrian non fosse seduto al suo stesso tavolo, o se fossimo anche solo qualche mese indietro in questa storia, Lizzie manterrebbe il controllo del copione e accorderebbe una risata di forma, due o tre battute lusinghiere capaci di far scivolare la vipera su un sasso più caldo – disinnescare l'attenzione, fare finta che il privato non esista perché qui siamo tutti ambiziosi e svegli, pronti a cedere qualsiasi interstizio dei nostri sentimenti al miglior offerente. Ma a Lizzie non sfugge che Adrian sta torturando qualcosa sul piatto senza alzare gli occhi, e lei non può, non riesce in alcun modo ad allungare una mano per stringergli il polso. Sei stata a Boston, e non mi hai raccontato nulla? Avevi detto che ti piace scrivermi quando sei in viaggio, invece l'hai tenuto nascosto. Perché non mi hai detto niente? Maledizione, questi due si leggono nel pensiero. Ma Lizzie ha anche una parte da recitare, e nel copione che ha scritto per se stessa lei non si fa controllare da nessuno, poco importa se questa libertà richiede feriti e pozze di sangue, a tratti ancora se ne ricorda.

«Perché avrebbe dovuto essere una vacanza?» chiede, con la sicurezza dell'arrampicatore che si lancia nel vuoto per agguantare un versante più favorevole.

«Non era una vacanza? Tesoro...» squilla la moglie appoggiando una mano di zaffiri e pietre da asta sull'avambraccio del marito che la guarda con il disprezzo riservato ai boxer con pedigree che sbavano sui pantaloni con la piega. «Tesoro, non mi avevi detto che adesso fate affari anche a Boston.»

La versione giovane del colonnello Kurtz arriccia le labbra e guarda Lizzie senza tradire un moto d'umanità.

«Electronic Entertainment Expo. Credevo lo sapessi» risponde lei, ugualmente impassibile.

«E da quando si va mano nella mano alle fiere?»

Silenzio assoluto. Di colpo. Posate immobili, bicchieri incollati alla tovaglia, gesti mozzati. Al tavolo da cerimonia non respira nessuno.

«Ah, quello?» ride Lizzie senza alzare la voce, inclinando la testa di lato e toccandosi la spalla nuda con le dita in un gesto infantile e sexy che corrompe il tavolo senza sforzo. Respiro.

«È il tuo nuovo amante?» strilla la moglie in un fulgore di capelli ondeggiati ad arte, mandando giù in un solo sorso il bicchiere colmo. Il tavolo di nuovo non respira. Il colonnello Kurtz stringe le labbra e si aggiusta i gemelli.

«Perché dovrebbe essere nuovo?» sorride Lizzie, come in una sfida a chi si lancia più forte nella strada in discesa, e lei non tocca i freni, con l'immortale spavalderia del fanciullo eterno.

Crash! È solo un bicchiere che cade inondando il prato all'inglese.

«Scusatemi.»

La voce infranta di Adrian attira l'attenzione non meno del bicchiere in pezzi, della mano che scosta bruscamente la sedia, il tovagliolo lasciato cadere con malagrazia. Un silenzio incandescente segue la sua schiena verso la porta della veranda, fino a quando non scompare nell'oscurità della casa. Subito arriva la risata a pieni polmoni del colonnello Kurtz e, poiché siamo gente ambiziosa e sveglia, la conversazione scivola, i ventagli riprendono a sfarfallare.

Lizzie aspetta l'arrivo di altri vassoi e poi scompare verso la casa; più di una testa si volta a seguirne la scia, ma nuove conversazioni hanno avuto la meglio e gli sguardi si perdono tra il prato e gli steli delle lanterne.

Supera il salotto, il corridoio del bagno dove una coda di ombre molto eleganti flirta nel buio, una stanza con le valigie, guarda le scale con incertezza, poi sul fondo vede un'altra porta a vetri socchiusa su un giardino esterno, il profilo di una schiena e una testa. Sembra più piccolo, nota, seduto sul gradino. Lo riconosce senza bisogno che si volti. Si avvicina il più piano possibile, si siede accanto a lui e Adrian alza la testa a guardarla. Ha un'aria triste. Per un attimo sembra che nessuno dei due sarà mai più capace di pronunciare una parola.

«Mi dispiace.» È Lizzie a dirlo per prima.

Adrian si volta dall'altra parte: «Va tutto bene» dice.

«Non è colpa tua.» Ha una voce più calma adesso, non assomiglia per niente al ragazzino timido che Lizzie ha sempre visto in lui. Il tono suggerisce che si sta allontanando da quel sentire istintivo che li ha fatti avvicinare e poi avvicinare di più, fino a stringersi così stretti da lasciare i segni sulla pelle.

«Non credere che le cose stiano in un certo modo.»

«Lizzie» la chiama per nome, poi si gira verso il giardino senza continuare la frase. Lizzie gli accarezza la guancia con una mano e lo fa voltare, e allora ecco riaffiorare di nuovo la debolezza che nutre per lei e lo rende inerme, sperduto. Abbassa gli occhi: «Non preoccuparti, è giusto così» le dice.

Ma lei non vuole che sia giusto così, per questo gli fa alzare il viso e lo bacia e lui non fa resistenza e si danno solo quest'unico bacio sulle labbra di cui conoscono perfettamente la pericolosità e la delizia. Poi Lizzie si alza e gli dà un colpetto sulla nuca: «Torniamo di là». Aspetta il suo sorriso di assenso. «Prima tu» lo incoraggia. E lo guarda tirarsi su e sorriderle ancora, ridiventare il bambino che era stato, costretto al coraggio e alla prontezza, ed è già oltre il vetro nel buio della casa.

Di nuovo siamo seduti al tavolo, e poi in piedi con la musica e i brindisi e le lanterne che ora sono state spente per lasciare spazio ai fari viola e rossi del dj, la gente transita dalla casa al giardino, qualcuno nuota in piscina. È molto tardi e io sono ubriaco e sto ballando con una ragazza che non ho idea quanti anni abbia o che lingua parli, quando Lizzie mi prende per il gomito: «Non riesco a trovare Adrian».

Non capisco subito cosa intende dire: «Magari è andato a casa».

«No, ha promesso che avremmo preso un taxi insieme. Non è da lui andarsene senza avvisare.»

«Sarà qui da qualche parte.»

«L'ho cercato dappertutto» dice, e capisco che è davvero preoccupata dal modo in cui mi stringe il braccio. Si teme sempre il peggio per la persona che amiamo, viviamo nell'incubo che scompaia all'improvviso, che possa esserci portata via. «Tu l'hai visto?»

«No.»

«Da quanto non lo vedi?»

«Non ne ho idea.» E intanto afferro una bottiglia d'acqua dal tavolo e me la verso sul collo. Bevo un sorso e riacquisto contatto con la situazione e quello che ci si aspetta da me. Le grandi feste a casa dei miei genitori per una volta mi tornano utili: la sterminata quantità di bottiglie che si inclinavano a ripetizione sui bicchieri, insieme all'etichetta del bel mondo, mi hanno abituato a recuperare la lucidità in fretta, a essere sempre in grado di bere molto e sostenere una conversazione arguta o portare soccorso. «Andiamo a cercarlo» dico, prendendole la mano. Cosa di cui Lizzie nemmeno si accorge, naturalmente.

Bussiamo alle porte delle stanze, piombiamo in un bagno senza serratura, controlliamo nel cortile sul retro dove alcuni ospiti attendono i taxi. Adrian sembra svanito.

«Cerchiamo ancora» supplica Lizzie, e capisco che in un certo senso si sente responsabile. Cerchiamo negli spogliatoi dietro la piscina, nel boschetto di ulivi, oltre i garage con le auto d'epoca. Goccioline sottili mi salgono da sotto le suole delle scarpe e l'aria è densa e appiccicosa e sa di spray antizanzare e liquore arancione per cocktail. Ho sete ma i camerieri sono spariti e non c'è traccia delle vasche colme di ghiaccio che avevo visto all'inizio della festa. Ho la camicia appiccicata alla schiena e il basso elettronico delle casse ancora mi vibra tra le tempie.

«Eccolo» dice d'improvviso Lizzie, indicando il profilo di una schiena nera su sfondo nero, chino su una fontana di pietra. Il sollievo della sua voce è così infantile che mette voglia di andarle dietro senza cautele. «Adrian!» lo chiama. «Dove eri finito?» Ed è qui, mentre l'ingenua felicità di Lizzie raggiunge il mio orecchio, che l'occhio vede e capisce. Troppo tardi. Adrian si gira stupito e noi solo in quel momento vediamo la biondina seduta sul bordo della fontana di fronte a lui, i piedi con i tacchi alti che penzolano nel vuoto. Sono certo che Lizzie nemmeno la vede, la intuisce e basta. Rapidissimo il ponte levatoio delle sue difese è alzato, si è già girata e sta facendo la strada all'indietro, fa un cenno con la mano alle sue spalle. Lascia perdere, vuole dire. O anche, è da stupidi pensare che. Oppure non vuol dire niente, è solo un gesto che bilancia l'accelerazione del corpo. *Uno sbaglio*, sono le parole che potrei giurare di sentirle pronunciare mentre mi passa accanto. Una scusa, un'imprecazione – la vergogna della bambina in Costa dei Barbari che improvvisamente vede tutto con chiarezza: la grandezza scandalosa del desiderio altrui, l'irrilevanza del proprio attaccamento.

Da quella sera sono passate settimane, è piena estate e noi non torniamo alla nostra città sul mare, e anche qui niente più scorribande in macchina, niente champagne nel salotto con le finestre spalancate. Passiamo i giorni senza scambiarci più di cento parole, ceniamo nei ristoranti del quartiere cinese, compriamo bastoncini di liquirizia che mastichiamo guardando il rigagnolo pieno di zanzare della darsena. Raggelati attendiamo che arrivi l'esecuzione o la liberazione.

«Devi fare dei piani, prendere delle decisioni» ripeto, spezzettando la sua torta intatta. «Altrimenti andrà sempre peggio. C'è qualcosa in lui che ti fa perdere ogni lucidità, e lo farà sempre. Se non la smetti ti distruggerà. Guardala così, per lui non è uno sforzo, state giocando una partita impari e questa non è mai una buona cosa. A lui piace da morire questo insensato scrivervi senza toccarvi mai. È una follia, una follia vederti lottare per non eliminarlo. Non è da te. Dovete perlomeno vedervi, a questo servono i corpi. *Il resto è per i pazzi*, e ti sta distruggendo.»

Lizzie rimane in silenzio, guarda oltre il vetro l'esplodere del caldo e del sole, il telefono manda il consueto rumore della monetina che cade e cade, in un dolce stillicidio senza tregua. Così i giorni si sovrappongono nella mia memoria, indistinti e stanchi, tutti ugualmente estivi. Fino a quando i due non si vedono ancora una volta.

*

È buona regola, quando le cose volgono al termine, non tornare nei luoghi dove si è stati insieme e felici. Quelle strade, l'incrocio delle strisce pedonali a due passi dal parco giochi, i muri notturni che dichiarano *solo uno fu il bacio, il nome dei batticuori* rimangono a guardare con sconcerto i due che non sono e non saranno più gli stessi di allora, eppure ancora credono di vedersi andare incontro come quando le possibilità erano intatte e scriversi un gioco elettrizzante e competitivo come il ping-pong – pornografia che sfugge a ogni controllo.

Fanno lo sforzo di cenare insieme, ad assisterli la loro intatta complicità, ma sono cauti con le parole, attenti a non venire traditi da una vicinanza astratta che poi scivola e si impadronisce dei corpi. Sono determinati a raggiungere la fine della notte senza morti o feriti. Lo è Adrian, che detesta le risoluzioni ardite e nell'acqua torbida dell'incertezza potrebbe stare a mollo per anni. Non lo è Lizzie, che scende in acqua solo quando le onde sono vertiginose – la sua scarsa attitudine alle mezze misure, una tentazione irresistibile per Adrian nei mesi che hanno preceduto l'inizio di questa storia, ora lo terrorizza.

«Dobbiamo smetterla con questa cosa» dice Lizzie quando ormai è giunto il momento di separarsi e il disastro sembrava scampato.

Smetterla con cosa? Lizzie, siamo sinceri. Bisognerebbe smetterla di guardare quella mail che continua a singhiozzare un mucchio di segreti che sarebbe stato meglio non conoscere, dal momento che invece di suscitare incredulità o disgusto danno fuoco all'attaccamento. Ma non è questo che intende Lizzie, e in questa storia la malafede dilaga in desideri inevitabili, poco realistici e superbamente raccontati.

Sono seduti sul marciapiede, in mezzo alle macchine parcheggiate, come ragazzini che non sono.

«Sai che non è possibile» replica Adrian.

«Certo che lo è. Basterebbe che tu smettessi di scrivermi.»

«Non servirebbe a nulla.»

«Aiuterebbe.»

«No, sarebbe finto e prescrittivo. Non saremmo noi.»

È astuto con le parole almeno quanto lei, e questo è un guaio.

«E allora vediamoci davvero, usciamo insieme la sera, andiamo al cinema, a cena.»

«Sai che è impossibile.»

«No, non lo so. Potremmo essere buoni amici» dice Lizzie, ma negli occhi ha scritto tutt'altro.

Adrian affonda la testa nelle spalle come a difendersi da una raffica di vento triste e inevitabile: «Non potremmo mai essere amici, e lo sai».

«Smettila di scrivermi, allora.»

«È stato un errore, non avremmo dovuto vederci in questi mesi.»

«Cosa stai dicendo?» Lizzie ha alzato la voce in un modo che farebbe capire a chiunque la conosca, e Adrian la conosce meglio degli altri, che non ha più il coltello dalla parte del manico, non è in una posizione da cui dettare le mosse: dentro fino al collo in quest'acqua fangosa da cui non vuole uscire, e allora non resta che assecondare la corrente, cercare di arrivare in fondo senza troppi danni. «Ti è dispiaciuto quello che è successo?» chiede ancora.

«Certo che no, è stata la cosa più bella che poteva capitarmi. Ma non avremmo dovuto.»

«Pensavi che sarebbe stato facile?»

«No, ma potevamo risparmiarci tutto questo dolore.»

Usa questa parola esagerata e retorica, *dolore*, e Lizzie nemmeno alza gli occhi al cielo, non gli dà un colpetto sul braccio mettendosi a ridere, non si riprende nessun vantaggio sulle parole, e questa era una mano facile. Dio mio, le cose si stanno mettendo al peggio.

«Avresti preferito che fosse andata diversamente?»

«Sì» dice sicuro, ma poi si gira verso di lei e Lizzie ha la testa appoggiata sulle gambe nude e lo guarda come l'ha sempre guardato e lei gli piace tanto, si rende conto. «Io non voglio fare del male a nessuno» dice, cercando l'uscita impossibile nel mezzo del labirinto.

«Non puoi passare tutta la tua vita senza fare del male a nessuno. È assurdo pensarlo. Puoi ridurre al minimo il dolore, puoi fare in modo che ne valga la pena.»

«Non ne vale mai la pena.»

«Lo credi davvero?»

«Sì, non c'è grande felicità che valga nemmeno un centesimo del dolore che costa.»

«Ma non esiste una vita senza dolore» dice Lizzie.

«Sì che esiste, è una vita felice.» Calda e rassicurante, con i bambini addormentati e le speranze di salvezza dietro lo schermo del computer, i fiumi in piena mai navigati e dire domani, domani...

«Una vita simile non esiste» ripete Lizzie, e ha gli occhi assurdamente azzurro cielo. «Nessuno ha una vita così.»

«Ma il perseguimento di questa vita è l'unica cosa sensata da fare» dice Adrian, e la burocratica inappartenenza con cui sceglie le parole deprime Lizzie.

Poi il silenzio li sovrasta, improvvisamente sono troppo distanti perché ci sia un'uscita verso cui avviarsi con passi accordati e dita strette come era stato quella prima volta, ognuno ha la sua parte di labirinto e deve darsi una mossa da solo a trovare l'uscita, se non vuole finire male. Tanto la salvezza non arriverà mai dall'altro, dovrebbero saperlo. Dov'è finito il soccorso delle loro biografie? Adrian allunga la mano a sistemarle la spallina del vestito che è scivolata sul braccio, le fa una carezza con le nocche, non può fare altro.

«Non scrivermi più» dice Lizzie, alzandosi in piedi.

Adrian scuote la testa, non è quello che desidera, è evidente. Ma ci vuole un certo coraggio per perseguire i propri desideri, e Adrian ha spesso avuto desideri ma raramente ha dato loro un seguito. Ha sempre aspettato che qualcun altro facesse la mossa o che le cose accadessero per sbaglio.

«È l'unico modo.» Lizzie lo sta supplicando. «E poi adesso ci sono le vacanze, saremo lontani per molte settimane.»

«Quattro settimane e tre giorni.»

«Smettila.»

«Non funziona così, per decisione.»

«E invece sì, bisogna prendere una decisione. Altrimenti non la finiremo mai, ed è terribile.»

«Non si possono fare le cose a comando. Non noi.»

«Adrian, ti prego.» Gli allunga una mano sul collo e la tiene lì, e lui adora quel gesto. Lei sorride ed è ovvio, ci vuole niente a corrompere questi due. «Almeno per un po'.»

«E allora quando poi riprenderemo a scriverci significherà qualcosa?»

Lizzie chiude gli occhi, esasperata dalla logica di un bambino solitario che razionalizza i corpi e il fiato e le strette simmetriche sul polso e la caviglia: un ragazzino intelligente che vuole dividere il dolore dalla felicità, i sassi dall'acqua del fiume.

«Ci farà bene non vederci per un po', funziona sempre così.»

«Io non lo so come funziona» le dice, che vuole anche dire, *solo con te*. Ed è un colpo basso o un ricatto.

«Non scriviamoci.»

Devono essere queste le ultime parole. Poi si baciano incerti sulla guancia, e in un lampo Lizzie è in fondo alla via, davanti al portone degli altri loro baci, in queste case ancora così assurdamente prossime. Si addormentano senza scriversi, per la prima volta. Senza rimorsi, in pace, con la pelle lavata e la biancheria pulita. Non c'è nessun senso di perdita.

La mattina dopo, molto presto, partiamo per la nostra salubre città a est. Guidiamo senza fermarci e c'è tutto quest'azzurro fuori dal finestrino, scherziamo sull'estate che ci attende alla Diga davanti alla piazza grande, i tuffi dal molo dietro il castello di Massimiliano, le notti oltre confine. La radio manda una musichetta allegra, abbassiamo i finestrini al vento. È un inizio sconfinato e possibile.

Qualche giorno dopo, a sera tardi, in piedi fuori da un locale in una di quelle strade in salita dietro la città vecchia, sento il suono della monetina salire dalla borsa di Lizzie, tra le voci estive e ignare. La vedo sfilare il telefono e lo schermo si illumina. Lizzie sorride, è Adrian.

L'isola che tu non vedi
(precipitazione)

«Pensi davvero di essere tu a spiare lui?»

Lo chiede senza aspettare la risposta. Non ha mai visto Lizzie di persona, dal momento che lui lavora nel bunker sotterraneo dove l'Acquario raduna squadre di ragazzini con problemi di socialità e inclinazioni piratesche per sistemi e codici di programmazione, sa però benissimo chi è: la firma di Lizzie è in cima ai titoli dei mondi virtuali che gente come lui frequenta per rilassarsi. Per questo non capisce bene quello che lei gli sta chiedendo, ma esegue con la scarsa attitudine a inquadrare il dettaglio nel contesto che è la radice del suo talento. Sono passati mesi miti ed esitanti, i corvi, lo stanco e breve sole d'autunno. Quando Lizzie lo chiama è gennaio, un sabato in cui probabilmente fuori piove. Sono la noia e il cielo basso i complici premurosi delle nostre decisioni azzardate, ed è quasi sera quando lei alza il telefono e cerca questo ragazzetto di appena vent'anni. Non è così che di solito lui comunica con il mondo e quando sente lo squillo ci mette un po' a emergere dallo schermo dove sta combattendo in uno schema difficile, a saltare le scatole aperte dei corrieri e del cibo a domicilio, a rintracciare il suono sotto cumuli di magliette e cavi elettrici. Lizzie lo saluta con il suo nome in codice: Artax, un'identità che conoscono in pochi, anche se quando era ancora minorenne rischiò di finire in carcere per avere rubato centocinquanta milioni di numeri di carte di credito con un semplice furto informatico di identità, ma il caso finì archiviato in modo poco chiaro. Ora Artax, registrato con i suoi dati e una foto – capelli castani a scodella, occhiali in titanio su occhi verde prato da campus –, riceve uno stipendio stabile dall'Acquario per non agire contro i nostri sistemi, per proteggerli.

«Ciao Artax.»

È chiaro da subito che le serve il suo aiuto, e Artax non fa domande. Non è abituato a essere contattato da qualcuno che lavora ai piani alti e al di fuori del bunker non ha mai scambiato favori personali con la gente dell'Acquario. Perlopiù, quelli come lui sono guardati con rispetto e diffidenza: gente che flirta con il crimine e non va alle feste della *company*, che surfa sulla cresta dell'illegalità, disadattati dai poteri illimitati. Ma Artax sa chi è Lizzie, c'è stato un momento in cui si è anche procurato qualche sua foto e le ha usate nelle sessioni masturbatorie che costituiscono per lui l'equivalente della pausa sigaretta dei funzionari al quindicesimo piano.

La richiesta di Lizzie è banale e lui si stupisce che non se ne occupi da sola, ma non sono affari suoi. Le chiede di leggergli quello che le appare sotto gli occhi nello schermo del computer. Artax non è un ingegnere sociale, non sa leggere psicologicamente quello che rivela, ma riesce a craccare qualsiasi sistema e ad aprire tutte le porte.

«Pensi davvero di essere tu a spiare lui?» chiede a un certo punto, parole ovvie e scherzose.

È così che accadono i traumi peggiori e le scoperte che ci raggelano il sangue: quando qualcuno entra nella stanza e accende la luce, tira le tende, dà un calcio alla poltrona e ci accorgiamo di colpo che l'acqua nel bicchiere ha un colore velenoso, che il pugnale è sempre stato in bella mostra sopra il caminetto. E allora chiediamo *perché?* Lo chiediamo al vuoto, senza osare una risposta. Avremmo preferito rimanere al buio a fantasticare sulla stanza senza vedere nulla, una pretesa pericolosa questa della visione chiara e distinta. La penombra è sempre stata un più ragionevole rifugio, cosa ci è saltato in testa di desiderare tutta questa luce? *Perché l'hai fatto?*, vorremmo chiedere.

Adrian.

Le domande si fermano sull'orlo del nome.

Torniamo indietro.

*

Nessuno è più irrimediabilmente perduto di due bravi ragazzi che si sono rovinati a vicenda. Per troppo tempo Lizzie e Adrian sono stati immersi nel personale racconto che hanno costruito l'uno per l'altra – in tutto quello che hanno disperatamente desiderato – e ormai è troppo tardi. Forse è stato da subito troppo tardi perché io potessi modificare o perlomeno attenuare l'impatto che l'evento costituito dal loro incontro ebbe sulle nostre vite.

(E pensare che non fu il caso, ma un piano ben congegnato a far incrociare i loro passi quel primo giorno che nessuno ricorda...)

Se all'inizio fu sincerità o inganno, non ha più molta importanza considerato il punto in cui siamo arrivati, ed è un'illusione pensare che certe conseguenze potessero essere evitate. Non scrivere quel messaggio audace, il desiderio di restare a casa che quella sera non abbiamo esaudito. Uscire, scrivere, parlare, camminare nelle strade la notte, bere da quel bicchiere in un bar, fermarci a comprare le sigarette andando a una cena dove non conosciamo nessuno, sono tutte azioni che ci espongono a dei rischi, eppure chiudersi in casa e tacere non ci tiene al riparo.

Guardo i miei più cari amici imprigionati in un assedio di rancori, in quella stupida complicità che sale argentina dalla terrazza del decimo piano nei loro rari momenti insieme, li guardo da cinque piani sopra e la mia presenza sulla scena è del tutto irrilevante. Non sono io quello capace di inventare una storia che sappia neutralizzare tutte quelle che si sono raccontati e che da sola possa portare in salvo i personaggi.

153

Io arrivo in ritardo, registro i fatti, inseguo i litigi e i recuperi, tengo traccia della tenerezza nonostante i colpi bassi e dei cambi d'umore incomprensibili, annoto i gesti e il numero dei denti, so manomettere password e forzare i segreti. Eppure anche in questo Lizzie è più rapida di me, dotata dell'istinto dissennato degli inquieti o degli innamorati. Per capire quello che accade un sabato di gennaio quando Lizzie accende il computer e – per noia? per attaccamento? – decide di forzare la mano di Adrian, è necessario sapere cosa stava accadendo in quei mesi all'Acquario.

Per quanto possa apparire assurdo, sistemi complessi e fortemente gerarchici come quello dove lavoriamo rispondono a logiche che non sono razionali né economiche. La semplice permanenza in cattività di molti individui isolati dal loro contesto di riferimento porta a credere vera qualsiasi autorappresentazione e i fatti tangibili sfumano dietro i gradoni in vetro a correzione fotometrica: l'unica volontà che conta è quella raccontata dal corridoio d'esecuzione. È in questo contesto maschile e fortemente competitivo che si consuma l'ascesa di Adrian, ed è così che scopriamo l'ambizione smisurata del nostro amico.

È sempre piena notte quando scrive a Lizzie, e non penso più che sia una tenerezza, è piuttosto un'astuzia: tra i suoi messaggi non manca mai una domanda sui progetti a cui lei sta lavorando, ancora si mostra complice e comprensivo. Lizzie racconta senza cautele, come chi è abituato a non fare calcoli per arrivare dove arriva. Gli fornisce qualsiasi informazione. Adrian non è interessato ai contenuti, rimane agganciato a procedure e organigrammi. Come il ragazzo delle pulizie, spia i teoremi del professore alla lavagna per prenderne il posto, ma Adrian non è un genio e non sono i teoremi a interessarlo ma i numeri sulla rubrica del telefonino. Finge di essere uguale a Lizzie, e fingere è ciò che gli riesce meglio, lo stiamo imparando.

Si consumano tutte uguali le loro notti, Adrian scrive e scrive e si nega. Bisognerebbe fare caso a questo loro scriversi: le frasi secche di lui, centinaia di monetine dei messaggi ricevuti, sono istigazioni e tormenti, nessuna traccia di dialogo; le risposte di lei invece sono lunghi sforzi per mantenere intatta l'idea di Adrian come l'abbiamo conosciuto, il ragazzino solitario che la notte ce la metteva tutta per sedurci, niente a che vedere con Adrian99Z37.

Non si vedono. Lizzie è sempre più magra, da mesi non la sento presentare un progetto importante, alle riunioni attorno al tavolo di vetro rimane in silenzio, alla peggio spia il cellulare: la pelle del collo è diventata carta velina, le si vedono le vene azzurre sui polsi e mi vengono i brividi a pensare che Adrian non esiterebbe (non ha esitato?) a trovare la vena.

Lui invece trionfa nel corridoio d'esecuzione: ha preso appunti in ogni conversazione notturna e ora li rivende con calcolo. Basterebbe conoscerlo un poco per capire che non è capace di inventare le visioni che illustra con ostentata spigliatezza, sarebbe sufficiente fare caso a come dispone in fila le parole per notare l'inesistenza in lui di talento creativo, ma la sua voce è seducente e quello spaventoso blu Klein inganna. Così lo ascoltano e gli danno credito, lui misura i passi nel corridoio d'esecuzione. Prima nella zona nord IMMAGINATORI, fino alla scrivania di Lizzie (è quella che desidera! più di quanto abbia mai desiderato una donna), lì si ferma a parlare con la biondina che è un facile aggancio e favorisce lo sfoggio di disinvoltura: rimane appostato fino a quando non incrocia lo sguardo di Lizzie e solo dopo procede verso il panopticon in vetro delle riunioni dove ha preso l'abitudine di sedersi accanto al direttore generale per fare scivolare nel suo orecchio sussurri appropriati, quel tipo di racconti azzeccati che Lizzie gli regala ogni notte, perché è un modo per renderlo felice.

Adrian ottiene una scrivania più grande, una poltrona a colori Mondrian disegnata da Marcel Wanders, un ficus: i suoi passi si fanno per questo più risoluti. Si nega a Lizzie con maggiore sicurezza. Fa di peggio. Dà appuntamenti che dimentica, cambia i piani all'ultimo minuto, favorisce l'incertezza. E io assisto incredulo all'incapacità di Lizzie di sottrarsi.

Dovremmo considerare che l'Acquario è il posto migliore al mondo dove produrre e smerciare immaginazione ad alto potenziale reattivo, universi su universi virtuali che fanno leva sui punti vulnerabili delle psicologie e generano dipendenza. Ma l'immaginazione non ha mai ucciso nessuno, vero?

Quel sabato di gennaio. Piove, l'aria è appiccicosa e l'umidità si incolla alle finestre, il cielo immoto. Lizzie nel letto con il computer sulle ginocchia e la spia in alto a destra sullo schermo a indicare la mail di Adrian ancora accessibile a mano libera. Molte vite che non sono la sua, perlomeno non la sua come l'ha raccontata a noi che gli abbiamo creduto. Chi è Adrian?

Lizzie digita Adrian99Z37, appare la foto che ormai ci è familiare: diciotto anni e un cappellino da baseball calato sugli occhi.

E allora va bene. Diamo pure corso a questa disgrazia. Smettila di pensare. Avanti! Veloce! Fallo! Tanto nessun limite ha più importanza se siamo arrivati a un punto dove i corpi esangui non hanno tregua e il letto resta mezzo vuoto. Trova un nome comune, dati biografici credibili, una foto così reale da essere irresistibile in un mondo fake. Ecco fatto. Diciannove anni, per la cronaca. Innocente e sexy come una cugina che abita lontano. Inventare profili desiderabili è un'attitudine che Lizzie ha trasformato in lavoro. Sa che una biografia di amici e relazioni è il minimo di cui si possa dotare un'identità prima di renderla utilizzabile, e lei è più rapida di chiunque altro a costruirla. Così siamo già troppo avanti, nel regno dell'irreparabile, e Lizzie è a pochi passi da Adrian99Z37.

Lui la trova, naturalmente. E se c'è un istante in cui uno dei due, o entrambi, intuisce il pericolo di quello che stanno per fare, se un dubbio di verosimiglianza si insinua nella trama delle loro narrazioni, lo ignorano e danno corso alle azioni: tanto ogni cosa è innocua in un mondo senza corpi, *vero?* Non può accadere niente di peggio. Ognuno tra le proprie lenzuola, lontani, soli con il loro immenso potere d'invenzione, hanno trovato un altro modo per parlarsi. E com'era prevedibile non porta niente di buono.

"Ciao piacere Adrian."

Le scrive per primo. La buona educazione così familiare che ferma il cuore, forza il riconoscimento, le sillabe identiche del nome. Una vertigine difficile da osservare senza caderci dentro. Le storie si moltiplicano e i personaggi rispondono tutti allo stesso nome. Sono le 15.37.

"Ciao" risponde Lizzie.

"Come ti chiami?"

15.39.

Lizzie compone il nickname che ha scelto. Qualcosa come Amy o Laura.

"Di dove sei?" le chiede.

La biografia di Lizzie è plausibile. "E tu?"

Adrian ha molte biografie plausibili e nessuna esitazione nell'usarle.

"Hai whatsapp?" le chiede, è la sua terza domanda.

15.41. Crack!

Il ghiaccio s'incrina. Il piede è stato troppo precipitoso. Non si è mai così rapidi nei mondi virtuali, c'è un codice di riti e tempi da rispettare per giungere alle condizioni minime di un'intesa. Questa accelerazione innaturale è una stonatura percettibilissima dall'orecchio assoluto di Lizzie. Come i dettagli della biografia di Adrian che mettono alla prova il suo senso della coerenza, eppure lei non ci fa caso o gli dà credito. Un patto narrativo che funziona benissimo, il loro – vogliono credere alla loro storia, per quanto inverosimile appaia.

"Sì, certo. E tu?" risponde, e nemmeno si accorge di usare un eccesso di punteggiatura.

Adrian99Z37 ignora la domanda: "Mi lasci il tuo numero?".

15.42.

La precisione senza fronzoli di un cecchino in appostamento.

"Tu mi dai il tuo?" scrive Lizzie di rimando.

Sono sempre le 15.42 e lei ha appena dato una risposta

plausibile per il suo nickname, adatta a una diciannovenne che sta flirtando con uno sconosciuto.

Silenzio.

Un silenzio di ventitré minuti.

16.05.

"Sei un fake" scrive Adrian99Z37, e chiude la connessione.

Fine.

*

È la fine. Lizzie tra le lenzuola guarda ancora quel diciottenne con il cappellino da baseball e l'aria poco istruita che non è Adrian, eppure lo è. Ricercare la verità, saperne di più, è davvero pericoloso. Essere messa al corrente dei fatti, molto più che averli istigati, è la sciagura di Lady Macbeth. Mi sono chiesto molte volte quale sia stata la mia colpa a questo punto della storia. Forse avrei dovuto fermare Lizzie, prenderle la mano perché si alzasse dal letto, farle indossare vestito scarpe e rossetto, portarla lontano da quelle parole che proliferavano e proliferavano, renderla felice. Ma non c'è niente di peggio che impedire ai desideri il loro corso, ostacolandoli li rafforziamo e basta, come la più desolata delle speranze o gli addii senza spiegazioni. Rimaniamo dunque a guardare, senza chiederci come andrà a finire.

Adrian99Z37 ha un cognome. Turbata dalla risolutezza di quella chiusura, dalla rapidità con cui ha mirato all'obiettivo, ha verificato ed è passato oltre, Lizzie lo cerca in rete. Compare un unico risultato, come accade per le identità create da poco, vergini dalle tracce del tempo: nomi che non si legano a classifiche di corse campestri liceali né a vergognose gare di nuoto in provincia, nemmeno a fotografie scattate dall'immancabile custode di pomeriggi sulla neve o feste di compleanno. Niente. Adrian99Z37 sembra nato diciottenne in camera iperbarica. L'unica occorrenza è una pagina in una delle nostre piattaforme social. Lizzie vi accede senza esitare: ormai tutto è lecito in questa storia dove si gioca a mano libera con la finzione e non c'è nulla di certo – non questo mio racconto, verrebbe da dire.

Lizzie è troppo esperta per non accorgersi che la pagina è fasulla. In un luogo fatto apposta per esibire desideri e bisogni, auguri di compleanno, pose ciniche o divertenti, Adrian99Z37 non ha niente che rimandi a una firma o a un cuore personale. Sotto il suo nome scorrono sequenze di immagini con scritte ad effetto, del genere che si trova in rete con una ricerca grossolana: "quelli che ora sembrano senza cuore hanno creduto troppo in qualcosa" oppure "se era grande quello che hai superato, sarà immenso quello che raggiungerai", in un'aria da tatuaggi a china.

Nessun diciottenne farebbe dichiarazioni simili sulla propria pagina: diciotto anni è un'età troppo veloce per rimpianti e prolungate recriminazioni, tanto più per sfoghi che – ci dicono gli studi commissionati dall'Acquario – caratterizzano le pagine fake usate da utenti alla ricerca di una seconda vita. Paranoici della privacy, gente piena di segreti e desideri vietati.

Ma non è solo questo. Lizzie conosce meglio degli altri le ragioni del successo delle nostre piattaforme sociali: è la promessa di infinite occasioni, la sospirata facilità di amicizie e amori che nascono e vanno in fumo senza che i corpi ne siano intaccati – interazione, interazione planetaria illimitata, non sentirsi mai più soli. Invece la pagina di Adrian99Z37 praticamente non ha scambi interpersonali. Nei commenti ricorrono appena quattro o cinque nomi. E, verifica Lizzie con mestiere, Adrian99Z37 non compare mai nelle pagine di questi quattro o cinque amici. Un errore comune, dimenticarsi che nelle relazioni umane governa la reciprocità, e il mondo virtuale non è un'eccezione.

Allora perché la pagina di Adrian99Z37 non è stata bloccata? L'Acquario paga una schiera di ragazzini svegli che da scantinati poco areati mettono a punto sistemi sempre più sofisticati per controllare, verificare, disattivare qualsiasi forma di falsificazione e uso improprio delle nostre piattaforme.

Negli spazi con il copyright dell'Acquario puoi essere tutto quello che non sei nella vita reale, a patto di dichiarare il tuo nome e cognome, che la tua firma non abbia titubanze. Adrian99Z37 è sfuggito ai controlli. Naturale, Lizzie non scrive ogni notte a un paranoico con problemi di socialità, ma a qualcuno di più pericoloso. La pagina, a differenza di quelle false, è piena di foto. Il diciottenne con l'onnipresente cappellino da baseball abbracciato al suo husky, a letto con la fidanzata, in auto o in un locale notturno con gli amici, altri amici. Bisognerebbe fare caso alla luminosità dei volti, la luce arriva uniforme su tutti i soggetti? I bordi sono stati abilmente scontornati? Una verifica che potrei fare in pochi minuti. Ma non è questo ad attirare Lizzie. Lizzie che, ricordiamolo, desidera credere alla versione di Adrian com'era in tutti i mesi che ci sono voluti perché lei si dimenticasse di averlo trovato bruttino, e quindi scorre un'informazione dopo l'altra senza elaborare, il livello di consapevolezza professionale tenuto al minimo. Arriva in fondo.

"Adrian99Z37 è in una relazione." Proprio così. Non può essere nessun altro che Adrian. Ha controllato di nuovo. Nella casella di posta ancora accessibile sul suo computer c'è l'indirizzo mail connesso a quel nome, una sequenza di numeri troppo lunga per essere ripetuta identica dal caso, e le coincidenze sono trucchi da romanzieri scadenti. Ho controllato anch'io, spinto da un uguale moto di eccitazione o spavento. Fino a che punto Adrian...?

"Adrian99Z37 è in una relazione." Così dice l'opzione che abbiamo aggiunto di recente in questa piattaforma, perché i profili possano avvicinarsi il più possibile ai corpi vivi. Una formula che assomiglia a una cattiva traduzione.

Ci sono una foto e un nome. La foto è anonima, uno scatto qualsiasi rintracciabile nella rete, con qualche filtro. Poi c'è il nome, della fidanzata di Adrian99Z37.

Lizzie Bellabianca.

Lizzie sorride. Sorride, dio mio! Io, per l'ultima volta e come accade quando si riceve un colpo mortale e tutto è già accaduto ma il proiettile è ancora in aria o la lama sulla punta della pelle, con la stupida speranza che si possa ignorare e perfino cancellare l'irreparabile, io per l'ultima volta penso ad Adrian come al mio caro amico, l'innamorato instancabile di Lizzie. Uno strano, certo. Qualcuno da cui guardarsi? Forse sì, ma non una persona pericolosa. E a questo punto, finalmente, Lizzie fa una cosa da Lizzie. Agisce e non pensa, non si cura delle conseguenze: ed è il preludio di un precipitare che non si annuncia con grandi squilli di tromba, con rombi simili a quelli di una moto che dà gas in cima a via San Michele e se ne va per sempre. No, questa volta è il tubare monotono del telefono che cerca di raggiungere Artax, un contatto che solo chi ha accesso alla rubrica riservata dell'Acquario può conoscere.

Lizzie cripta il proprio numero e chiama. E Artax, dopo aver bestemmiato allo schermo ottantacinque pollici dove è in corso una battaglia nella Gerusalemme dei Templari, dopo avere scavalcato cartoni di pizza e lattine di Coca-Cola e fazzoletti usati, trova il telefono e risponde.

«Ciao Artax. Mi serve il tuo aiuto.»

*

Ma andiamo di nuovo indietro, prima che le parole di Artax segnino una riga nera sul foglio, prima che il potere dei fatti renda superfluo il raccontare e inutile la fantasia. Ricordatevi che non sto dicendo la verità su Adrian e su Lizzie, li sto raccontando a partire da quello che è successo nelle nostre vite in quei due anni e mezzo che ci hanno visto inseparabili, a partire dal mio stesso attaccamento. Non sto ricostruendo niente con le parole, d'altra parte è impossibile farlo, le parole sono un danno, lo sono sempre.

Da dove arriva allora questo loro identico bisogno di raccontare, di manipolare la memoria e il destino? A lui è l'inizio che manca, non si può mica essere il prodotto di una partenogenesi nemmeno ricercata: dov'era l'Altro, il volto più alto nelle fotografie, la seconda firma dei documenti, il donatore di Legge, per dirne una? A lei è scivolato fuori dalle tasche, quel bel sole di pomeriggi marini e prodezze. Hai gli stessi occhi del tuo papà, le dicevano, poi non l'hanno detto più e hanno solo lasciato cadere sguardi di pena. E allora eccoli, i due ragazzini solitari e strafottenti, armati fino all'osso e consapevoli che tutti possono sopravvivere ai più grandi dolori, anche gli altri. Eppure non hanno idea di cosa ci fanno sulla terra, nei propri panni, hanno bisogno di scovare qualcuno che glielo sappia dire.

Adrian sale su un treno per andare da quello sconosciuto che è suo padre. Ha ventun anni e suo zio, in un moto di comprensione per quel nipote dall'espressione perennemente angustiata, o in risarcimento, ha trovato l'indirizzo. Adrian non ha fatto parola delle sue intenzioni con la nonna, tanto meno con la madre, che sente al telefono una volta al mese. Ha una fidanzata dolce che lo porta nella barca di famiglia per il fine settimana ma è troppo perbene per chiedersi chi sia lui davvero. E se non esistesse? Se suo padre non fosse mai esistito? Disperso al mondo assieme a quell'unica occasione mancata.

Si guarda allo specchio e cerca di ricostruire un volto a partire dalla propria linea delle sopracciglia o dalle labbra sottili. Prova a rincuorarsi ma è sempre solo nelle stanze.

Sale sul treno, in tasca c'è l'indirizzo di un paese sul mare che non ha mai sentito. Appoggia la testa sul finestrino mentre fuori scorrono risaie e valloni, il buio di una galleria e poi di colpo il mare come uno strappo blu, ancora il buio. Per anni ha lavorato all'idea di suo padre, fino a ottenerne una biografia infallibile: un adulto egocentrico, un conformista che gioca al rivoltoso, la casa con i divani coperti da lenzuoli bianchi e le amanti giovanissime, uno che possiede l'indiscussa dote di far ridere la gente, segno di un saper vivere indispensabile e snob. Invece Adrian a ventun anni prende tutto con troppa intensità, si fa sfuggire la leggerezza della battuta.

Arriva alla stazione alla fine del giorno. Non hanno ancora acceso le luci, si sistema la camicia dentro i pantaloni e sente distintamente le pulsazioni del sangue in gola. Stanno annunciando il prossimo treno, suona la vecchia campanella: è una stazione con gli archi di legno e le panchine, sopravvissuta per le case dei villeggianti metropolitani. Adrian si tiene alla larga dai colombi, ha un bagaglio leggero e per un attimo considera l'eventualità di andare a piedi a casa di suo padre. Ma non è più un bambino. Esce sulla strada che fa una curva scura, da dietro gli alberi si vedono i fari avvicinarsi. Il cielo azzurro e viola sa di grigliata e zampironi, iodio marino, di venerdì sera. Lui aspetta paziente l'accostarsi di un taxi. Recita all'autista l'indirizzo, un mantra pieno di significati, e l'altro annuisce come fosse l'unico luogo possibile verso cui dirigersi.

Adrian sul sedile posteriore fa cerchi concentrici con il piede, emozionato quanto Werther al cospetto di Carlotta, chiude gli occhi. Se non dovesse trovarlo in casa? O peggio, se non lo riconoscesse? È preparato all'idea di sorprenderlo in compagnia, di una donna o di amici in tenute di lino, ha studiato un discorso e provato diverse volte i gesti davanti allo specchio. Ha scelto una camicia bianca, i pantaloni dell'esame di maturità che tengono caldo e irritano la pelle dietro le ginocchia; prima di scendere dal treno si è versato sul collo e sui polsi un profumo che ha requisito nel bagno di suo zio e ora se ne pente perché gli dà la nausea. Si è portato dietro la medaglia vinta al certamen di latino per mostrarla a suo padre.

Lo zaino tintinna tra le gambe e lui si ricorda di fare attenzione, porta in regalo una bottiglia costosa.

«Non sei di qui, vero?» chiede il tassista guardando la strada.

«No.»

«Si capisce» dice, e finisce lì. Adrian non chiede.

Avanzano in silenzio, poi come a un segnale convenuto si accendono i lampioni.

«Come mai da queste parti?»

«Sono venuto a trovare mio padre.»

Il tassista alza gli occhi nello specchietto retrovisore, con quella che Adrian interpreta come un'occhiata di curiosità o ammirazione. Suo padre dev'essere conosciuto da quelle parti.

«Hai l'aria di non esserci mai venuto. È la prima volta?» «No» mente, poi aggiunge: «Però di solito ci vediamo al ristorante».

Il tassista lo guarda di nuovo dallo specchietto ma non dice nulla. Accende la radio. Adrian stringe i ganci dello zaino e improvvisamente vuole aggiungere qualcosa.

«Mio padre ci tiene molto che io venga qui, vuole farmi conoscere i suoi amici. È molto legato a questo posto. Quando è a casa dà sempre delle feste, magari ne ha sentito parlare.»

Un'altra occhiata dallo specchietto: «No, mi dispiace».

«Ha vissuto molto all'estero, mio padre» continua Adrian, con il piede che disegna cerchi più stretti. «Ma credo che adesso abbia eletto questo posto a sua nuova residenza. Non si sta male, vero?»

Il tassista ora guarda dritto e stringe il volante con entrambe le mani, la strada è deserta e crepuscolare, ci sono solo lo scorrere liscio delle gomme di un taxi fantasma e la radio con gli annunci del traffico.

«Anche a me non dispiacerebbe trasferirmi» continua. «Me l'ha chiesto molte volte, c'è talmente tanto spazio in casa sua... Le case sono tutte così grandi da queste parti?»

Il tassista non stacca gli occhi dalla linea di mezzeria: «Sì, alcune».

Adrian dice ancora qualcosa che cade nell'aria di pino mugo dell'abitacolo, poi in un punto imprecisato del suo soliloquio, quando ha già il cavallo dei pantaloni e la cintura zuppi di sudore, viene interrotto: «Siamo quasi arrivati».

L'auto sterza su una strada in discesa senza lampioni, l'asfalto è tutto una buca, ai lati ci sono ulivi argentei e qualche bidone delle immondizie rovesciato. Sono gli ultimi metri prima della villa, che forse darà sul mare. Adrian ha perso il senso dell'orientamento, è emozionato e per un istante si chiede se non sarebbe stato meglio avvisare. Si sistema il collo della camicia, si annusa i polsi. Prova al buio un sorriso per il palcoscenico. Le scarpe sono rimaste abbastanza pulite.

«Ecco, siamo arrivati» dice il tassista spegnendo il motore.

Fuori dal finestrino ci sono altri ulivi e la strada. Sta per dire qualcosa ma poi vede sullo sfondo crepuscolare, a pochi metri, un profilo e il punto di lucciola di una sigaretta. Senza tempo per pensare i muscoli si slanciano fuori dal taxi, come se da un momento all'altro quell'apparizione potesse scomparire. Non scorge nessuna casa ma è certo che quello sia suo padre. *Papà*. Provare a pronunciarlo ad alta voce – chiamare papà come fanno i bambini la notte dai lettini febbricitanti, e lui qualche volta ci aveva provato, a tre o quattro anni, quella parola conosciuta per un volto sconosciuto, e c'era stata solo un'eco ripetuta a non finire, fino a quando sua nonna si alzava e gli diceva di smetterla, tesoro mio smettila, smettila.

La sagoma scura ha sentito il rumore dell'auto e ora guarda nella sua direzione. Immobile l'uno, quasi corre l'altro. L'aria nel mezzo è da buttar via, frutta lasciata marcire e pesce del giorno prima. Quando è a meno di due metri non resiste e alza il braccio, il saluto di due persone che si conoscono. L'altro ha un cappello a tesa larga schiacciato sulla fronte, risponde con un cenno esitante.

Quando sono vicinissimi Adrian ha un pensiero, non si chiede se quello sia suo padre, ma piuttosto: se non volesse vedermi?

È troppo tardi. L'uomo che è suo padre alza il viso e il cappello, ha occhi blu Klein e labbra sottili, la barba di due giorni.

«Salve... cioè, ciao...» Non gli esce *ciao papà* come aveva provato, gli riescono invece i gesti e tende la mano.

«Tu...?» Suo padre stringe gli occhi come se in quel buio chiaro ci fosse troppa luce, non sembra ostile. «Tu sei...»

La mano viene stretta. Una presa che non aveva previsto così debole.

«Adrian... sì... tuo figlio...»

«Adrian.»

«Sì, ecco scusami, non ho...»

«...»

«...»

Le spalle di suo padre hanno punte ossute dentro la camicia a quadretti da pensionato, i pantaloni sono arricciati in vita da una cintura come fossero di una taglia sbagliata e si increspano sull'inguine. Un sorriso da miseria e furbizia. «Fa caldo qui» dice Adrian, e alza la testa al cielo per distogliere lo sguardo da quello specchio. Conta, nella testa recita uno, due, tre, quattro... scompone l'ansia in blocchetti, per rallentare il respiro e non far vedere che sta tremando.

Il cielo è un filo conduttore dei loro pensieri.

«Sei venuto in treno?»

«Sì, in treno.»

«...»

«...»

«E... hai fatto buon viaggio?»

«Sì... credo di sì.»

A suo padre manca un dente, lo vede ogni volta che apre bocca. Vede anche le panchine di ferro alle sue spalle e la siepe stecchita, un cestino colmo di giornaletti pubblicitari.

«Quanti anni hai?»

«Ventuno.»

«Ah, sì... ventuno.»

«Compiuti.»

A suo padre trema la mano della sigaretta, ha piedi infilati in scarpe di tela sbiadita. Gli sorride in un modo che ad Adrian fa girare la testa, mellifluo e disperato al tempo stesso. Un sorriso da seduttore invecchiato con desideri sordidi a letto, si scopre a pensare con schifo. Anche così, con la camicia da parole crociate e cibo riscaldato, emana un'idea di sesso. Adrian ne è disgustato, e attratto.

«Così mi hai trovato.»

«Io...»

«Hai fatto bene, hai fatto bene a venire.»

«...»

«Sei un bel ragazzo.»

«Grazie.»

«Sei vestito da uomo.»

«Sì.» Adrian si chiede se ha sbagliato qualcosa, avrebbe dovuto essere diverso? Poi il padre fa un cenno alle sue spalle: «Vuoi bere qualcosa?». E sembrerebbe l'invito maldestro di qualcuno che si trova, suo malgrado, a gestire l'arrivo di un ospite inatteso e confida che la buona educazione verrà respinta. Ma suo padre ha quell'identico blu Klein che ora brilla senza possibilità di equivoci. È felice di vederlo. Disperatamente felice di vederlo. Alle sue spalle non c'è niente.

«Io...»

Poi lo vede. Dove finisce la pendenza della strada c'è un condominietto di tre piani con i balconi scheletrici, le ringhiere forse dipinte di azzurrino, l'intonaco a pezzi e la pompa dell'acqua, un'automobile parcheggiata di sbieco nel ghiaino. È qui che vive suo padre? Lo guarda tossire e sputare per terra un grumo di catarro, come i vecchi, quel padre che era una fantasia giovane e bella, un figlio di puttana, un casanova cattivo di quelli che considerano i figli creature che impediscono la magnifica creazione di se stessi e quindi li abbandonano. È tutto qui? Un appartamento anonimo che promette mobili di formica e televisore via cavo, i volantini con le offerte del supermercato cerchiate a penna. È qui che Adrian è venuto per trovare una risposta al suo dubbio di essere niente? Da qui dovrebbe iniziare la sua storia o una prova di identità? La sua camera a casa della nonna ha ancora la tappezzeria con gli animali e nelle stanze dove vive adesso c'è un cassetto colmo di camicie su misura da indossare a cena dalla fidanzata.

«Fermati a bere qualcosa...» ripete suo padre, e fa con la mano un gesto al cielo, di allegria senza scampo. «Mi fa piacere.» Lo sta implorando.

Ma Adrian lo vede per quello che è, l'esponente mirabile di una generazione, un adolescente libero, povero e nostalgico, in cerca di tenerezza e riconoscimenti ora che è rimasto solo, un egoista di poco talento che ha fatto la rivoluzione contro le tovaglie di fiandra e i bicchieri baccarat per finire a vivere in un appartamentino da figlio ritardato di madre vedova. Di colpo quell'aria stantia gli toglie il fiato.

«Adrian...»

Suo padre ha gli occhi lucidi. Non può essere questo l'inizio, il compimento, il senso di una cosa come se stesso. Adrian è arrabbiato, sta parlando con uno sconosciuto! Non hanno niente a che spartire loro due! Nello zaino ha quella stupida medaglia ad attestare che lui ha fatto le scuole giuste, il liceo migliore della città, e che ha studiato sodo, ha imparato a farsi la doccia ogni sera e a offrire la cena alla sua fidanzata perbene. E allora perché quegli occhi, perché quei piedi nelle scarpe impolverate, perché questo sentirsi più vicino a lui che a tutto il resto? Perché il desiderio di compiacerlo, di essere suo figlio con ogni certezza?

«Vieni, entriamo» dice suo padre allungando la mano per toccarlo nel buio totale di quello smarrimento.

Adrian fa un salto indietro.

«No.»

Ha la gola piena di lacrime. Di rabbia? No, è vergogna: di non farcela nemmeno questa volta a trovare un inizio, un'uscita. Di non riuscire a riconoscersi. Si gira prima che si vedano i singhiozzi. Corre via, suo padre indietro per sempre. *Papà*. Non voltarti, come i veri vigliacchi. *Ero venuto...* Non ce la fa. Il tassista sta ancora aspettando di essere pagato e lo riprende a bordo senza fiatare.

Nei sedili di pelle arbre magique il pianto gli esplode nei polmoni, convulsioni che lo scuotono dalle spalle alle orecchie come capita ai bambini molto piccoli, e fuori dal finestrino non è nemmeno buio pesto, c'è quella luce blu e rosa che spezza il cuore e il languore esasperante del mare. Essere venuto qui è un'attestazione di esistenza senza alcun senso. A ventun anni ha appena iniziato una nuova vita e non ha intenzione di rovinarla con un passato del genere. E allora? Dimenticare tutto, è così che si fa? si chiede. Tutti i pomeriggi da bambino in cui ha smontato la casa pezzo per pezzo in cerca di una foto e una traccia, un vestito lasciato indietro.

Non chiedere mai nulla per non avere sotto gli occhi le preghiere di sua nonna, sua madre che se ne vuole liberare.
«Tutto a posto?» chiede il tassista.
Adrian alza il mento sorpreso, prende fiato.
«Sì... credo... no.»
Il tassista sorride. Fruga nel cruscotto, gli passa un pacchetto di kleenex, ha ancora la radio accesa sul notiziario del traffico, ora dicono che è in arrivo un caldo da record. Adrian non è abituato a ricevere conforto, né a piangere così su se stesso senza ritegno.
«Era tuo padre?»
«Uh uh.»
«Bel tipo.»
Adrian non capisce, gli gira la testa. Nel sedile posteriore c'è un caldo da mal di macchina.
«E ti sei fatto tutta la strada fin qui per questo?» insiste, gli lancia un'occhiata.
«Sì... io...»
«Bella storia.»
«Mio padre è...»
«Un tipo ambizioso, eh?» Dà una pacca allegra sul volante. «Uno a cui piaceva farsi vedere in giro la notte, lo sai?»
«Mio padre è un artista» riesce a dire, prendendo un respiro che gli gonfia le parole colorandole di un orgoglioso blu Klein. «Gli artisti vivono così, se ne fregano delle apparenze, sono coraggiosi e liberi» si sente dire.
«Ma dai!» scoppia a ridere l'uomo. Una risata incontenibile. Non la smette proprio. *Ahahahahahahahah.* E poi?
«Parli come un murales della stazione, ragazzo» dice.
Un murales della stazione.
Lui è questo?
Un murales della stazione. E stava dicendo...
Uno che suscita le risate di un autista di taxi. Mentre dice di suo padre, e si asciuga gli occhi con la mano.
'Fanculo. La porta segreta si è chiusa con un colpo. Non essere mai più te stesso. Non davanti a questo mondo. Non dire a nessuno chi sei davvero, non farlo mai più, non mostrare

i tuoi ingenui desideri. P-o-s-s-o-f-a-r-c-e-l-a. Quando ti chiederanno cosa ti è successo, quando ti faranno domande sull'infanzia e i tuoi genitori, quando te lo chiederà a letto la tua bella fidanzata o uno degli insegnanti di cui diventerai facilmente il prediletto, basterà rispondere che non ricordi. Non una menzogna. Finzione e omissione. Raccontare tutto da capo, un'altra storia. Io sono un'altra storia, molte storie, e voi non saprete mai qual è quella vera. In fondo, i testimoni originari se la sono tutti data a gambe.

*

E Lizzie? Speculare, identica, neanche a farlo apposta.

Ha diciotto anni e ha smesso da tempo di scrivere strazianti cartoline al padre, "Papà, quando torni a prendermi?", a cui lui non ha mai risposto. Ha imparato metodi di sopravvivenza già alle elementari, quando la moto del padre parcheggiata in bella vista sul tratto di costiera in Costa dei Barbari faceva bisbigliare sopra la sua testa le mamme e le baby-sitter ai cancelli della scuola e lei, non sapendo se piangere o alzare le spalle, aveva scoperto il cinismo con facilità. Ha attraversato le superiori indenne grazie alla fama della sua cricca, le sue migliori amiche erano le ragazze più ribelli, quelle che visitavano le nostre fantasie pomeridiane. Lizzie appoggiata alla balaustra del cortile, attorniata da ragazze che fumano e portano baschi, camicie con il fiocco degli anarchici e braccialetti ai polsi e non perdono mai la battuta; Lizzie così sola che a passarle accanto con troppa rapidità potresti mandare in frantumi tutta la recita. I professori sono diffidenti, ma le danno voti alti in scienze e italiano.

Il giorno in cui Lizzie incontra un uomo che ha una moto come suo padre e la stessa ambizione scientifica – anche lui studia le stelle, come mezza città d'altra parte, indiani compresi –, si aggiunga che le dimostra anche una certa dedizione, be', è prevedibile che Lizzie sia pronta a innamorarsi di lui. Aggiungiamo pure che non ha diciotto anni come Lizzie ma una ventina di più.

I due si frequentano per qualche mese. Lui le regala scarpe col tacco e vestiti da donna che lei indossa senza obiezioni; la porta a cena in ristoranti con vino scadente e vecchi camerieri, lei li trova noiosissimi ma sorride; lui cambia i piani all'ultimo momento, cancella i loro appuntamenti, a volte la vuole vedere solo per una decina di minuti, e lei impara a tenersi libera. Dettagli, questi, che vengo a sapere molto tempo dopo. In quei giorni, agli occhi che la seguono quando attraversa la piazza grande e le strade ventose del ghetto, e tra questi i miei non mancano mai, Lizzie appare la stessa della scuola: con quella sua calma sovvertente, il distacco degli straordinariamente belli che sembrano sempre altrove, e una certa lentezza nell'incedere che non ha mai perso.

Nessuno di noi avrebbe mai immaginato una versione di lei con un broncio remissivo sulle labbra; non c'era neanche da sognarselo che Lizzie potesse accettare di buon grado limitazioni e richieste, che acconsentisse a passare ore in una sala da biliardo a guardar giocare uomini in giubbotto di pelle e coda di cavallo. Le chiedevano: «Ma tu non ridi mai, eh?», «Di', non ti diverti ragazzina?», «Se ti racconto una storiella me lo fai un sorriso?». Strizzavano l'occhio, le guardavano le gambe nude. Qualcuno, di solito il proprietario del locale o il ragazzo che serviva al bar, diceva: «Lasciatela in pace», e il modo in cui lo dicevano le faceva venire voglia di piangere.

A noi continuava a sembrare l'apparizione irraggiungibile di sempre.

Come faceva la nostra feroce fantasia a diventare la ragazza accomodante seduta dietro la moto di uno scienziato ormai fuori età per brillare del fascino del genio? Detto in altre parole, perché l'inavvicinabile sogno della nostra adolescenza si era innamorata di un tiranno mediocre? Dire che la somiglianza con suo padre aveva fatto piazza pulita di ogni difesa è troppo facile. Spiegare tutto con gli onnipresenti problemi delle ragazze con il proprio padre è roba da Novecento austro-ungarico o da nevrosi newyorkesi. Certo, quel suo portarla in moto la notte, quei suoi discorsi sui moti del cosmo... No, è più semplice. Quando Lizzie usciva nuda dal bagno, la consistenza delle sue cosce, la pancia tesa e i seni appuntiti, la totale assenza di malizia che hanno i corpi giovani nel mostrarsi nudi, lo lasciavano senza fiato. Ed essere a tal punto ammirata confortava Lizzie. Era la semplice maturità, l'assenza di ambizioni giovanili, l'ostentazione di un desiderio che aveva lei come centro a rassicurarla, le diceva una cosa precisa: tu hai tutta la vita davanti e può essere così per sempre. Scongiurava la morte, rimpiazzava la perdita.

Dopo la partenza di suo padre è la prima volta che Lizzie torna a essere la bambina molto amata che è stata, così si insinua in lei una strana fiducia che la rende docile, accomodante in modo inverosimile. Essere desiderati spesso ci porta a cedere nei momenti sbagliati, fa pensare di poterci mostrare nudi, o di potere raccontare i nostri segreti come se l'orecchio appoggiato al nostro braccio sul cuscino fosse disposto a sentire per il semplice fatto di essere appoggiato al nostro braccio sul cuscino, e così ci mostriamo indifesi proprio quando non dovremmo.

Lizzie tra le lenzuola: «Ho trovato il diario di mio padre» dice, stringendosi a quel fianco nudo. «Era nel cassetto della scrivania, nessuno ha pensato di guardare lì dentro.»

«L'hai letto?» le chiede lui senza aprire gli occhi.

«Non subito. È come... come quando sei sicuro di aver trovato la combinazione di una cassaforte e allora non hai più tutta questa fretta di aprirla. Inizi a pensare che se attendi più a lungo, il tesoro diventerà sempre più prezioso, no?»

«Non ti seguo.»

«È l'unica cosa di mio padre rimasta in casa nostra» dice sovrappensiero.

«L'hai letto o no?»

«Sì, alla fine l'ho letto.»

Lizzie fa una pausa, adesso non è più tanto sicura di voler raccontare avanti. Gli appoggia una mano sul petto aspettando che lui la abbracci, ma non accade.

«Quindi?» chiede spazientito.

Lizzie si morde il labbro: «Quando ho aperto il diario mi sono resa conto di non aver mai visto prima la sua calligrafia. È strano, no? Insomma, ci sono mille occasioni per scrivere, i biglietti di compleanno, la lista della spesa, le giustificazioni di scuola. Invece no, non avevo mai visto nemmeno la sua firma. Come non avesse mai scritto niente, a nessuno di noi».

«E allora? Cosa c'è scritto in questo benedetto diario?»

Lizzie ha sempre avuto un debole per gli uomini che mancano il punto, privi del senso innato che ci fa intuire che le cose importanti stanno sempre a margine dei discorsi, lasciate cadere come casualità o scarti, senza fare melodrammi; non ha mai imparato che le persone che ci vogliono bene, quelle con cui costruiamo i nostri giorni migliori, sono sempre quelle che ci sanno ascoltare, che si accorgono dei pomeriggi che abbiamo lasciato indietro, nella vecchia soffitta o sotto l'ombrellone chiuso al finire dell'estate, e li recuperano per noi. Lizzie niente, a lei piacciono gli egoisti, i fanciulli eterni e i bambini tristi, quelli che parlano alle anatre e i disturbati – Adrian.

«Be'... niente di che...» Non è facile trovare le parole adesso.

«E allora perché hai iniziato a raccontarmi questa storia?» le chiede con voce piatta, gli occhi ancora chiusi verso il soffitto, quasi non si accorgesse di averla al fianco nuda.

«C'è scritto del giorno in cui ha vinto il posto all'Area di Ricerca. E anche di quando c'è stata la grande mareggiata...»

«Tutto qui?»

«Be', no...»

Rimane zitto. Potrebbe essersi addormentato.

«C'è scritto di quella volta che mi ha portato in bicicletta lungo la strada della vecchia ferrovia, fino al confine, e ho perso il cappello.»

Lui non muove un muscolo, respira pesantemente, la mano di Lizzie sul suo petto sembra un mollusco spiaggiato e agonizzante.

«C'è anche quella storia che mi raccontava quando andavamo... il suo viaggio al Polo Nord...»

Se lui la stesse ad ascoltare, capirebbe subito che Lizzie sta per ricorrere all'esercizio che le viene più facile. Sta inventando una storia, come sempre quando si sente male. O quando la realtà non fila liscia o vorrebbe tanto che le cose andassero diversamente. È disteso nudo al suo fianco e non ha nessuna voglia di alzarsi, la consistenza tiepida del corpo di Lizzie è una benedizione diabolica. La lascia parlare e quando il racconto finisce, scoppia a ridere: «E tu? Anche tu tieni un diario dove trascrivi le tue storielle? Un tuo piccolo librino nero da riempire la notte?». Ride più forte, la mano di Lizzie gli scivola dal petto: «Questa storia del diario è tutta una tua invenzione, vero? Non c'è nessun diario di papà, solo tu che scrivi nel tuo quadernetto...». Lizzie si stacca da lui, ma non ha la forza di alzarsi. Ha un masso che pesa più di lei premuto sui polmoni. «Dai, vieni qui, dammi un bacio...» Ride.

E naturalmente c'è davvero un quadernetto nero e lei stava davvero inventando... lui non ha nemmeno notato com'era bella la storia... Attenzione! È questo ad averla ferita? Il mancato riconoscimento di un talento o l'assenza di comprensione per quel dolore dell'infanzia? Impossibile d'ora in avanti separare le due cose. Un segreto che Adrian ha capito al volo per pura simmetria, e questa è stata la fortuna o il guaio.

«Non fare la scema, vieni qui» dice infilandole una mano tra le cosce.

Lizzie non ha forze, si lascia trascinare indietro sulle lenzuola, i polpacci cedono e la vista diventa liquida, lascia che il corpo mandi qualche segnale di vita indipendente. Lui si è già dimenticato del racconto e di quello che le ha detto. Lizzie gli piace da impazzire e non ha problemi a scoparla senza accorgersi di niente. Lei lascia fare e viene senza sforzo, con la gola colma di lacrime che tanto non si vedono.

È così che finisce anche per Lizzie il tempo dorato, i pomeriggi estivi in cui sembriamo non dover finire mai e crediamo che non ci sia bisogno di grandi armate di difesa, che niente ci verrà mai portato via. Suo padre se n'era andato, è vero; eppure, quando siamo stati bambini molto amati, e Lizzie indubbiamente lo era stata, siamo sempre capaci di una seconda possibilità, il nostro cuore tarda a infrangersi nel risentimento.

Né Adrian né Lizzie potevano quindi semplicemente adattarsi alla realtà adulta, troppo teneri erano stati i loro desideri e dolorosi i tentativi di raccontarli. Disgraziato il talento di Lizzie nell'inventare storie, disperato il desiderio di Adrian di inventarne di credibili. E così è successo quello che è successo. Ciò che falsa questa storia e la rende pericolosa, ciò che arriva troppo tardi, è la verità su Adrian. Avevamo gli indizi, ma non abbiamo voluto farci caso.

*

Veniamo ad Artax ora. E questo mio aver procrastinato fin qui è solo il segno che mi rifiuto di credere a quanto mostrano con evidenza i documenti e i dati. D'altra parte, amiamo tutti farci incantare dal prestigiatore alla fiera del paese, ma chi è mai stato a bocca aperta davanti a una lastra a raggi X? No, la contraffazione ha sempre vinto a mani basse sulla verità. Le storie sulla realtà. Ma gli spettacoli di magia hanno sempre un termine e le storie una fine, calano le luci sulla scena, l'applauso spezza la cornice ed è così che noi possiamo riemergere alla realtà e non diventare pazzi.

È un moto della salute quello che (miracolosamente!) ha mosso le dita di Lizzie sul cellulare per farle comporre il numero di Artax. Aiuto! Sos! Mayday! Prima che qua sotto sia troppo tardi. Una mancanza di ossigeno tra le tonsille e la gola. O un dolore assordante. Artax risponde e Lizzie non esita: gli racconta tutto quello che sa. Non c'è nessun commento attorno al nome di Adrian, tanto meno sul fatto che lei per mesi abbia consultato la sua posta, questa non è una storia di buoni borghesi e i loro scrupoli. Artax raggiunge uno dei suoi computer e inizia a cercare.

«Resta in linea» le dice.

Rumori di dita sulla tastiera. Pausa. Tasti. Pausa. Tasti. Respiro. Tasti. «Cazzo.» Tasti. Pausa. «Aspetta. Dammi ancora un secondo.» Tasti e tasti e tasti. La calma lancinante di Lizzie.

«Davvero *tu* non hai mai fatto una ricerca?»

È la sua prima, esterrefatta, domanda. A seguire le spiegazioni. Prima di tutto le date. Non coincide niente. Quando è nato Adrian? Gliel'aveva detto durante quella prima cena insieme, in cui lui aveva raccontato molto senza fermarsi, con l'ansia di piacerle o l'allenamento all'invenzione. 1972. Stando alla data in cui si è diplomato dovrebbe avere almeno due anni di più. I registri del liceo confermano che ha studiato cinque anni senza intoppi, dove sono finiti gli anni perduti? A forzare i database del comune dov'è nato, la data del certificato peggiora le cose: 1975. Qualcosa non torna, da qualche parte qualcuno ha manipolato i numeri. Sì, certo, ma perché? Quanti anni ha Adrian? Nemmeno Artax sa stabilire quale sia il dato più attendibile.

Lizzie si ricorda quel frammento di storia, Adrian che a sedici anni viveva da solo... Perché te ne stavi in una casa da solo quando i tuoi compagni vivevano in un mondo di orari da rispettare e cene a tavole ben apparecchiate? È una domanda che sono stato tentato di fargli molte volte, e poi di colpo è diventato troppo tardi per ricevere una risposta sincera, troppo tardi perché la mia domanda non fosse un tradimento a sangue freddo, dal momento che sto compilando queste pagine. Così, per una sorta di lealtà sghemba, non ho fatto domande e ho lasciato che questo frammento della biografia del mio amico mi sfuggisse irreparabilmente.

Artax esamina gli indizi senza difficoltà. Quel nome di donna che Lizzie ha trovato innumerevoli volte nella posta inviata, l'oggetto di attenzioni non uguali ma simili alle nostre, è solo un nome. Non è la moglie, nemmeno la fidanzata dei quattordici anni, a credere che siano due persone distinte. Non è nemmeno una delle donne abbronzate e bionde che tengono seminari sui nostri mondi virtuali con spreco di aggettivi sofisticati e che Adrian idolatra. (Crede così di dimostrare una sensibilità superiore, un talento che lo rende identico agli immaginatori.) È un semplice nome a cui si collega un indirizzo di posta, un profilo in rete, un device su cui scaricare film, libri, musica. Qualcosa di simile a una persona in carne e ossa, salvo che non c'è traccia della sua esistenza.

«Potrebbe essere solo un account creato da Adrian?» chiede Lizzie.

«Non lo escludo. Anche se non capisco il perché, dal momento che sembra essere in comunicazione unicamente con lui.»

Un certificato di matrimonio, foto della moglie? Niente. Lizzie non ha notato la fede che Adrian porta alcuni giorni e altri no. Ha preso a indossarla da qualche tempo, soprattutto e quasi esclusivamente quando è con Lizzie, e io benedico un certo egocentrismo che la protegge dal notare questo sadico dettaglio. Foto dei bambini? Nessuna. Ma compaiono diversi ordini di giocattoli, una bicicletta, download di cartoni animati, cose che testimoniano l'esistenza di una vita che mantiene l'ordine e permette di galleggiare nella tempesta senza finire disperso a se stesso.

La sua biografia prima che lo conoscessimo? Quasi nulla. In una chat criptata tra hacker professionisti Artax ritrova un accenno a qualcosa che potrebbe confermare il motivo della cacciata di Adrian dal precedente lavoro, quel leggendario atto di denuncia che sarebbe costato milioni di euro. Ma di nuovo, nulla di certo.

Artax recupera una foto di Adrian adolescente nel porto di una città nordeuropea: un gruppo di ragazzi che bevono lattine di birra e portano occhiali da sole, non uno che sorrida. Difficile stabilire quale sia lui.

Ha sempre detto di non avere avuto amici quando era al liceo, pensa Lizzie.

«Lo riconosci?»

«Non lo so. Potrebbe essere quello con gli occhiali a specchio, ma anche quello seduto a gambe incrociate.»

«Guarda la corporatura.»

«Non lo so. Sei sicuro che sia lui?»

«Il nome e il cognome della didascalia sono i suoi. L'ho recuperata da un backup in remoto del cestino di un'altra sua mail. Una che tu non vedi.»

Impossibile riconoscerlo con certezza. Potrebbe essere lui, ma allora tutto quello che ci ha detto, Adrian come l'abbiamo immaginato, che spazio occupa nella realtà delle cose? Tutti quei racconti avevano il solo scopo di creare un punto di intimità con noi, di sedurre Lizzie? Sì, ma perché, visto che le cose stanno...

Artax le inoltra alcune foto di Adrian bambino. Quelle con cui io sono ormai familiare e che Lizzie non ha mai visto prima.

«Lo riconosci?»

«Come faccio? Sono due bambini, avranno al massimo sette anni.»

«Il naso, il taglio del mento, le labbra. Prova a concentrarti sui dettagli.»

«Non lo so, sembra troppo allegro.» Anche Lizzie, com'era successo a me molti mesi prima, è colpita dalla spensieratezza incoerente con le autobiografie di Adrian.

«Queste vengono proprio dal suo archivio, le ha registrate con il nome IO E CATE. Aspetta, ce ne sono altre con lo stesso nome. Che strano...»

«Cosa?»

«Apparentemente hanno tutte la stessa data di archiviazione, ma in realtà ha caricato la prima più di quattro anni fa e poi le altre risalgono a meno di un anno...»

«Cosa significa?»

«Non lo so... Allora, lo riconosci?»

«Sì, forse è lui. Che strano. Lo immaginavo più pallido...»

«Eh?»

«Sì, l'ho sempre immaginato come un bambino malaticcio, di quelli che hanno gli occhi un po' lucidi e... Lascia stare. Andiamo avanti.»

«No, aspetta. Non è lui.»

«Cosa?»

«Guarda, è facilissimo. Zooma sul bambino.»

«Cosa?»

«Sulla maglietta del bambino. Avanti, guarda il disegno!»

«Ma quello è...»

«Shrek. Sì, anni 2000, inizio.»

«Nessuno di noi poteva avere quel disegno su una maglietta.»

E nemmeno tutta quella gioia negli occhi. Perché allora salvarlo come IO E CATE?

«Perché allora salvarlo...?»

«Non me lo chiedere. Elimina subito queste foto dal tuo hard disk che non voglio essere in mezzo a casini con bambini.»

«Ma tu credi che lui sia...?»

«No, non lo credo. Ma cancella quelle cazzo di foto.»

«Perché ha queste foto, se non è lui?»

«Lascia perdere.»

«Magari sono i suoi figli.»

«Avrebbe usato i loro nomi o qualcosa d'altro, di certo non IO E CATE, lo sai meglio di me.»

«Magari la moglie si chiama Caterina e intendeva dire, i figli miei e di Cate.»

«Cosa?... Meglio se lasciamo stare.»

«Ok, ma tu come te lo spieghi?» insiste Lizzie.

«Hai eliminato queste cazzo di foto?»

«Sì, sì...»

«Ecco, andiamo avanti.»

«No, aspetta, tu come te lo spieghi?»

«Vuoi una risposta vera?»

«Sì.»

«Ti sembrerà paranoia da lavoro... ma quello che penso è che siano foto usate per creare una biografia alternativa. Per costruire un fake complesso, da rifilare a gente con cui ha interazioni prolungate nel tempo, gente poco sofisticata, che non fa caso ai dettagli.»

Silenzio.

«Vuoi che sia proprio sincero fino in fondo? Penso che sia quello che fa abitualmente, e lo fa su ampia scala.»

«Cosa intendi dire?»

«Che credo tu abbia visto solo la punta dell'iceberg.»

Silenzio.

«Hai davanti a te la mail di Adrian?» le chiede.

«Sì.»

«Ecco, prova a fare una ricerca rapida nella posta inviata, senza pensarci troppo, vai a istinto. Lui che scrive a... Quanti sono gli indirizzi mail che puoi considerare fake e verosimilmente attribuire a lui?»

Artax le lascia qualche minuto, ma non c'è bisogno di molto tempo.

«Quattro?»

«Almeno. Ecco, vedi?, lui scambia mail di prova e controllo da se stesso ad altri suoi indirizzi. Tu ne vedi quattro che comunicano con questa mail. Ho provato a entrare in ognuno di questi. Tutti comunicano con almeno altri tre account che potrei attribuire a lui con poco margine di dubbio.»

«È come Ponzi, ma virtuale.»

«Proprio così.»

«Sono solo indirizzi?»

«Sto verificando. Ad alcuni di sicuro corrispondono vere e proprie identità virtuali, molte sono registrate a diversi mondi e piattaforme gestiti dall'Acquario... Non escludo che alcuni interagiscano in modo aperto con i tuoi avatar e controllino quello che fai da quelle parti.»

«Artax, aspetta.»

«Dimmi.»

«Tu riusciresti a stare dietro a tutti questi fake? Noi sappiamo che per essere credibile un profilo deve interagire con altri profili, che dietro hanno persone in carne e ossa. È la cartina tornasole più semplice. Quanta vita hanno i profili che stai controllando? Non può tenerli in piedi a lungo senza che costruiscano relazioni verosimili...»

«Alcuni esistono da dieci anni.»

Silenzio.

«Per questo ha bisogno di foto e dati.»

Silenzio.

«Agganciarli ad alcuni elementi onestamente reali è il miglior modo per creare un fake.»

Silenzio.

«È ovvio, questo spiega anche quell'iscrizione all'Ordine nazionale degli architetti...»

Silenzio.

«Lizzie, ci sei?»

«Sì, scusami, ci sono.»

«È impressionante. È un genio... inizio a credere che lui sia davvero quello che ha viralizzato...»

«Artax, non mi hai risposto» lo interrompe. «Se tu non lavorassi tutti i giorni all'Acquario riusciresti a mantenere attivo un numero simile di profili?»

«Lui lavora all'Acquario.»

«Rispondimi, tu riusciresti?»

«Be', non lo so... ecco...»

«Artax.»

«Va bene. No, da solo non ce la farei. Ma potrei organizzare una rete di tre o quattro persone con cui gestire quanti profili voglio, anche per un tempo molto lungo, per anni...»

«E perché lo faresti?»

«Non lo so.»

«Ci dev'essere un motivo...»

Silenzio. Rumore di sacchetto di patatine schiacciato. Artax si sta stufando: a lui interessano i movimenti e i flussi, non le interpretazioni.

«Ancora una cosa» gli chiede Lizzie. «Controlla Adrian-99Z37. Vai alla sua pagina social.»

«Ok.»

«Cosa vedi?»

«Facilissimo. Un fake. Guarda le foto, sono tutte ritoccate. Guarda le cose che scrive, sono anonime. E poi hai visto? Non puoi chiedergli di diventare suo amico, ha messo un

blocco. Strano, in una piattaforma che esiste per far prolife-
rare amicizie, no? Assurdo che un diciottenne...»

«Eppure non è una pagina morta. Ci sono interazioni con
altri.»

«Sì, ma sono pochi nomi, sempre gli stessi.»

«Prova a controllare, lui non interviene nelle pagine di
altra gente, ma compare nelle loro foto. Non sarebbe possibile se non fosse loro amico anche nella realtà.»

«Magari anche questi profili con cui interagisce non sono
reali.»

«Mi stai dicendo che ci sono almeno una decina di profili
falsi che interagiscono tra di loro con il solo scopo di darsi
reciprocamente credibilità?»

«Sì, in questo modo io stesso non ho margine per bloc-
carli. Non posso provare al cento per cento che siano falsi.»

«Ma perché così tanti?»

«Ti è mai capitato di flirtare con qualcuno nelle chat di
incontri?»

«No.»

«Be', una delle prime cose che chiedi quando inizi a fare
sul serio è se l'utente con cui stai flirtando ha una pagina social. Ormai ce l'hanno tutti. Se non ce l'ha, significa che stai
chattando con un fake. Qualcuno che magari si finge diciottenne e invece ha sessant'anni. È una forma di verifica super-
ficiale.»

«Ok. Avere una pagina social da diciottenne certifica che
tu sei davvero il diciottenne della chat, ma quando poi ti incontri come si fa?»

«Alcuni se ne fregano, contano sull'effetto sorpresa o
roba del genere. Se vuoi la mia opinione, penso che Adrian
non incontri nessuno.»

«Ma perché allora mettere in piedi un sistema così complesso?»

«Ehi?» Ridacchia. «Ma hai visto come si chiama la tizia
con cui ha una relazione?»

Lizzie se n'era quasi scordata: «È un profilo vero? Quello
di lei intendo».

«Fammi controllare... Sì... sembra che qui abbia più che altro rubato un'identità... No, aspetta. È un fake.»

«Sicuro?»

«Ha cambiato molte volte residenza, in modo non spiegabile rispetto alle informazioni del profilo. Hai notato? Ora è a pochi chilometri dalla città dove sei nata tu. Le foto sono sempre le stesse, ma sono entrato nella cronologia, i tizi fotografati con lei cambiano nome ogni pochi mesi, non sono reali...»

«Ma perché si chiama...?»

«Come te?» Ride, come i dodicenni in una conversazione sul sesso. «Se non lo sai tu.»

Lizzie ha davanti agli occhi la mail di Adrian. Quella cosa non è lui, continua a pensare.

«C'è altro che vuoi che controlli?»

Silenzio.

«Ehi?»

«Sì, scusa, stavo pensando. Ancora non capisco...»

«Be', se non ti serve altro...»

«No, grazie... è che non capisco...»

«Non pensarci. La gente è strana, fa cose che non hanno senso ma che fanno stare bene o ci convincono che esistiamo» le dice, con la saggezza di un rapper dei sobborghi.

«Artax? Grazie.»

«Figurati. Se ti serve altro, fai un fischio.»

«Ok.»

«Ehi» la ferma, «aspetta un secondo.»

«Dimmi.»

«Sei davanti alla mail di Adrian, giusto?»

«Sì.»

«Le cose che abbiamo visto le hai trovate a partire da lì.»

«E quindi?»

«Da quanto la stai guardando?»

«Non saprei... mesi, un anno.»

«All'inizio hai per caso trovato una mail in cui lui diceva a suoi contatti che non usava più questo indirizzo?»

«Be' sì, lo ha scritto a una persona che conosco.»

«Il cestino è sempre chirurgicamente vuoto?»

«Dove vuoi andare a parare?»

«È una casella di posta senza nessun contenuto rilevante, ma ogni tanto compaiono cose che potrebbero incuriosirti... cose come pezzi di conversazione sexy in chat o quel documento degli architetti?»

«Le hai viste anche tu.»

«Hai fatto caso se compaiono dopo un po' di tempo che non controlli la sua posta?»

«Non saprei, forse sì...»

«Alcune mail sono retrodatate con un sistema semplicissimo, mi sembra di aver visto prima.»

«L'avevo notato anch'io.» Ma non ci avevi dato importanza.

«Lizzie, credo che quella che stai guardando sia una banale mail esca.»

Silenzio.

«Costruita apposta per avere la tua attenzione...»

«Lo so cos'è una mail esca!»

Artax scoppia a ridere.

«Cosa c'è di divertente?»

«Siamo davvero due idioti! Davvero non ci avevi pensato?»

«Cosa?»

«Ma è ovvio!» Ride. «Hai detto che lui l'ha dimenticata un giorno aperta sul tuo computer, giusto?»

«Sì, non sapevo nemmeno avesse questo indirizzo.»

«Ascolta, tu ti sei mai collegata alla tua mail dal computer di qualcun altro in modo non protetto?»

«No. Ma io...»

«Se anche l'avessi fatto, ti saresti dimenticata di sloggarti?»

Silenzio.

«Ammettiamo anche che tu sia molto ubriaco o fatto...»

«Non lo era.»

«Ammettiamolo. La mattina dopo guardi il cellulare o apri la posta da casa tua e vedi la segnalazione dell'entrata da un computer non riconosciuto...» Artax fa una pausa. «Pensi davvero di essere tu a spiare lui?»

Silenzio.

PENSI-DAVVERO-DI-ESSERE-TU-A-SPIARE-LUI?

Silenzio.

«No, perché quello che penso io...»

«Intendi dire...?»

«È ovvio! È un gioco da bambini. Dall'inizio! Voleva che tu controllassi questo indirizzo. Ci ha impiegato del tempo solo perché tu non ci hai fatto subito caso. Ha messo dei contenuti esca con frequenza crescente fino a quando non li hai notati, esattamente quello che voleva lui» (così è andata anche nel mondo reale: Lizzie non faceva troppo caso a lui, Adrian pazientemente aveva disseminato le sue esche seducenti – un piano a lungo termine che ghiaccia le vene). «Non c'è cosa che tu abbia trovato che lui non volesse farti sapere. Sei stata una specie di personaggio nelle sue mani, ti ha fatto muovere come gli andava, come quando programmi un videogioco e decidi cosa quel personaggio può fare e cosa no, lo cacci nelle situazioni che preferisci e stai a guardare come se la cava... Cioè, scusami... Però, davvero, non hai fatto una mossa che lui non volesse, o non controllasse. Gli bastava aprire la barra degli strumenti in basso e vedeva tutti i tuoi accessi alla sua mail, ogni volta. Non solo lasciava fare, ma è molto probabile li manipolasse. Non vorrei che in questo modo fosse arrivato anche a controllare...»

«Artax?»

«Cosa?»

«La mail si è appena chiusa.»

«Eh?»

«La mail di Adrian. In questo esatto momento. È saltata la connessione, è cambiata la password, non riesco più a entrare.»

«Oh, cazzo.»

*

Artax ha trovato tutto quello che c'era da trovare? No, l'ha detto lui stesso. Conosciamo solo la punta dell'iceberg. Soprattutto mancano le intenzioni, non è chiaro lo scopo, in questa storia dove nessuna scoperta sembra avere conseguenze lineari, nessun allarme suona abbastanza forte. Ancora si scrivono, messaggi notturni pieni di recriminazioni, rabbia o furbe colpevolizzazioni – i sentimenti cambiano sponda con velocità pericolosa. E io non sono abbastanza bravo per inventare una spiegazione ad effetto che chiuda questa storia e lasci andare i personaggi liberandomi da loro irrevocabilmente. Non ho la fantasia di Lizzie e nemmeno l'ossessività di Adrian; la mia infanzia è filata liscia e tutti sono rimasti al proprio posto. Per questo ora non riesco a penetrare gli interstizi bui dei miei amici: perché Adrian ha voluto che lei scoprisse tutto questo, e perché cambiare la password proprio in quel momento, facendole capire che il loro spiarsi è stato solo un ping-pong vertiginoso? Perché Lizzie ancora gli chiede di vedersi come se niente fosse successo?

Andare dritti da Adrian e domandarglielo, stare sul semplice, guardare le cose come si guardano i lacci delle scarpe e nominarne le parti una a una, restaurare il rapporto tra le cose e le parole – smetterla di credere in una cosa stupida come la magia delle storie, non è vero che a raccontare bene si modifica la realtà, ci sono forse mai riusciti i miei due cari amici?

Ed eccolo che entra nel locale dove ci siamo dati appuntamento, in ritardo di due ore, con un giubbotto troppo grande e l'odore di doccia ancora fresco.

«Scusami, sono in ritardo, ti ho scritto.»

Sì, mi ha scritto.

«Cosa si ordina? Ah, hai già ordinato? Una birra anche per me, per favore» chiede allegro alla cameriera. E mi trovo a pensare che questa sua gentilezza alla fine della frase mi ha sempre intenerito, ha contribuito a formare dentro di me l'idea sbagliata di lui.

«È da un po' che non ci vediamo. Voglio dire, fuori dall'Acquario» mi sorride.

«Sei molto impegnato.»

«Sto lavorando tanto in questo periodo, è vero.»

«Come stai?»

«Diciamo che va meglio.» Non capisco se si riferisca al lavoro o a Lizzie o alla biondina con cui lo vedo pranzare con solerzia e buonumore. «E tu invece?»

Adrian è bravissimo a condurre la conversazione lontano da se stesso, anni luce distante dal vero sentire.

Alzo le spalle. Non è per questo che siamo qui.

«Come stanno le cose tra te e Lizzie?» gli chiedo, bevo un sorso di birra cercando di non sembrare ostile.

Adrian abbassa gli occhi, ma questo non mi impedisce di cogliere un lampo blu Klein, malizia o esasperazione. Non dice niente.

Ce ne stiamo per un po' a raccogliere con i polpastrelli la condensa dei bicchieri. Fino a quando il suo silenzio potrebbe voler dire che sta lasciando affondare la domanda per poter proseguire oltre senza la zavorra di questo tempo passato che si sta rivelando più vischioso del previsto; oppure che sta pensando ad altro, non gliene importa niente dello sconforto o dell'attaccamento, dopotutto la palude dei dolori è l'acqua dove lui nuota amnioticamente.

«Puoi anche pensarci e rispondermi in un altro momento» mi esce con irritazione.

«Cosa vuoi che ti dica? Sono dispiaciuto e mi sono ripromesso di non fare peggio.»

«Perché hai voluto che sapesse tutte quelle cose di te?» chiedo, dando per ovvio che lui capisca a cosa mi sto riferendo, che l'intesa sia ancora viva tra noi – un dialogo, non una partita a scacchi. Voglio che l'istinto abbia la meglio.

«Sai una cosa? Finisce sempre che mi ritrovo nella parte del cattivo e questo non va bene.» Ecco, usa con me la tattica che ha allenato con Lizzie: fare scivolare la colpa, sfumare le responsabilità.

«Perché non volevi che Lizzie lasciasse le chiavi di casa sua alla tua portinaia, per quella sua amica che sarebbe passata a prenderle la sera dopo?» Mi esce questa domanda assurda, ho ripescato un episodio di molti mesi fa, un dettaglio che non ha mai smesso di stonare al fondo della mia coscienza e ora è risalito con un rigurgito in superficie.

«Alla fine le ha lasciate.»

«Ma avevi fatto una tale scena, me lo ricordo.»

Si alza senza rispondermi e sparisce in fondo al locale, si chiude in bagno. Di colpo capisco quello che ho sempre saputo: Adrian era innamorato di Lizzie ma si conosceva bene (sono uno che combina pasticci, aveva detto fuori da ogni contesto, per metterla in guardia e in qualche modo proteggerla), non voleva una tentazione simile così sottomano. Le chiavi di casa di Lizzie a disposizione per un giorno intero, infinitamente duplicabili. Il regalo di un accesso a poteri smisurati, ma anche un indizio a cui si sarebbe potuti risalire retrospettivamente se le cose si fossero messe al peggio. Lo fisso mentre torna al nostro tavolino e si siede, i capelli incollati alla fronte come se si fosse bagnato la faccia.

«Adrian, chi sei veramente?»

E ancora quel suo modo di abbassare lo sguardo che dice innocenza e un'attitudine infantile alla malinconia. Fa venire voglia di fargli una carezza sulla nuca. Ma poi c'è anche il modo scaltro di essere simpatico e brillante: «Chi sei veramente? Sono... Non sei il tuo lavoro, non i soldi che hai in banca, non la tua macchina, non il contenuto del tuo portafogli, non i tuoi vestiti di marca... ma la canticchiante e danzante merda del mondo!».

Scoppiamo a ridere, e ci lasciamo andare indietro sulle sedie. Mio malgrado, sollevati. Come al solito, la capacità di Adrian di far saltare fuori la battuta di un film o di un libro nel momento esatto in cui il terreno scricchiola sotto i suoi piedi, e di salvarsi così, con le parole degli altri, mi conquista, anche quando è a mie spese. Non ha finito la birra e non fa cenno di alzarsi, ma è come se fosse già andato via. Naturalmente questo è un dialogo immaginario. Adrian ha fiutato i miei dubbi e si guarda dall'uscire con me. E allora resta poco da fare, senza risposte che vengano a perdonare i personaggi di questa storia bisogna procedere, seguirli ancora, spiarne i malumori e gli affondi, cogliere le voci basse e quel loro ridere simile, blu Klein su azzurro cielo. Ancora si scrivono, dio mio, ancora si scrivono. Credono entrambi che scriversi, piuttosto che parlarsi o addirittura vedersi, sia una forma di maggiore lealtà, una prova d'amore o di dedizione. E se Lizzie a un certo punto ha presentito l'inganno e il pericolo, se l'ha supplicato di non scriverle più, se per un attimo la salute ha fatto capolino, è stato per un malinteso istinto. Quando Adrian con intenzione ha ignorato la richiesta, be', era facile anticipare la felicità che le ha disteso le labbra e alleggerito le caviglie.

Sono fermi immobili, questi due, nelle acque stagnanti che virano alla dolcezza ipnotica del malessere. Nessuna speranza che la storia proceda. Si muovono invece in fretta gli equilibri nel corridoio d'esecuzione. Adrian, a forza di sussurri nell'orecchio del direttore generale, camicie azzurre, cene dopo teatro con finanziatori sordi e potenti, con un telefono pieno zeppo di opinioni strappate ad altri, persegue lucidamente il suo scopo. Un'ambizione che non ci saremmo aspettati, il calcolo di uno stratega siberiano. Dopo avere ottenuto un ufficio con vista sulle fontane circolari, una scrivania in vetro Philippe Starck e una pianta verticale, quando i simboli del ruolo conseguito sono visibili da tutti gli open space (un ficus benjamin alto due metri e venti), Adrian punta al cuore del suo obiettivo. Se non è possibile prendere il posto di Lizzie, gli mancano la creatività e l'intuizione imprevedibile, non saprebbe inventare da zero un prodotto capace di salvare l'anno finanziario, non ha familiarità con le decisioni azzardate ed è privo dell'audacia necessaria per scommettere sicuro cifre a molti zeri su un progetto incerto, se è fuori discussione che prenda il posto di Lizzie, è però possibilissimo che diventi il suo capo.

Lo capisco con l'illuminazione degli ingenui alla festa per il lancio di un nuovo social network nella terrazza liberty di un hotel in città. Ci sono molti invitati, riconosci i blogger e i guru dei mondi virtuali dalle scarpe da ginnastica e le magliette con qualche scritta dall'ironia impenetrabile, le star della musica dalla divisa nero minimal o optical art, i finanziatori dagli orologi in acciaio-oro e il colorito da barca a vela, le modelle perché sono in jeans. Vengono serviti vino bianco frizzante di qualità modesta e bignè al salmone, i giornalisti si ingozzano e gli alti dirigenti si raggruppano in costellazioni siderali prima di poter filare a cene più esclusive che finiranno nelle note spese.

Nell'attesa di essere invitato, Adrian orbita attorno a loro come un devoto satellite. L'ho visto emergere in terrazza assieme alla biondina, il sorriso leggero di quando raccontiamo una storiella e riusciamo a far ridere l'intero tavolo: sicuro di sé, con la fluidità benefica dei gesti che hanno solo i benedetti da un ottimo carattere o dalla chimica. L'ha sganciata subito, per raggiungere il quartetto della direzione dell'Acquario. Ci sono sorsi furti dai bicchieri e si chiacchiera. Non è più di moda fumare. Ridono per qualcosa che ha detto Adrian. Il direttore generale gli mette una mano sulla spalla, e voglio ancora pensare che sia il protettivo calore di quel gesto a far esplodere il blu Klein negli occhi di Adrian, e non l'intuizione di poter scalare l'organigramma.

Da vicino i loro discorsi sono seri e banali.

«Dai, spiega un po' quello che mi dicevi ieri sera» lo incoraggia il direttore generale, un trentottenne con il fisico da pallanotista, un labrador, due figli sotto i piumini in un bel palazzo d'epoca e amanti che sceglie tra donne sposate e di scarsa personalità, uno cresciuto con la tv via cavo e che ora ha sviluppato una dipendenza dai gadget tecnologici.

«Dobbiamo prima capire da dove arriva la fortuna di certi prodotti. Cosa li ha resi leggendari» inizia Adrian, e io riconosco il suo gusto per la narrazione larga, l'ampio respiro delle storie, i piani a lungo termine.

«E tu l'avresti capito?» gli chiede un metro e novanta di gessato grigio.

«Dobbiamo andare a fondo, non fermarci ad analizzare il primo livello o i numeri. Dobbiamo identificare il messaggio, o addirittura il mito, che soggiace ai prodotti più riusciti.» Hanno smesso di chiacchierare tra loro. «Trovare la connessione emozionale è il segreto. Bisogna partire da lì per sviluppare narrazioni nuove da una prospettiva neutra in termini di piattaforma.»

Quante volte Lizzie ha discusso con Adrian di questo sulla terrazza del decimo piano? Spiegandogli che il motivo per cui i film tratti dai videogiochi avevano finora fallito era proprio perché ignoravano quel dettaglio, e il segreto dei miliardi di download dei suoi progetti non era altro che questa vecchia novità che risale a Omero.

«Dobbiamo prendere una proprietà intellettuale e perfezionarla al punto da poter generare ore e ore di contenuti che permettano al pubblico di interagire a tutto campo. Come capita con i libri e i videogame. Ma al posto dei personaggi, comunità.»

«*Guerre stellari...*» dice l'amministratore delegato.

«Esattamente, ma nuovo.» Adrian racconta idee banali come le pescasse da un pozzo di segreti incantati e la gente va dietro alle sue parole senza farci caso – è questo il suo talento. «Non ci serve più un unico centro narrativo. Sarà l'interazione del pubblico ciò che garantisce l'integrità del mondo fittizio, la sua autenticità. Dobbiamo fare attenzione allo sfondo e alle storie che stanno dietro ai personaggi, far vivere loro stupore e meraviglia. Se poi riusciamo a creare un brand, a quel punto è il brand stesso che può generare tutti gli scenari possibili.»

«Ok, ok, fermati» ride una voce da baritono che credo appartenga a uno dei doppi cognomi del consiglio d'amministrazione. «Finisce che annoiamo le ragazze!»

Le ragazze, trentenni in tacco alto e orecchini da assegno

mensile, si lasciano stringere ai fianchi e controllano i cellulari. Adrian sorride e fa una battuta che non riesco a sentire ma ottiene il suo effetto. Brindano e bevono per finta.

Mi stacco da loro e individuo Lizzie con facilità, un punto di luce bianco zinco dalla parte opposta della terrazza. Divide un tavolino con il cantante di un gruppo rock di successo: hanno entrambi braccia magrissime, troppo quelle di Lizzie, tendono i bicchieri verso il cameriere, non badano alla gente attorno, tra loro il giornalista di una rivista da nerd le guarda le gambe e segue la conversazione distrattamente, un giovane hacker noto nell'ambiente si avvicina a salutare e scompare subito.

A mezza strada tra i miei due cari amici, finisco i miei bicchieri con in testa il ritornello di mio nonno, che per trent'anni aveva allenato la squadra di baseball della base americana: il vero talento, mi ripeteva scuotendo la testa come davanti a un'inevitabilità biblica, sta quasi sempre nelle mani degli ignari, degli incuranti, dei disgraziati, di coloro che sono pronti a svenderlo senza ricavarne nessun profitto, che se ne dimenticano come di una bicicletta con cui si è tanto corso in quell'ultima estate. Pochissimi sono capaci di costruire una carriera sul puro talento, diceva, di solito sono i mediamente dotati ad andare avanti, i determinati, quelli abituati al sacrificio e familiari con la delusione, gli ostinati e i pedanti. Gli ambiziosi, senza dubbio. Raramente un grande talento si accompagna a una grande ambizione. I benedetti dal talento arrivano molto in alto con troppa naturalezza, non imparano sotterfugi e colpi bassi, e poi si trovano impreparati: ci restano male appena subiscono un fallo o sono derubati di un'idea o li atterrano in modo sleale, finiscono per abbandonare il campo con quella grazia stupida che è la loro maledizione.

Temo che mio nonno avesse ragione. Se Lizzie fosse stata testimone delle parole di Adrian, se avesse sentito la sua voce salire così sicura dai polmoni e dai piedi ben piazzati, non si sarebbe arrabbiata, tanto meno sarebbe intervenuta per riprendersi le sue idee. Avrebbe semplicemente lasciato la festa, ne sono sicuro, dispiaciuta più per quell'inaspettata slealtà che per tutto il resto.

Lascio la mia posizione indecisa e vado dritto verso Adrian, che mi vede, e qualcosa nel mio passo lo inchioda, gli fa stringere inconsapevolmente i pugni e la mandibola, come uno che è ricercato dalla nascita. Il colpevole di un peccato originale, e di tutte le colpe successive, un recidivo. Sfilo accanto a lui senza che ci salutiamo.

Si sta facendo buio, ed è quel momento della sera in cui il cielo è ancora incerto tra il blu-viola che porta ad allungarsi in club con i lustrini sui tavoli e specchi al soffitto, e un nero stellato da carillon per bambini e baci sulla fronte.

«Fumi?» sento chiedere da una voce stuzzicante alle mie spalle.

«Non sono capace» risponde lui.

Puro Adrian.

Mi giro e vedo la ragazza con la sigaretta. Ha tacchi alti e un tubino sopra il ginocchio che la fa sembrare una segretaria molto carina, i suoi modi però sono audaci e ironici, sembra più l'amante del capo che la segretaria.

«Dio, davvero non sei capace?»

«Se butto giù il fumo soffoco e mi vedi rantolare per la terrazza in preda alle convulsioni.»

«Sarebbe già qualcosa» ribatte lei, buttando in alto il fumo senza smettere di guardarlo.

«Dici?»

«Un diversivo. Farebbe ridere.»

«Hai ragione, ce n'è bisogno quassù.»

«Tu quindi sei uno sano, di quelli che vanno in palestra e mangiano bio, si lavano i denti e fanno sesso protetto.»

«In realtà non ho mai fatto sport in vita mia, mangio più o meno quello che passa il takeaway sotto casa, e sì, mi spiace deluderti, ma mi lavo i denti dopo ogni pasto.»

«Non mi hai risposto sul sesso.»

«Ma ti ho fornito gli elementi per arrivarci da sola» sorride. A chi non piace flirtare con sconosciuti? Ad Adrian viene meglio che ad altri, perché arrivare al punto non gli interessa per niente. «Andiamo a prendere da bere? Così magari dopo mi offri una sigaretta.»

È questa sua tranquillità a turbarmi, questo tono allegro come se andasse tutto bene: un ragazzo appena cresciuto con tutte le possibilità aperte e la casa libera dei maggiorenni. Sorride, flirta con sconosciute, litiga con Lizzie da mezzanotte alle tre, divide le sere tra la biondina e i dirigenti del consiglio di amministrazione, rientra molto tardi da notti che hanno sempre uno scopo nell'organigramma, alimenta una carriera in ascesa, è perennemente connesso con diversi profili (quanti?), nei pomeriggi del fine settimana colora i disegni dentro i bordi con bambini che al telefono gli chiedono: «Papà quando torni?» e lui li abbraccia appena arriva a casa mentre almeno uno dei suoi telefoni vibra per un messaggio ricevuto. Compartimentazione? Da uscirci pazzi. Ma lui è in piedi, sorride, sento la consistenza del suo corpo mentre mi passa accanto. È reale.

Chi è Adrian? C'è stato un tempo in cui siamo stati inseparabili. Il mio migliore amico, l'innamorato instancabile di Lizzie...

Hanno acceso le torce agli angoli della terrazza, colonne a forma di fungo riscaldano con l'effetto placebo del neon rosso fuoco, gli invitati si sfilano con educazione o si lanciano sugli ultimi resti di tartine al caviale. Siamo al ventitreesimo piano e la strada sotto ha la luminosità dei vecchi giochi per bambini, delle foto metropolitane. Perché farle scoprire tutti quei segreti poco onorevoli, metterglieli sotto il naso, forzare la curiosità, manipolare i desideri? Avevo letto da qualche parte che c'è chi crede di amare di più se racconta un segreto. Per Adrian non c'erano altri modi disponibili, vero?

*

«In questo gioco è più bravo di te, devi lasciar perdere.»

Lo so, sbaglio. L'unica cosa che bisognerebbe fare adesso con Lizzie è occuparsi di lei, proteggerla da questo legame, prenderla a forza e riportarla nelle strade della città vecchia, farla camminare in salita fino allo slargo di Campo Marzio che guarda il porto a est, farle entrare nella testa l'aria salubre della nostra città dei matti dove c'è sempre qualcuno pronto a mostrarti com'è dolce la vita a due passi dal golfo. Lascia stare quel tuo gusto di creare mondi e storie, prendi il bacio, il sorriso chiaro, non restare in casa! Giovinezza a gambe nude! E io invece niente, le faccio la predica.

In mezzo a noi, sul tavolino all'aperto che inclina sulla darsena, tra i bicchieri intatti, la solita monetina che cade e cade facendo vibrare il cellulare: Lizzie è così vicina che posso sentire il battito del suo cuore che si chiude, lo sconforto inondarle la gola.

«Cosa ti importa di vedervi, di cenare insieme, di andare al cinema? Cosa pensi di ottenere a questo punto?»

Lizzie allunga la mano verso il telefono senza prenderlo. Ha le unghie colorate di rosso che fanno sembrare ancora più trasparente la pelle dei polsi, le vene sottili.

«Non lo so» dice a voce bassissima.

«È solo peggio.»

Con tempismo scaltro o sadico, dopo i festeggiamenti in terrazza, quella sera stessa molto tardi, Adrian le aveva scritto. "Cinema domani?" Una proposta come se nulla fosse. E Lizzie niente: i suoi ricettori del dolore fuori gioco, i neurotrasmettitori manomessi, memoria a grado zero delle conseguenze. "Ok, sì, va bene" aveva scritto. Non era difficile prevedere che si trattava di una finta crudele, alla fine non si sarebbero visti. Ancora una volta la battaglia si consuma sotto i miei occhi senza che io intervenga a limitare le perdite.

Stiamo per ordinare – Lizzie ha fatto appena in tempo a dirmi che stasera si vedranno e io a cogliere quel lampo di gioia pura, la fiducia commovente dei bambini che si lanciano dalle scale – quando ecco cadere la prima monetina. Adrian scrive. Vago, avanza scuse e contrattempi; in realtà non dice nulla, gioca con l'inquietudine, mantiene il controllo emotivo. Lizzie è troppo rapida, risponde senza misurare

i travestimenti. Ad Adrian ci vogliono pochi scambi per arrivare al punto che cerca, quando finalmente può scrivere: "Sei sempre violenta con me".
"Adrian, per favore."
(Per favore? Lizzie!)
"Sei violenta, non ce la faccio."
"Adrian."
"Non possiamo vederci stasera, ora non me la sento più."
E l'immancabile aggiunta: "Avremmo potuto vederci se tu non mi avessi risposto in quel modo, ma ora non è più possibile".
Ah ah ah! Ancora il gioco del bambino solitario, scontato come il rimbalzo di una palla contro il muro, sempre la stessa direzione data dal polso mancino. Suscitare la colpa, alimentare lo smarrimento. Il vecchio gioco presenza e assenza, siamo ancora a quel bambino con il rocchetto. Da più di un secolo! Non vi vedrete mai in carne e ossa, non c'è nemmeno il coraggio di una telefonata, la consistenza della voce, figuriamoci.
«Cosa ti aspettavi?» insisto. «Pensavi davvero che vi sareste visti?»
Quando Lizzie si gira a guardarmi ha le labbra gonfie degli asmatici, gli occhi azzurro pozzanghera. Non l'ho mai vista piangere, e sono certo che Lizzie com'era prima detestava essere consolata. Ma ora? Non c'è traccia della ragazzina sfuggente che è stata, nemmeno della fantasia desiderabile che ha agitato le lenzuola di tutti quelli che l'hanno conosciuta prima di Adrian. È stato davvero il ragazzo timido e impacciato, l'impostore che plagia il talento altrui, a causare da solo questo sfacelo?
Prendo il telefono prima che lo faccia Lizzie, stanno ancora cadendo monetine su monetine, lo spengo senza leggere. È il massimo che riesco a fare per proteggerla. Dovrei alzarmi, sedermi accanto a lei e accarezzarle la testa, le braccia, stringerla al petto con forza come si fa con i gatti di strada che fingono di essere indipendenti e sognano la ciotola di latte a ore fisse. Annuisce, e intanto va dietro ai suoi inattacca-

bili pensieri per Adrian. Lo sta raccontando a se stessa proprio come raccontava suo padre ai gradini vuoti in cima a via San Michele e, è provato, questo genere di narrazioni non porta niente di buono. Falsificano la realtà, forzano la fiducia, mettono insieme inganni credibili e cari – non a caso, non si è mai visto uno scrittore adattarsi felicemente alla vita. Più tardi, dopo averla lasciata salire da sola le scale del suo ingresso, con l'impaccio di non saperla stringere abbastanza forte, vado all'Acquario. È domenica ma non ho problemi a entrare. I piani sono deserti, anche il calcetto e i cuscini vicino alle vetrate sono silenziosi. Prendo l'ascensore di cristallo e raggiungo il quindicesimo piano, la mia scrivania.

La vedo appena entro, come se non fosse la prima cosa su cui poso gli occhi ogni mattina. Mezza nascosta da fogli e calamite alle spalle della sedia c'è una foto, è leggermente mossa perché è stata scattata di sera e non avevo usato il flash: Lizzie Adrian e io nella terrazza dell'Acquario, tra piante grasse e poltrone di polistirolo colorato. Siamo in posa, ma l'autoscatto ci ha messo troppo ad azionarsi e ci siamo scomposti, così l'obiettivo ha catturato espressioni vere, come in quel lontano Natale della mia adolescenza. Lizzie guarda in basso, il sorriso incerto di una bambina alla colonia estiva in attesa dell'arrivo dei genitori che non verranno a prenderla nemmeno questo weekend, gli occhi azzurro chiaro tradiscono una timidezza che si fa forza per nascondersi, la linea del mento e del collo denuncia suo malgrado la tenerezza di un putto smagrito. Adrian è di profilo, ha stiracchiato un sorriso quando l'otturatore ha fatto click e le labbra gli si sono alzate sinistre da un lato, gli occhi guardano l'obiettivo obliquamente perché la testa si stava voltando in un'altra direzione. Blu Klein è un colore saturo e duro, reso luminoso da una pesante verniciatura – così il suo sguardo da falsario. Io nel mezzo, l'intruso delle fotografie.

È la prima volta che guardo con attenzione questo scatto di quasi tre anni fa, e di colpo ho l'evidenza della prova: in modo simmetricamente opposto e per questo attraente, i due sono abili inventori di storie per mascherare chi sono. Lizzie non è l'apparizione spavalda e irraggiungibile della mia adolescenza ma una bambina inerme, facile da ferire; Adrian è lontanissimo dall'essere l'anima solitaria e sensibile che ci ha raccontato, è un falsificatore esperto, un impostore dalle identità intercambiabili, un calcolatore chirurgico. Così mi decido.

Dal momento che io non so inventare le intenzioni altrui, devo seguire le tracce, manomettere le password, forzare la cassaforte. Se fino a ora non mi ero deciso è perché era Lizzie ad apparirmi sfuggente e incomprensibile, non Adrian. Ma è lui a nascondere i misteri, è con lui che nessun appostamento dà risultati, nemmeno frugare nei cassetti o tra i bigliettini del portafogli, la rubrica si moltiplica in una quantità di telefoni che non saprei stimare, le stanze sono prive di impronte. Diventa necessario scendere nelle stesse profondità dove lui nuota alla velocità di un pesce vela, al buio e non visti, confidando in una stella fortunata e nella durata dell'ossigeno.

Apro il computer, mi collego al browser con il più banale dei sistemi di anonimizzazione. Mi inabisso nel livello più profondo della navigazione web, dove si trovano quei siti che non sono visibili surfando normalmente sulla superficie. Come la maggior parte delle persone che lavorano all'Acquario, so muovermi qui sotto e fare le mie ricerche, sebbene non sia sufficientemente scaltro da sentirmi tranquillo. Questa è la base dell'iceberg del mondo virtuale, a usare una metafora di Artax, una prateria sterminata, ed è difficile capire quale parte sia colonizzata da dissidenti per la libertà e quale invece da criminali che si divertono a prendersi gioco dell'Fbi. È allettante e ambigua questa sensazione di navigare irrintracciabili, qui sotto si possono alimentare le chine più strane delle nostre vite senza alcuna conseguenza, senza che nessuno la mattina dopo alzi il sopracciglio guardandoci storto alla macchinetta del caffè. Come previsto, trovo segni di Adrian.

Qui nei territori liberi delle esistenze astratte e impersonali, ricostruisco centimetro per centimetro la sua biografia. Chatto con nickname anonimi che sanno alcune cose su di lui, recupero documenti che lui stesso ha falsificato, intercetto transazioni economiche e chiacchiere da forum sotterraneo. Tutto ciò che deve essere nascosto alla vista è qui. Crack! Il cubo di Rubik si è inceppato. Davvero per tutto questo tempo ho preso appunti, creato archivi, ingrandito i dettagli delle fotografie? Ho bevuto dalla sua stessa bottiglia, ho chiuso gli occhi con la testa accanto alla sua sul cofano della macchina, l'ho ascoltato e ho riso e alle volte sono rimasto turbato guardandolo negli occhi, decine di volte mi sono saliti alle mani gesti di rabbia o tenerezza che ho trattenuto per via della mia educazione carsica. Per tutte queste pagine ho ruotato i tasselli, ho inseguito inizi e mappato intenzioni, nel tentativo di ridare a ogni faccia di Rubik il suo ordinato colore primario, perché i confini dell'identità fossero sicuri e stabiliti e Lizzie potesse leggere con chiarezza tutte le pieghe che Adrian le cela. Perché il gioco della presenza e dell'assenza avesse fine, basta con i misteri e l'attaccamento, perché i personaggi di questa storia fossero finalmente liberati. Come accade nei romanzi russi. Idiota! Che romanticheria fine secolo! Quale identità? Di cosa stiamo parlando? Discorsetti di un'altra epoca, e io non sono nemmeno bravo a inventare storie.

Niente di quello che ho raccontato fino a qui, niente di Adrian come io l'ho immaginato, trova un riscontro nell'iceberg sommerso. Emergono però alcune sicurezze: zero figli, non c'è nessuna moglie o fidanzata, i suoi spostamenti sono spesso contraffatti, i documenti personali proliferano uno diverso dall'altro, non è nato nemmeno in quella città per cui sembra provare una lacerante nostalgia, nel più autentico dei certificati di nascita niente torna per come lo conosciamo.

Basta. Fermiamoci qui. Fermiamoci sull'orlo della pupilla che imbroglia i sistemi di riconoscimento, perché qui la conoscenza diventa pericolo. Raggeliamo i pensieri e non perdiamo di vista il punto: mancano ancora le ragioni, di tutti questi misteri. Un ragazzino dal passato oscuro, senza coraggio ma in debito di vita, che ha bisogno di vivere di più, ancora di più, e non ditegli che prima o poi finisce...

Mi fermo. Salvato dall'educazione salutare e sportiva che si coltiva nelle case perbene della mia città a est e alla quale non sono del tutto sfuggito: la voce di mia madre intenta a sentenziare che non esistono dolori dell'anima, e là sotto in profondità c'è spazio solo per i matti o per gli artisti deboli di nervi, gente da cui tenersi alla larga bambino mio. È per questo che non voglio saperne di più sulle attività di Adrian in questi luoghi oscuri? No, a fermarmi è qualcosa di ambiguo e poco onorevole: Adrian è stato per un tempo breve e irripetibile l'amico che non ho mai avuto, così una strana fedeltà mi porta a reclamarlo per me e non per Lizzie, a farlo uscire indenne da questa storia rendendolo eroico, amabile. D'altra parte ho anch'io i miei desideri, la mia parte in questa storia non è neutra. Faccia pure Adrian quello che fa, assecondi le sue dubbie pulsioni, vada dietro a desideri squallidi, permetta al vergognoso di dilagare qui dove nessuno può toccare il suo corpo o stargli così vicino da indurgli il terrore di essere davvero compreso. Se le sue azioni anonime sono disoneste o se fa del male a qualcuno, la cosa mi lascia indifferente come qualsiasi tragedia colpisca l'umanità. Sono i singoli a interessarci, i fanciulli eterni, i belli, i capricciosi, coloro che inducono in noi una debolezza e ci spingono a concedergli tutto, a seguirli fino al precipizio e a guardare di sotto al posto loro. Adrian. Ma anche Lizzie, ed è di lei che ora mi preoccupo.

Lizzie sa come proteggersi dai criminali e dai cattivi, ma non dagli impostori. Sopravvaluta la propria capacità di flirtare con la finzione, crede di sapere raccontare meglio e quindi di essere al sicuro. Guarda al dolore come a un punto di vista, alle storie come a una realtà di grado superiore.

Mi disconnetto, chiudo il computer. Fuori dal vetro a correzione fotometrica si è spento il tramonto, ora un blu cobalto si è sparso sullo skyline viola elettrico della città. Le luci dell'Acquario sono tutte accese ma il corridoio d'esecuzione è deserto, il silenzio incombe affilato e improvvisamente ho fretta di andarmene da qui. Di tornare da Lizzie. Ho salvato questo file e l'ho spedito alla sua casella di posta privata. Se

Lizzie non dovesse ascoltarmi, o ancora più probabilmente se non dovesse credermi, avrà comunque queste pagine. Confido che il semplice potere della lettura, seppure di pagine scritte con sentimenti ambigui e sbilanciati, possa riuscire in ciò in cui né io né gli accidenti o le evidenze tangibili siamo riusciti: allontanarla da Adrian, ridarle la salute, trovare la fine di questa storia.

Ho ancora la sensazione che qualcuno sappia cosa sto facendo e mi abbia permesso di arrivare fino a qui, ma a questo punto non conta più. Devo uscire, in fretta! Da Lizzie, da Lizzie! Con le migliori parole, dirle tutto, farla ragionare, stringerle i polsi per non permetterle di voltare le spalle prima che tutto sia stato detto.

L'ascensore di cristallo ci mette poco ad arrivare; è mentre vengo schiacciato al piano terra con una velocità da tappare le orecchie che la vedo. Lizzie, seduta sul cornicione buio della terrazza del decimo piano, le gambe nel vuoto, la schiena un punto bianco fantasma che cattura i colori in pura luce. Premo il pulsante 10 e risalgo.

*

«Che ci fai qui?» dico. Gira appena la testa, le labbra si tendono per sorridere in un tentativo naufragato. «Devo parlarti» dico. Fa un cenno con la mano, senza guardarmi, lascia perdere o è troppo tardi o non mi interessa. «Ho scoperto delle cose.» Sembra non sentirmi anche se le sono quasi accanto. La prossima parola sarà fatale, penso. Dovrei pronunciarla a bassa voce, che sia percepita dal corpo ma non dalle orecchie, che non arrivi alla testa, che si perda nel sangue e ci impieghi del tempo a entrare in circolo. «A proposito di Adrian.»

Inclina indietro la schiena come a prendere lo slancio per buttarsi di sotto, invece si volta e cade in piedi sul terrazzo.

«Obbligo o verità?» chiede, una voce cantilenante da bambina scema che mi gela il sangue.

«Ma che dici?»

«Obbligo o verità?»

«Lizzie.»

Ha gli occhi celeste livido e i capelli incollati alle guance come se stesse sudando, come se avesse la febbre alta, ed è ancora più bella.

«Obbligo o verità?»

«Verità.»

«No.»

Si avvicina tenendo un immaginario coltello davanti a sé, costringendomi a ripiegare verso il lato nord della terrazza.

«Verità» ripeto.

«Ti piaccio?»

«Certo che mi piaci.»

Indietreggio.

«No. Sei innamorato di me?»

«Lizzie, ma che...»

«Hai detto verità... Perché non hai scelto obbligo?» Lo dice come se avessi commesso una colpa, una mancanza nei suoi confronti.

«Lizzie, ascoltami.»

«Perché non hai scelto obbligo?»

Sta per piangere. Dio mio, cosa sta succedendo? Ha gli occhi lucidi e goccioline sul collo. Perché non ho scelto obbligo? Indietreggio.

Di colpo vedo Lizzie in una foto della scuola, due anni avanti a me, circondata da quell'aura di superiorità e sprezzo che intimoriva e suscitava desideri: ogni sua osservazione spietata, il modo in cui piegava la testa per ascoltare confidenze senza dare nulla in cambio che non fosse l'essere ammessi nella sua banda, la velocità luminosa che le faceva vivere tutto, provare tutto, fino giù in Costa dei Barbari. A noi inafferrabile e crudele. Fredda, come la luce bianco zinco delle sale chirurgiche dove si opera sotto anestesia e non si sente niente.

«Ero venuto per dirti... non è una buona idea...»

«Perché hai scelto verità? Tu credi sempre che sia meglio dire la verità.»

Indietreggio.

«Lascia stare... parliamo un'altra volta.»

Poi lo vedo, Adrian alle sue spalle. Da quanto tempo è qui? Erano insieme prima che io arrivassi. Mi ha preceduto di poco. No, era con lei molto prima di me, da sempre. Illuminato dalle alte vetrate alle sue spalle, sorridente, invincibile. Veloce nel prendersi quello che è suo e nell'appropriarsi di ciò che non lo è ma potrebbe esserlo.

«Impossibile» dico.

Sono inseparabili. Adrian si avvicina e le prende la mano, Lizzie ha gli occhi blu mare aperto. Perché non ho scelto obbligo? Quale sarebbe stata la prova? Salvarla. No. Si tengono per mano.

«Impossibile. Impossibile. Possibile.»

È qui che capisco il segreto delle storie. Il tempo, il tempo come noi lo esperiamo, il tempo che apparentemente passa alle nostre spalle e corre a dispiegarsi verso il futuro lasciandoci per sempre immersi nei rimpianti o alle prese con gli sforzi per costruirci una vita, una cucina con il sole e le tendine e i pastelli sul tavolo, questo tempo è un'impostura. A che velocità corre il presente? Come si fa a tenere il passo, essere nel ritmo? Impossibile. Per questo alle volte scoppiamo a piangere senza motivo. Perché le cose non vanno mai come dovrebbero e il tempo non è esattamente consecutivo come noi lo vorremmo per poter tenere in piedi i ricordi e le speranze, insomma noi stessi. Ci teniamo insieme, ci hanno insegnato, a forza di passato e aspirazioni. Ma è una finzione. Il tempo ha velocità tutte sue e tende trappole da ogni lato, una quarta o una quinta dimensione, in ogni caso finisce troppo presto. Le cause non portano mai alle giuste conseguenze.

Adrian e Lizzie vengono verso di me tenendosi per mano, così vicini che posso sentire i cuori simmetrici, o forse sono le gocce delle fontane dell'Acquario, installate apposta per confonderci. Cosa importa chi siamo davvero? Che importa se siamo degli impostori, se mentiamo o nascondiamo i segreti o viviamo più vite insieme in mondi sincronici? Il tempo ha una sua velocità e noi non possiamo misurarla perché è la velocità stessa a essere misurata dal tempo. E in ogni caso non ne abbiamo mai abbastanza. A questo servono le storie. Lizzie e Adrian. Le storie danno un prima e un dopo, ci dicono che mentre una moto corre verso Costa dei Barbari tuo zio accartoccia fazzoletti di stagnola oltre la parete in cartongesso della tua camera di bambino, mentre prendi fiato per replicare una ragazzina dà il primo bacio in una bella macchina sportiva. Le storie ci rendono possibili, salvano la memoria di quello che è già scomparso. Non importa che non ci sia niente di vero in ciò che raccontiamo, non importa quanto mistifichiamo la realtà per non farci vedere tristi o patetici, per ammaliare quelli seduti nelle sdraio a bordo campo. Comunque sia, scegliamo la parte e non ci pensiamo più.

È impossibile, aveva detto Adrian. È possibile, aveva pensato Lizzie.

Il tempo si srotola, loro due si tengono per mano e vengono verso di me. L'evidenza del loro stare insieme è una forza superiore a quella gravitazionale. E io che pensavo...

«Perché?» chiedo. Siamo arrivati in fondo, il tempo stringe e loro sono così belli, l'uno vicino all'altra come avrebbero dovuto essere sempre. «Perché ci hai raccontato tutte quelle storie?» Voglio sapere il motivo, scoprire la verità. Adrian sorride, scuote la testa deluso da tanta incomprensione. Non è mai per capire che si scrivono le storie, non è per far luce sulle ragioni di suo padre che Lizzie inventava e inventava su quei maledetti gradini di via San Michele, ma piuttosto per riportarlo indietro. Scriviamo per avere indietro ciò che ci appartiene e ci è stato portato via ingiustamente, ciò che è nostro per prossimità e intesa, e se non ci riusciamo, allora scriviamo perché niente vada perduto o sbiadisca all'orizzonte, perché le ciglia non la smettano di sedurci e i denti di sorridere, perché il bacio sia desiderato in eterno. Adrian e Lizzie caduti fuori dal tempo. «Adrian, tu...»

E se il tempo non fosse quello manipolato delle storie io

ora non potrei descrivere il mio braccio che si alza di scatto quando Adrian tende il suo verso di me, come per proteggermi da un colpo o da qualcosa che non voglio vedere. Loro due insieme nonostante tutto. No! È questo stupido movimento fatto troppo in fretta e fuori tempo a farmi sbilanciare indietro, in contraccolpo. Alle mie spalle c'è il basso parapetto di cemento contro cui urto ma che non basta a tenermi in piedi. Cado. I piedi si staccano dalla morbida erbetta della terrazza. Sento l'aria aprirsi dietro la mia schiena, una bolla di sapone che si rompe. Il braccio si abbassa e posso vedere in faccia i miei amici, Lizzie e Adrian come li ho sempre immaginati. E poi c'è il vuoto, il tempo letteralmente incalcolabile tra l'impatto e la FINE.

Epilogo
(tempo dopo)

Il narratore di questa storia naturalmente non esiste, non è mai esistito. E quindi non è nemmeno morto. Se qualcuno vi dovesse dire che ha letto la notizia sui giornali, non fateci caso, si tratta di mitomani o di gente che va dietro all'aura da leggenda dell'Acquario. Avevo bisogno di un eroe e l'ho creato: qualcuno che tenesse tutto insieme e diventasse reale, grazie alla mia dedizione e alla rivalità. Qualcuno migliore di me perché Lizzie potesse credergli. A lui consegno il potere, che non ho, di decidere i destini e di compiere scelte, di essere buono e saper rendere felici le persone raccontando i fatti come dovrebbero essere, comportandosi all'altezza. Spero così che qualcosa possa essere restituito anche a me. Ma perfino i personaggi di una storia sono mortali, stanno con noi per un po', ci fanno sentire meno soli e qualche volta ci salvano, poi però svaniscono. Li perdiamo per strada e li dimentichiamo, altri personaggi prendono il loro posto e un bel giorno confondiamo i loro nomi e i profili. D'altra parte accade così con le persone, no? Per quanto conserviamo i segni e le reliquie d'amore, a un certo punto finiamo per dimenticarceli in una scatola nella soffitta polverosa e, se sono fortunati, spetterà a qualcun altro riportarli in vita in un pomeriggio di assalti estivi. Così passiamo il tempo a raccontare storie, soprattutto a chi amiamo. Perché ci conosca non per quello che siamo stati, ma per quello che avremmo voluto essere, più coraggiosi o più fedeli, in ogni caso migliori. Ritocchiamo le fotografie, nascondiamo le cicatrici sotto camicie di ottima fattura, allunghiamo le ciglia perché gli occhi scintillino senza tradirsi, fingiamo senza mentire. Per questo abbiamo bisogno di altri mondi dove poter diffidare del presente e agire con mano libera sul passato e sul futuro. Fino a quando quello che raccontiamo non diventa più importante di quello che è accaduto davvero, fino a quando il racconto non cancella i fatti e tutto questo potrebbe anche non essere mai accaduto. Sono andate così le cose? Forse no, forse non sono andate affatto così. Ma tutto ciò che non abbiamo vissuto ora esiste. E Lizzie? Cosa ne è stato di quell'apparizione biancoazzurrina? Vorrei poterlo raccontare, davvero, ma è troppo tardi, i bambini mi aspettano a letto per guardare insieme un cartone sul mio computer, ho ancora del lavoro da finire, domani è domenica e dobbiamo alzarci presto per andare al mare, insomma mi chiama la vita che tutti troviamo infinitamente desiderabile, vero?

Adrian99Z37

Indice

Martha Batalha, *Eurídice Gusmão che sognava la rivoluzione*

Stefano Benni, *Bar Sport. Edizione speciale*

Giorgia Garberoglio, *Amalia*

Rafael Chirbes, *La bella scrittura*

Karl Ove Knausgård, *Ballando al buio. La mia battaglia 4*

Zeruya Shalev, *Dolore*

Paolo Rumiz, *Appia*

Alessia Gazzola, *Non è la fine del mondo*

Ugo Cornia, *Buchi*

Maylis de Kerangal, *Lampedusa*

Iaia Caputo, *Era mia madre*

David Trueba, *Blitz*

Alì Ehsani con Francesco Casolo, *Stanotte guardiamo le stelle*

Massimo Cirri, *Un'altra parte del mondo*

Emir Kusturica, *Lungo la Via Lattea*

Simonetta Agnello Hornby, *Caffè amaro*

Banana Yoshimoto, *Il giardino segreto. Il Regno 3*

Federica Brunini, *Quattro tazze di tempesta*

Stefano Valenti, *Rosso nella notte bianca*

Erri De Luca, *La faccia delle nuvole*

Jonathan Coe, *Numero undici. Storie che testimoniano la follia*

Miranda July, *Il primo uomo cattivo*

William McIlvanney, *Strane lealtà. Le indagini di Laidlaw*

Paolo Di Paolo, *Una storia quasi solo d'amore*

Jill Alexander Essbaum, *Una donna pericolosa*

Emiliano Poddi, *Le vittorie inperfette*

Nadine Gordimer, *Il saccheggio*

Chiara Gamberale, *Adesso*

Claudia Piñeiro, *Piccoli colpi di fortuna*

Giuseppe Catozzella, *Il grande futuro*

Amos Oz, *Altrove, forse*

Harper Lee, *Va', metti una sentinella*

Paolo Rumiz, *Il Ciclope*

Alessandro Leogrande, *La frontiera*

Caroline Vermalle, *Due biglietti per la felicità*

Herta Müller, *La mia patria era un seme di mela*

Erri De Luca, *Il più e il meno*

Isabel Allende, *L'amante giapponese*

Gioacchino Criaco, *Il saltozoppo*

Karl Ove Knausgård, *L'isola dell'infanzia. La mia battaglia 3*

Ángeles Doñate, *Il club delle lettere segrete*

Christoph Ransmayr, *Atlante di un uomo irrequieto*

Michele Serra, *Ognuno potrebbe*

Gioconda Belli, *L'intenso calore della luna*

Grazia Verasani, *Senza ragione apparente. Le indagini di Giorgia Cantini*

Nicolas Barreau, *Parigi è sempre una buona idea*

Nicola Gardini, *La vita non vissuta*

Francesco Diodati, *La linea verde. Giallo a Gerusalemme*

Álvaro Enrigue, *Morte improvvisa*

Maurizio Maggiani, *Il Romanzo della Nazione*

Claudia Piñeiro, *Le vedove del giovedì*

José Saramago, *Il racconto dell'isola sconosciuta*

Banana Yoshimoto, *Il lago*

Sophie Hart, *Lezioni d'amore per amanti imperfetti*

Richard Ford, *Tutto potrebbe andare molto peggio*

Tito Faraci, *La vita in generale*

Concita De Gregorio, *Mi sa che fuori è primavera*

Michele Dalai, *Onora il babbuino*

Romano De Marco, *Città di polvere. La serie Nero a Milano*

Karl Ove Knausgård, *Un uomo innamorato. La mia battaglia 2*

Stefano Benni, *Cari mostri*

Daniel Kehlmann, *I fratelli Friedland*

Enrique Vila-Matas, *Kassel non invita alla logica*

Pino Cacucci, *Quelli di San Patricio*

Jonathan Coe, *Disaccordi imperfetti*

Etgar Keret, *Sette anni di felicità*

Livia Manera Sambuy, *Non scrivere di me*

Barbara Fiorio, *Qualcosa di vero*

Vinicio Capossela, *Il paese dei coppoloni*

Ryszard Kapuściński, *Stelle nere*

Alessandro Baricco, *La Sposa giovane*

Enzo Gianmaria Napolillo, *Le tartarughe tornano sempre*

Ma Jian, *La via oscura*

Susan Abulhawa, *Nel blu tra il cielo e il mare*

Mathias Malzieu, *Il bacio più breve della storia*

Marco Missiroli, *Atti osceni in luogo privato*

Maylis de Kerangal, *Riparare i viventi*

Enrico Ianniello, *La vita prodigiosa di Isidoro Sifflotin*

Paolo Rumiz, *Come cavalli che dormono in piedi*

T.C. Boyle, *Gli amici degli animali*

Karl Ove Knausgård, *La morte del padre. La mia battaglia 1*

Daniel Pennac, *Storia di un corpo. Nuova edizione illustrata*

Daniel Glattauer, *Un regalo che non ti aspetti*

Elena Moya, *La maestra*

Herta Müller, *L'uomo è un grande fagiano nel mondo*

Alessandro Baricco, *Smith&Wesson*

Giulia Villoresi, *Chi è felice non si muove*

Amos Oz, *Giuda*

Banana Yoshimoto, *Il dolore, le ombre, la magia. Il Regno 2*

Giovanni Montanaro, *Tommaso sa le stelle*

Caroline Vermalle, *la felicità delle piccole cose*

Ermanno Rea, *Il caso Piegari. Attualità di una vecchia sconfitta*

'Ala al-Aswani, *Cairo Automobile Club*

Erri De Luca, *La musica provata*

Ugo Cornia, *Animali (topi gatti cani e mia sorella)*

Rafael Chirbes, *Sulla sponda*

Danny Wallace, *Copia-e-incolla*

José Saramago, *Alabarde alabarde*

Banana Yoshimoto, *Andromeda Heights. Il Regno 1*

Arnon Grunberg, *Il libero mercato dell'amore*

Pino Cacucci, *Mahahual*

Juan Gabriel Vásquez, *Le reputazioni*

Raquel Martos, *Alla fine andrà tutto bene (e se non va bene... non è ancora la fine)*

William McIlvanney, *Il caso Tony Veitch. Le indagini di Laidlaw*

Valentina Camerini, *Il secondo momento migliore*

Nicolas Barreau, *La ricetta del vero amore*

Ilva Fabiani, *Le lunghe notti di Anna Alrutz*

Sofi Oksanen, *Quando i colombi scomparvero*

Davide Longo, *Il caso Bramard*

Maurizio Maggiani, *I figli della Repubblica. Un'invettiva*

Leila Guerriero, *Una storia semplice*

Claudia Piñeiro, *Un comunista in mutande*

Lola Beccaria, *Basta non dire ti amo*

Stefano Benni, *Pantera*

Piersandro Pallavicini, *Una commedia italiana*

Giovanni Cocco, *Il bacio dell'Assunta*

Cristina Comencini, *Voi non la conoscete*

Elias Khoury, *Specchi rotti*

Nadine Gordimer, *Racconti di una vita*

Yuri Herrera, *La trasmigrazione dei corpi*

Salvatore Niffoi, *La quinta stagione è l'inferno*

Michelle Cohen Corasanti, *Come il vento tra i mandorli*

Rithy Panh, con Christophe Bataille, *L'eliminazione*

Ermanno Rea, *Il sorriso di don Giovanni*

Nadeem Aslam, *Note a margine di una sconfitta*

Romano De Marco, *Io la troverò. La serie Nero a Milano*

Giuseppe Catozzella, *Non dirmi che hai paura*

Isabel Allende, *Il gioco di Ripper*

Banana Yoshimoto, *A proposito di lei*

Chiara Gamberale, *Per dieci minuti*

Manuel Vázquez Montalbán, *Luis Roldán né vivo né morto*

Yukio Mishima, *La scuola della carne*

Isaac B. Singer, Israel J. Singer, *L'ultimo capitolo inedito de La famiglia Mushkat. La stazione di Bakhmatch*, introduzione e traduzione di Erri De Luca

Michele Serra, *Gli sdraiati*

Nicola Gardini, *Fauci*

Simonetta Agnello Hornby, *Via XX Settembre*

Sophie Hart, *Il club delle cattive ragazze*

Emma Chapman, *Come essere una brava moglie*

Nicolas Barreau, *Una sera a Parigi*

Antonio Tabucchi, *Per Isabel. Un mandala*

Michel Laub, *Diario della caduta*

Erri De Luca, *Storia di Irene*

Alessandro Mari, *Gli alberi hanno il tuo nome*

Hilma Wolitzer, *Un uomo disponibile*

Andréa del Fuego, *Fratelli d'acqua*

William McIlvanney, *Come cerchi nell'acqua*

Maylis de Kerangal, *Nascita di un ponte*

Jonathan Coe, *Expo 58*

Efraim Medina Reyes, *Quello che ancora non sai del Pesce Ghiaccio*

Louise Erdrich, *La casa tonda*

Nataša Dragnić, *Ancora una volta il mare*

Lars Bill Lundholm, *Il soffio del drago. La serie Omicidi a Stoccolma*

Stefano Valenti, *La fabbrica del panico*

Isabel Allende, *Amore*

Nathan Filer, *Chiedi alla luna*

Paolo Rumiz, *Morimondo*

Claudia Piñeiro, *La crepa*